中國科技典籍選刊

主編　孫顯斌　高峰

北宋香譜兩種

二〇二一—二〇三五年國家古籍工作規劃重點出版項目

商海鋒　◇　輯校

山東科學技術出版社

·濟南·

圖書在版編目（CIP）數據

北宋香譜兩種 / 商海鋒輯校 . — 濟南：山東科學
技術出版社，2023.5
（中國科技典籍選刊 / 孫顯斌，高峰主編）
ISBN 978-7-5723-1632-6

Ⅰ . ①北… Ⅱ . ①商… Ⅲ . ①香料植物 – 藥用
植物 – 中國 – 北宋 Ⅳ . ① R282.71

中國國家版本館 CIP 數據核字（2023）第 082093 號

北宋香譜兩種
BEISONG XIANGPU LIANGZHONG

責任編輯：楊　磊
裝幀設計：孫　佳
封面題籤：徐志超

主管單位：山東出版傳媒股份有限公司
出 版 者：山東科學技術出版社
　　　　　地址：濟南市市中區舜耕路 517 號
　　　　　郵編：250003　電話：（0531）82098088
　　　　　網址：www.lkj.com.cn
　　　　　電子郵件：sdkj@sdcbcm.com
發 行 者：山東科學技術出版社
　　　　　地址：濟南市市中區舜耕路 517 號
　　　　　郵編：250003　電話：（0531）82098067
印 刷 者：山東新華印務有限公司
　　　　　地址：濟南市高新區世紀大道 2366 號
　　　　　郵編：250104　電話：（0534）2671218

規格：16 開（184 mm × 260 mm）
印張：11.75　字數：163 千
版次：2023 年 5 月第 1 版　印次：2023 年 5 月第 1 次印刷
定價：88.00 元

《中國科技典籍選刊》總序

　　我國有浩繁的科學技術文獻，整理這些文獻是科技史研究不可或缺的基礎工作。竺可楨、李儼、錢寶琮、劉仙洲、錢臨照等我國科技史事業開拓者就是從解讀和整理科技文獻開始的。二十世紀五十年代，科技史研究在我國開始建制化，相關文獻整理工作有了突破性進展，涌現出許多作品，如胡道静的力作《夢溪筆談校證》。

　　改革開放以來，科技文獻的整理再次受到學術界和出版界的重視，這方面的出版物呈現系列化趨勢。巴蜀書社出版《中華文化要籍導讀叢書》（簡稱《導讀叢書》），如聞人軍的《考工記導讀》、傅維康的《黃帝内經導讀》、繆啓愉的《齊民要術導讀》、胡道静的《夢溪筆談導讀》及潘吉星的《天工開物導讀》。上海古籍出版社與科技史專家合作，爲一些科技文獻作注釋并譯成白話文，刊出《中國古代科技名著譯注叢書》（簡稱《譯注叢書》），包括程貞一和聞人軍的《周髀算經譯注》、聞人軍的《考工記譯注》、郭書春的《九章算術譯注》、繆啓愉的《東魯王氏農書譯注》、陸敬嚴和錢學英的《新儀象法要譯注》、潘吉星的《天工開物譯注》、李迪的《康熙幾暇格物編譯注》等。

　　二十世紀九十年代，中國科學院自然科學史研究所組織上百位專家選擇并整理中國古代主要科技文獻，編成共約四千萬字的《中國科學技術典籍通彙》（簡稱《通彙》）。它共影印五百四十一種書，分爲綜合、數學、天文、物理、化學、地學、生物、農學、醫學、技術、索引等共十一卷（五十册），分别由林文照、郭書春、薄樹人、戴念祖、郭正誼、唐錫仁、苟翠華、范楚玉、余瀛鰲、華覺明等科技史專家主編。編者爲每種古文獻都撰寫了"提要"，概述文獻的作者、主要内容與版本等方面。自一九九三年起，《通彙》由河南教育出版社（今大象出版社）陸續出版，受到國内外中國科技史研究者的歡迎。近些年來，國家立項支持《中華大典》數學典、天文典、理化典、生物典、農業典等類書性質的系列科技文獻整理工作。類書體例容易割裂原著的語境，這對史學研究來説多少有些遺憾。

　　總體來看，我國學者的工作以校勘、注釋、白話翻譯爲主，也研究文獻的作者、版本和科技内容。例如，潘吉星將《天工開物校注及研究》分爲上篇（研究）和下篇（校注），其中上篇包括時代背景，作者事迹，書的内容、刊行、版本、歷史地位和國際影響等方面。《導讀叢書》《譯注叢書》《通彙》等爲讀者提供了便於利用的經典文獻校注本和研究成果，也爲科技史知識的傳播做出了重要貢獻。不過，可能由於整理目標與出版成本等方面的限制，這些整理成果不同程度地留下了文獻版本方面的缺憾。《導讀叢書》《譯注叢書》和其他校注本基本上不提供保持原著全貌的高清影印本，并且錄文時將繁體字改爲簡體字，改變版式，還存在截圖、拼圖、換圖中漢字等現象。《通彙》的編者們儘量選用文獻的善本，但《通彙》的影印質量尚需提高。

歐美學者在整理和研究科技文獻方面起步早於我國。他們整理的經典文獻爲科技史的各種專題與綜合研究奠定了堅實的基礎。有些科技文獻整理工作被列爲國家工程。例如，萊布尼兹（G. W. Leibniz）的手稿與論著的整理工作於一九〇七年在普魯士科學院與法國科學院聯合支持下展開，文獻内容包括數學、自然科學、技術、醫學、人文與社會科學，萊布尼兹所用語言有拉丁語、法語和其他語種。該項目因第一次世界大戰而失去法國科學院的支持，但在普魯士科學院支持下繼續實施。第二次世界大戰後，項目得到東德政府和西德政府的資助。迄今，這個跨世紀工程已經完成了五十五卷文獻的整理和出版，預計到二〇五五年全部結束。

二十世紀八十年代以來，國際合作促進了中文科技文獻的整理與研究。我國科技史專家與國外同行發揮各自的優勢，合作整理與研究《九章算術》《黄帝内經素問》等文獻，并嘗試了新的方法。郭書春分別與法國科研中心林力娜（Karine Chemla）、美國紐約市立大學道本周（Joseph W. Dauben）和徐義保合作，先後校注成中法對照本《九章算術》（*Les Neuf Chapitres*，二〇〇四）和中英對照本《九章算術》（*Nine Chapters on the Art of Mathematics*，二〇一四）。中科院自然科學史研究所與馬普學會科學史研究所的學者合作校注《遠西奇器圖説録最》，在提供高清影印本的同時，還刊出了相關研究專著《傳播與會通》。

按照傳統的説法，誰占有資料，誰就有學問，我國許多圖書館和檔案館都重"收藏"輕"服務"。在全球化與信息化的時代，國際科技史學者們越來越重視建設文獻平臺，整理、研究、出版與共享寶貴的科技文獻資源。德國馬普學會（Max Planck Gesellschaft）的科技史專家們提出"開放獲取"經典科技文獻整理計劃，以"文獻研究＋原始文獻"的模式整理出版重要典籍。編者盡力選擇稀見的手稿和經典文獻的善本，向讀者提供展現原著面貌的複製本和帶有校注的印刷體轉録本，甚至還有與原著對應編排的英語譯文。同時，編者爲每種典籍撰寫導言或獨立的學術專著，包含原著的内容分析、作者生平、成書與境及參考文獻等。

任何文獻校注都有不足，甚至會引起對某些内容解讀的爭議。真正的史學研究者不會全盤輕信已有的校注本，而是要親自解讀原始文獻，希望看到完整的文獻原貌，并試圖發掘任何細節的學術價值。與國際同行的精品工作相比，我國的科技文獻整理與出版工作還可以精益求精，比如從所選版本截取局部圖文，甚至對所截取的內容加以"改善"，這種做法使文獻整理與研究的質量打了折扣。

實際上，科技文獻的整理和研究是一項難度較大的基礎工作，對整理者的學術功底要求較高。他們須在文字解讀方面下足夠的功夫，并且準確地辨析文本的科學技術內涵，瞭解文獻形成的歷史與境。顯然，文獻整理與學術研究相互支撑，研究決定着整理的質量。隨着研究的深入，整理的質量自然不斷完善。整理跨文化的文獻，最好借助國際合作的優勢。如果翻譯成英文，還須解決語言轉換的難題，找到合適的以英語爲母語的合作者。

在我國，科技文獻整理、研究與出版明顯滯後於其他歷史文獻，這與我國古代悠久燦爛的科技文明傳統不相稱。相對龐大的傳統科技遺產而言，已經系統整理的科技文獻不過是冰山一角。比如《通彙》中的絕大部分文獻尚無校勘與注釋的整理成果，以往的校注工作集中在幾十種文獻，并且沒有配套影印高清晰的原著善本，有些整理工作存在重複或雷同的現象。近年來，國家新聞出版廣电總局加大支持古籍整理和出版的力度，鼓勵科技文獻的整理工作。學者和出版家應該通力合作，借鑒國際上的經驗，高質量地推進科技文獻的整理與出版工作。

鑒於學術研究與文化傳承的需要，中科院自然科學史研究所策劃整理中國古代的經典科技文獻，并與湖南科學技術出版社合作出版，向學界奉獻《中國科技典籍選刊》。非常榮幸這一工作得到圖書館界同仁的支持和肯定，他們的慷慨支持使我們備受鼓舞。國家圖書館、上海圖書館、清華大學圖書館、北京大學圖書館、日本國立公文書館、早稻田大學圖書館、韓國首爾大學奎章閣圖書館等都對"選刊"工作給予了鼎力支持，尤其是國家圖書館陳紅彥主任、上海圖書館黃顯功主任、清華大學圖書館馮立昇先生和劉薔女士以及北京大學圖書館李雲主任，還慨允擔任本叢書學術委員會委員。我們有理由相信，有科技史、古典文獻與圖書館學界的通力合作，《中國科技典籍選刊》一定能結出碩果。這項工作以科技史學術研究爲基礎，選擇存世善本進行高清影印和錄文，加以標點、校勘和注釋，排版采用圖像與錄文、校釋文字對照的方式，便於閱讀與研究。另外，在書前撰寫學術性導言，供研究者和讀者參考。受我們學識與客觀條件所限，《中國科技典籍選刊》還有諸多缺憾，甚至存在謬誤，敬請方家不吝賜教。

我們相信，隨着學術研究和文獻出版工作的不斷進步，一定會有更多高水平的科技文獻整理成果問世。

張柏春　孫顯斌

於中關村中國科學院基礎園區

二〇一四年十一月二十八日

序一

　　中華大地幅員廣袤，橫亙温帶和亞熱帶。根據歷史氣候學（historical climatology）的觀點，戰國中晚期以迄秦漢氣候相對温暖。濕潤氣候，爲生長於四川盆地和長江中游雲夢澤周邊山林，以至嶺南兩廣森林的芳香植物（aromatic plants），提供了生態環境。

　　《楚辭》所見的芳香植物"含香草"（如白芷、蕙、留夷、杜衡、揭車）、"香木"（如木蘭、桂）達 34 種。長沙馬王堆一號漢墓（墓主爲利蒼之妻辛追，約於公元前 163 年逝世）出土内置芳香植物的香具四種："香枕"（内置佩蘭）、"香囊"（花椒、茅香、辛夷）、"香奩"（花椒）、配有竹薰罩的"陶薰爐"（高良薑、茅香、辛夷、藁本）和"草藥袋"（高良薑、茅香、辛夷、藁本、花椒、杜衡、桂）。西漢文帝年間，被匈奴擊潰而西遷的大月氏，據有伊犁河流域和伊塞克湖（Lake Issyk-Kul）周圍的塞種人四部［當中含吐火羅部（Tochari）］故地。儘管漢武帝時"張騫鑿空"沒有給中國和"大秦"（羅馬）打開直接的來往，但長安的"蠻夷邸"可能已寓居了一些中亞商人，販賣以"白蜜"和合芳香植物的藥物。胡廣（91—172）、蔡邕（132—192）纂修的《東觀漢記》載："上（光武帝劉秀）嘗與朱祐（10B.C.—48A.D.）共買蜜合藥。上追念之，即賜祐白蜜一石。問：何如在長安時共買蜜乎？"作爲中亞"商貿掮客"的月氏商人似乎已在"陸上絲綢之路"活躍，并引介中亞良駒和植物性香料進入中華文化核心區。班固（32—92）《與弟超書》曰"竇侍中［即竇憲（？—92）］，令載雜綵七百疋，市月氏馬、蘇合香"即爲明證。

　　步入三國兩晉南北朝隋唐初年，國人（特別是出入釋老二氏宗教修持的醫士、本草或博物學者乃至皇室成員）對域内和域外的芳香植物，有廣泛且具積累經驗的深入研治。於勘輿學和《遊仙詩》別有會入的郭璞（276—324），其〈桂贊〉詩對嶺南的"桂"有精到的植物學描述："桂生南裔，拔萃岑嶺。廣莫熙葩，凌霜津穎。氣王百藥，森然雲挺。"南朝劉宋上層社會貴族精英，可能已掌握通過西域或南海傳入近東和中亞以至印度香料（或香藥）的調合配劑技術，當中間有自家創新調合之法。纂撰《後漢書》范曄（398—445）的《和香方》、宋明帝劉彧（439—472）的《香方》一卷，當爲最佳例證。南朝梁元帝蕭繹（508—555）的《蕃客入朝圖》，乃描繪周邊民族與外邦使者謁見朝貢南朝政權的紀實圖卷。這些外夷遠人，當亦齎來彼邦之香料，令香藥入華（如《隋書經籍志》所載《龍樹菩薩和香法》二卷）。在梁朝被稱爲"山中宰相"的道教上清派藥學家陶弘景（456—536），其《本草經集注》即載錄了服食域外香料（或香藥）的藥效。從書誌文獻學而言，萬震（三國東吳丹陽太守）《南州異物志》、嵇含（西晉征西參軍，活躍於四世紀初）、東晉末劉宋初的徐衷《南方草木狀》[或作《南方草物狀》；詳參日人和田久德（1917—1999）《徐衷南方草木狀鉤沉》（1966 年）]、南洋史專家許雲樵（1905—1981）《徐衷南方草物狀輯注》（新嘉坡東南亞研究所，1970 年）等植物學或博物學典籍，亦備載爲數不少的香料、香藥或香木之名。抑有進者，在初唐宮中的女官之間多置備一種簡單計時工具——"香盤時計"（incense clock）。在小木箱頂部置一挖有淺溝（trail）的木盤，内燃"抹香"（粉末狀的香），另在淺溝的一定間隔置立若干"時刻小木札"，利用燃香的速度來計時。盛唐以迄宋初出現的"百刻香印"（或稱"百刻香篆"），即屬此類。

北宋太宗太平興國二年（977）三月，"香藥庫使"張遜（博州高唐人）建議於汴京設"香藥榷易院"，專門管理通過西域或南海貿易輸入"香藥"的專賣事務。"香藥專賣"爲北宋國庫帶來鉅大經濟效益，及後更出現了"香藥鈔引"（相當於今天的"有價證券"），爲兩宋"香藥貿易"拓闊出更大的社會經濟空間。北宋沈立（1007—1078）《香譜》、洪芻（1066—1127?）《香後譜》等香學典籍的編撰不啻是爲唐宋以來"香文化"以至"香藥貿易"，給出了最佳注腳。1974 年，泉州市後渚港出土南宋遠洋貨船（滿載東南亞香木、香藥）。1984 年，登州港口淤泥出土刻有"永樂十年（1412）""舵頭破心"的紫檀木（來自東南亞或印度洋沿岸）。造船選用的舵杆構件木料，正是宋明時期"南海貿易"蓬勃發展的表徵。

本書輯校者商海鋒博士早歲卒業於南京大學，熟稔名物訓詁、校讎、史源、書誌之學，繼而先後訪學台灣"中研院"及日本京都花園大學國際禪學研究所，深研東亞漢籍文獻之知識傳統及其滴定過程（the process of intellectual titration），以至唐宋士大夫階層文人雅士之生活感覺與宗教修持的互動關係。其廣搜海內外諸版本以比勘、輯佚和"考鏡源流"式的校釋，乃 20 世紀中國文史學界"二陳"（陳寅恪、陳垣）所主張之治學基本功。細閱海鋒博士之《北宋香譜兩種》，其中"校注"多達千條，章法嚴厲，文字正定，去取予奪，皆有所本，具見輯校者學養深醇、實事求是的學風，確爲嘉惠學界之典範之作。是爲序。昭陽單閼仲夏之月吉日。

馮錦榮

中國科學院竺可楨科學史講席教授

香港大學香港人文社會研究所院士

香港理工大學中國文化學系訪問教授

香港珠海學院文學及社會科學學院候任院長

序二

商海鋒教授輯校《北宋香譜兩種》出版在即，囑我爲序，實感榮幸。

商教授研究重心爲以東亞漢籍爲基礎的宗教文學藝術思想史，某種程度我們都是"香學"領域偶然的"闖入者"，卻能因香結緣，也是勝緣。他兩篇很有分量的香學專論，《"香、禪、詩"的初會——從北宋黃庭堅到日本室町時代"山谷抄"》（臺北《漢學研究》第36卷第4期）與《北宋本洪芻〈香後譜〉辨正輯佚》（臺北《故宮學術季刊》第36卷第1期），我均有幸第一時間拜讀。其論點精審、考證嚴密、典雅工穩，令人耳目一新，雖爲"偶然闖入"，卻不妨開出新天新地。

清代中期之後一直處於沉寂以至近乎消亡的中國傳統香學，晚近數年，坊間頗有出版，亦頗有研究，至有所謂"香學大興"的説法。我并不認同這種未免浮淺的樂觀。客觀説來，除了少數用心沉潛之作，香學領域的基本文獻整理尚存在很多問題，多數論述類書更是陳陳相因、以訛傳訛，難得新見，更難得確見。

商教授在前期研究的基礎上，更花費心力，將中國香學史上最早的兩部香譜，沈譜與洪譜，精心遴選版本，輯佚校注，鉤沉史跡。更於各條目下作校勘記，分剖來源、排比源流，需明辨異同者，又詳加作者按語。資料謹嚴，時有創見。例如，宋元之際陳氏父子《新纂香譜》"王將明大宰龍涎香"條，因考證香主生年與仕年而斷該條恐非沈立所能見，從而論斷哪怕諸譜以小字注文"沈"字等所提供之綫索，亦不可拘泥盡信。再如沈譜與洪譜之關係雖自四庫全書本即有异議，商教授則更上層樓，因洪譜百川本之四部架構"品、异、事、法"缺亂，而據陳氏《新纂香譜》繼承的隱含架構，對洪譜原有五部分類、即香之"品、异、法、事、文"加以恢復。更據類説本及《郡齋讀書志》等輯補四十餘條并洪芻自撰短跋一則。這些細緻用心，對於香學文獻的落實重建，實功莫大焉。更如校勘過程中所明朗的諸譜合香用料的分量差异等問題，對於當代香學實踐之“恢復古方”的致力，均有相當的醒提與助力。

因青少年時期的醫藥學經歷，近年我個人稍微涉足制香工藝，因緣輾泊之下，遂決意將相關議題做一較爲全面的學術考察，也於此多少感知了這一領域的甘苦冷暖。包括何以香譜類書的定位如此兩難，大抵都需從頭講起。特爲感佩商教授著其先鞭，爲香學領域做出了極有分量的奠基工作。隨喜并感恩此書的當令出版。

秦燕春
中國藝術研究院中國文化研究所研究員

目　録

輯校説明

北宋是中古至近世香文化发展、轉關的關鍵時期，不但東亞最早的兩部香譜即沈立（1007—1078）《香譜》、洪芻（1066—1127？）《香後譜》皆成於此時，且香事的實際功能與象征意義亦經歷了顛覆性變化。

沈立《香譜》（簡稱"沈譜"）編製於北宋中葉。沈譜成書之時間，據沈氏《五夜香刻跋》，不早於神宗熙寧七年（1074）。沈譜乃香文化史上首部以"香譜"二字命名的香學專書。六朝、隋唐至北宋前中期，除了用作薰潔、療疾的藥物，儒家朝會和佛教一般宗派的祭祀、儀式之外，香事亦多用於齋醮科儀的迎神降仙，以及個人道教修煉的祛除尸蟲、長生久視。這些知識、技術和觀念，沈譜多有記載。然此書從未刊版，兩宋之際已漸散佚，迄今獨立的沈譜版本，僅見收入南宋紹興六年（1136）成書的曾慥《類説》之摘編。

此次輯佚，恢復沈譜凡 83 條，分前、後兩部分：前 45 條（自"龍脑香"條至"羯布羅香樹"條），輯自兩宋之際曾慥（？—1155）《類説》；後 38 條（自"飛樟脑"條至"香煤"條）輯自宋元之際陳敬（生卒年不詳）、陳浩卿（生卒年不詳）父子《新纂香譜》。其中：

一、自"飛樟脑"至"窖香"，凡 5 條，輯自卷一"修製諸香"部。

二、自"百刻香印"至"丁公美香篆"，凡 4 條，輯自卷二"印篆諸香"部。

三、自"蘇州王氏悼中香"至"梅英香"，凡 20 條，輯自卷二"凝和諸香"部之前半。

四、自"淡梅香"至"辛押陀羅亞悉香"，凡 5 條，輯自卷三"凝和諸香”部之後半。

　　五、自“荀令十里香”至“軟香”，凡2條，輯自卷三“佩熏諸香”部。

　　六、“香煤”，相鄰條目同，凡2條，輯自卷三“塗傅諸香”部。

　　沈譜前半部分整理采用之底本，簡稱“北泉本”。此本乃明嘉靖三十二年
（1553）北泉伯玉翁（生平不詳）鈔本《類説》，臺灣省圖書館藏。

　　底本之外，沈譜前半部分的整理，采用了三種校本：

　　一、有嘉本：明謝少南（1491—1560）有嘉堂鈔本《類説》，中國國
家圖書館藏。

　　二、世學本：明鈕緯［生卒年不詳，嘉靖二十年（1541）進士］世學
樓鈔本《類説》，臺灣省圖書館藏。

　　三、澹生本：明祁承爜（1563—1628）澹生堂鈔本《類説》，臺灣省
圖書館藏。

　　相較上述三種校本，《類説》北泉本有諸多優勢，故宜爲底本：其一，來源最
早。據北泉伯玉翁自序，早在弘治六年癸丑（1493），他初次從友人處見到曾慥此
書，便“借録之”。其二，校鈔精善。整整一個甲子之後的嘉靖三十二年癸丑，伯
玉翁又囑專人校勘、膳鈔，令文本面目精潔。相較而言，有嘉、世學、澹生三種，
皆有不同程度的朱墨校改，顯得較爲粗糙。其三也是最重要的，它的篇幅最長。自
“龍腦香”至“薰衣法”凡16條，四種本子條目、條文大部分相同。然而，一方
面，“辟寒香”條唯北泉本有，而爲三種校本所無。另一方面，唯北泉本此後自
“麝香”至“羯布羅香樹”多出29條，而爲三種校本所無。其中，“麝香”至“反
生香”凡27條，乃沈立摘自初唐釋道世（607？—684？）《法苑珠林》卷三六《華
香篇·兼又雜俗出香處》（高宗總章元年，668年著）。自“白檀香”至“羯布羅
香樹”凡2條，乃沈立摘自初唐釋慧立（615—？）《三藏法師傳》卷四。

　　沈譜後半部分之整理，與前半不同。采用之底本，簡稱“煙雲本”。此本乃清
前期佚名鈔本《新纂香譜》，爲《新纂香譜》存世之唯一足本，今藏北京之中國科

學院文獻情報中心。[1]其首頁鈐朱文正方隸書印"煙雲過眼"。

底本之外,沈譜後半部分的整理也采用了三種校本:

一、文瑞本:清雍正八年庚戌(1730)鈔本《新纂香譜》,殘本,存卷一、卷二,中國國家圖書館藏。該本首頁,鈐朱文長方篆文印"文瑞樓藏書記"。印主金檀(1660—1730),字星軺,據光緒《嘉興府志》:"諸生,經史圖籍,靡不遍覽。好聚書,遇善本,雖重價不吝,或假歸手鈔。積數十年,收藏之富,甲於一邑。"文瑞本有兩個影鈔本,同樣皆僅存卷一、卷二:其一,清瞿鏞(1794—1846)影鈔,中國國家圖書館藏。該本版心題"海虞瞿氏鐵琴銅劍樓影鈔本",故該本簡稱"鐵琴本"。其二,清末民初張乃熊(1891—1942)影鈔,臺灣省圖書館藏。據該本首頁朱文長方篆文印"菦圃收藏",簡稱"菦圃本"。印主張乃熊,號菦圃,有《菦圃善本書目》。上述鐵琴本、菦圃本緣與文瑞本無異,無校勘價值,故不作爲沈譜之校本。

二、四庫本:清乾隆文淵閣《四庫全書》所收《陳氏香譜》,實即《新纂香譜》。

三、《香乘》:明末清初周嘉冑(1582—1658)撰,明崇禎十四年(1641)刊本,臺灣省圖書館藏。

《新纂香譜》中有一條"王將明大宰龍涎香":

金顔香(一兩,乳細如麵),石紙(一兩,爲末,須西土者,食之口澀生津者,是也),沉香(一兩半,爲末,用水細角干,再研),生龍腦(半錢),麝香(半錢)。
右用皁兒膏和,入模子,脱花樣,陰干,焫之。[2]

該條目下原有小字注文"沈"字,且無論作爲底本的煙雲本,抑或作爲校本的文

---

1 參沈暢:《新纂香譜·凡例》,載沈暢點校《香譜·新纂香譜》,香港:承真樓,2015年。
2 〔宋末元初〕陳敬、陳浩卿編:《新纂香譜》(清初鈔本,北京:中國科學院文獻情報中心藏)卷二"凝和諸香"部,頁26b-27a。

瑞本、《香乘》，皆然。據本次輯佚體例，"王將明大宰龍涎香"條原該輯入沈譜。然據校勘者考證，該條恐非沈立所能見。北宋王黼（1079—1126），字將明。沈立去世之次年，王黼始生。而王黼官拜太宰（太宰又作大宰），事在徽宗宣和二年（1120），則該條內容不會早於此年。緣此，"王將明大宰龍涎香"條未在此次輯佚之列——小字注文"沈"字提供的線索，不可拘泥。

洪芻《香後譜》編製於北宋後期。洪譜之成書時間，據筆者考證，不早於徽宗崇寧三年（1104）——上距沈譜恰爲三十年。時序上，洪譜是僅次於沈譜的第二部香譜，實乃大幅增修、改訂沈譜而成，故名"後譜"。[1]南宋以降，洪譜影響力巨大，致沈譜亡佚，并使洪譜自身成爲迄今爲止主體部分尚存的最早香譜。它分類輯錄了截至北宋的香事傳統，奠定了南宋至清香學知識的基本架構，成爲其後最重要的兩部香譜，即宋元之際陳敬、陳浩卿父子《新纂香譜》、明末周嘉冑《香乘》踵事增華的藍本。《四庫全書》子部"譜錄類"一共祇收入了三部香譜，正是上述洪、陳、周三家。

自北宋後期始，在黃庭堅首倡和周邊士人合力推動下，香事首次具有參禪悟道的功能，焚香成爲禪修的捷悟法門。同時，黃庭堅不但將香典作爲事料，大量寫入詩詞，更進而創造了香方、香方詩、香方跋和香方詩跋四位一體的香文書寫體例，且與其有關的香方、詩、跋，多彙入其甥洪芻《香後譜》。[2]

洪譜大體完成之際，時當洪氏中年。受舅父黃氏株連，洪芻捲入"崇寧黨禁"的政治旋渦二十餘年，繼而更有所謂"靖康失節"一事，史籍諱莫如深。洪譜因之禁毀散佚，存世者無不錯漏淆亂。雖然學術界通常認爲，收入南宋末年左圭（生卒年不詳）所編《百川學海》的版本（南宋末年刻本，中國國家圖書館藏）是完整的洪譜，但據筆者研究，實則南宋初曾慥《類説》所據洪譜之舊鈔祖本，不但迥異而且遠早於《百川學海》所據洪譜之祖本。百川本的四部架構"品、异、事、法"

---

1 參商海鋒：《北宋本洪芻〈香後譜〉辨正輯佚》，《故宮學術季刊》，2019 年 9 月，頁 1–36。董岑仕：《今傳本〈香譜〉非洪芻作辨》，載鄧洪波主編《中國四庫學》（北京：中華書局，2019 年 12 月）第四輯，頁 237–257。

2 參商海鋒：《"香、禪、詩"的初會：從北宋黃庭堅到室町時代"山谷抄"》，《漢學研究》，2018 年 12 月，頁 73–111。

缺亂，據宋元之際陳氏父子《新纂香譜》繼承的隱含架構，可恢復洪譜原有的五部分類，即香之"品、异、法、事、文"。洪譜卷帙相應爲"五卷"，非百川本的上下"兩卷"。洪譜原有篇幅，亦遠較百川本 147 條鴻富。此次整理，筆者即據百川本、類說本，重新輯佚、編排，庶幾當可大體廓清洪譜之北宋原貌，至少是在結構和性質上。[1]

此次輯校，洪芻《香後譜序》采用之底本，爲《類說》北泉本。所用之校本，有《類說》有嘉本、世學本、澹生本，以及《新纂香譜》煙雲本、文瑞本，乃至《香乘》。

洪譜輯校之底本，乃南宋左圭編《百川學海》壬集所收《香譜》二卷，度宗咸淳九年（1273）刊，今藏中國國家圖書館，簡稱"百川咸淳本"。

洪譜整理之校本，所采用者主要涉及以下八種：[2]

一、百川明末本：明佚名重編《百川學海》卷一二四所收《香譜》一卷，明末刊，臺灣省圖書館藏，善本書號 15219。

二、洪譜格致本：明胡文煥（生卒年不詳）編《格致叢書》所收《香譜》二卷，萬曆三十一年（1603）刊，中國國家圖書館藏，善本書號 19160。

三、洪譜學津本：清張海鵬（1755—1816）編《學津討原》所收洪芻《香譜》，嘉慶十年（1805）刊，中國國家圖書館藏。

四、洪譜四庫本：清乾隆文淵閣《四庫全書》所收洪芻《香譜》。

五、《說郛》弘治本：元末明初陶宗儀（1316—1403 後）編《說郛》卷六五所收《香譜》一卷，明弘治十三年（1500）鈔，中國國家圖書館藏，善本書號 03907。

六、《說郛》萬曆本卷六五所收《香譜》一卷，明萬曆鈔，涵芬樓舊

———————

1　參沈暢點校，《香譜·新纂香譜》，香港：承真樓，2015 年 9 月。董岑仕：《洪芻〈香譜〉佚文考》，《2019 中國四庫學研究高層論壇論文集》（南京：鳳凰出版社，2021 年 4 月），頁 147–165。

2　參沈暢：《宋洪芻〈香譜〉版本源流考》，《古籍整理研究學刊》，2018 年 1 月第 1 期，頁 38–44。

藏，中國國家圖書館藏，善本書號 07557。此本僅爲殘卷，"香之品"部前15 條（自"龍腦香"至"雞骨香"）皆無。

七、陳譜煙雲本：宋末元初陳敬、陳浩卿父子編《新纂香譜》，清初佚名鈔本，中國科學院文獻情報中心藏。該本首頁，鈐朱文正方隸書印"煙雲過眼"。

八、《香乘》：明末清初周嘉胄撰，明崇禎十四年（1641）刊本，臺灣省圖書館藏。

此外，如"《說郛》嘉靖本"（《說郛》卷六五所收《香譜》一卷，明嘉靖鈔，臺灣省圖書館藏），又如"《香乘》同光本"（《香乘》清同治、光緒間刊本，東京國立公文書館藏），需要時亦有所使用，然不以主要校本視之。

要之，學界通常認知之洪譜，實僅百川咸淳之殘本，凡 147 條（香品 43 條、香異 38 條、香法 22 條、香事 37 條、香文 7 條）。今次輯佚，增加洪芻序 1 條、洪芻跋 1 條，正文凡 42 條（香品 2 條、香異 5 條、香法 15 條、香事 20 條），並恢復"香文"部"天香傳"條之長篇條文。如此，洪譜擴容至 189 條，有序有跋，首尾完整，篇幅大爲增加，更正名爲《香後譜》。南宋·佚名編《類編增廣黃先生大全文集》卷四十九"香方"部，收有八條香方。此八條，部分可確定屬於洪芻《香後譜》，如"意和香、意可香、小宗香、嬰香、寶篆香"五條。但"荀令十里香"條，恐屬沈立《香譜》。而"深靜香、百里香"兩條，因無確證，是否輯入洪譜，可暫存疑。又，陳氏父子《新纂香譜》煙雲本卷三"凝和諸香"部，有"洪駒父荔枝香、洪駒父百步香"兩條，亦無確證即屬洪譜，故亦存疑。茲將輯佚事項列表如下。

洪芻《香後譜》輯佚					
		香品	香异	香法	香事	香文
洪序	1	水麝	辟寒香	意和香	香獸	天香傳
	2	薔薇水	迎駕香	意可香	被草負笈	
	3		文石	清真香	栢梁臺	
	4		返魂香	漢宮香	禁熏香	
	5		聞思香	小宗香	宗超香	
	6			嬰香	五方香床	
	7			寶毬香	沉香堂	
	8			清神香	失爐筮卦	
	9			金粟衙香	香中忌麝	
	10			薰衣香	屑沉泥壁	洪跋
	11			返魂梅	沉香亭子材	
	12			笑蘭香	香纓	
	13			供佛印香	賜龍脑	
	14			寶篆香	三清臺	
	15			丁晉公文房七寶香餅	五色香囊	
	16				地上邪氣	
	17				三班吃香	
	18				員半千香	
	19				吳孫王墓熏爐	
	20				棧樏	

　　《北宋香譜兩種》一書，各條目下之校勘記，凡遇需詳細分剖輯佚來源，排比各不同版本間之源流、异同處者，皆以"鋒按"的形式，詳加作者按語。

　　此書原典之整理，一概盡力采用底本之原始字形，力圖呈現古書原貌。然而，由於輯校所用諸底本頗為錯綜，令同一含義的异體字不免交錯出現。對此，祈讀者察諒。

沈立《香譜》[1]

【龍脳香】[2]出婆律國[3]，樹形似松。脂作杉木氣，乾脂曰"龍脳香"，清脂曰"波律膏子"[4]，絕妙者曰"梅花龍脳"。《本草》[5]作"婆律"。

【香皮紙】[6]嶺表棧香樹，身似柜、柳[7]。葉似橘皮，堪作紙[8]，名香皮紙，灰白色[9]。

1　鋒按：北泉本《類説》卷四十九收《香譜》殘本，題下註"刑部侍郎沈立撰"七字。有嘉本收此殘本，失書名及題下註。世學本收此殘本，有書名，然失題下註。澹生本收此殘本，題下註"刑部侍郎沈立"六字。

2　鋒按：沈譜"龍脳香"條，采自唐·蘇敬《新修本草》，爲洪譜"龍脳香"條所本。北宋·唐慎微《證類本草》卷十三"木部·中品"之"龍脳香"條："出婆律國，形似白松。脂作杉木氣，明淨者善。唐本注云：樹形似杉木。言婆律膏，是樹根下清脂。龍脳，是根中乾脂。"

3　婆律國：洪譜作"波律國"。唐·姚思廉《梁書·婆利國傳》："婆利國，在廣州東南，海中洲上。去廣州，二月日行。國界，東西五十日行，南北二十日行。普通三年，其王頻伽，復遣使珠貝智，貢白鸚鵡、青蟲、兜鍪、瑠璃器、古貝、螺杯、雜香藥等數十種。"鋒按：婆律、波律、婆利，三者同，指蘇門答臘島或婆羅洲。

4　波律膏子：北泉本《類説》作"婆律膏子"，有嘉本、世學本、澹生本《類説》皆作"波律膏子"，據改。

5　本草：北泉本作"奉香草"，訛且衍，有嘉本、世學本、澹生本皆作"本草"，據改。

6　鋒按：沈譜"香皮紙"條，采自唐·劉恂《嶺表錄异》卷中："廣、管、羅州多棧香樹，身似柜柳（'柜'字據《證類本草》補），其花白而繁，其葉如橘皮，堪作紙，名爲香皮紙。灰白色有紋，如魚子箋，其紙慢而弱，沾水即爛，遠不及楮皮者，又無香氣。"沈譜該條，收入明·周嘉冑《香乘》卷十"香事分類下·器具香"。

7　柜柳：北泉本、有嘉本、世學本皆作"巨"，澹生本作"臣"，俱訛。《證類本草》卷十二"木部·上品"之"沉香"條，引《嶺表錄异》作"柜柳"，據改。柜，即欅樹。

8　堪作紙：北泉本、有嘉本、世學本皆作"堪作紙"，澹生本作"葉堪作紙"。

9　灰白色：北泉本、有嘉本、世學本皆作"灰白色"，澹生本作"紙灰白色"。

【降真香】[1]仙傳曰："降真香，燒之引鶴降。"[2]

【龍鱗香】[3]葉子香[4]，即棧香之薄者，又曰"龍鱗香"。

【燕尾香】[5]蘭葉尖長，有花，紅白色，俗呼爲"燕尾香"。煮水浴，療風[6]。

【馬蹄香】[7]杜蘅[8]也。葉似葵[9]，形如馬蹄。道家服[10]，令人身香[11]。

【龍涎香】[12]出大石國[13]。國人候島林，上有异禽翔集，下有群魚游泳，則有伏龍

1　鋒按：沈譜"降真香"條，收入洪譜、陳譜、周譜。

2　據周譜，"仙傳"指《列仙傳》。《列仙傳》，託名西漢·劉向撰。東晉·葛洪《神仙傳·序》："秦大夫阮倉所記，有數百人。劉向所撰，又七十餘人。"余嘉錫《四庫提要辨證》："蓋明帝以後，順帝以前人所作。"然"降真香，燒之引鶴降"一句，不見於今本《列仙傳》。

3　鋒按：沈譜"龍鱗香"條，收入洪譜"葉子香"條、兩宋之際·葉廷珪《名香譜》"龍鱗香"條、南宋·佚名《錦繡萬花谷·後集》卷三十五"香部"之"龍鱗香"條。洪譜"葉子香"條："即馩香之薄者，其香尤勝於馩，又謂之'龍鱗香'。"

4　"葉子香"，北泉本作"葉真香"，有嘉本、世學本、澹生本皆作"葉子香"，據改。

5　鋒按：沈譜"燕尾香"條，收入《名香譜》"燕尾香"條，及南宋·葉廷珪《海録碎事》卷二十二下"草門"之"燕尾香"條。

6　風：六淫（風、寒、暑、濕、燥、火）之一。戰國·佚名《黃帝内經·素問·風論》："風之傷人也，或爲寒熱，或爲熱中，或爲寒中，或爲癘風，或爲偏枯，或爲風也。"

7　鋒按：沈譜"馬蹄香"條，采自《新修本草》，後收入《證類本草》"杜蘅"條、洪譜"薇香"條、陳譜"馬蹄香"條、《香乘》"薇香"條及"馬蹄香"條。

8　"杜蘅"前，北泉本、有嘉本、世學本、澹生本皆衍"馬蹄香"三字，據本書體例，刪。"杜蘅"，北泉本、《證類本草》皆作"杜蘅"，是。有嘉本、世學本皆作"杜衡"，澹生本作"杜衛"，皆訛。

9　"葉似葵"，北泉本作"葉似菜"，有嘉本、世學本、澹生本皆作"葉似葵"，據改。

10　"道家服"，《證類本草》引南朝齊梁間·陶弘景《本草經集注》，作"道家服之"。

11　"令人身香"，《證類本草》引《新修本草》，作"令人身衣香"。

12　鋒按：沈譜"龍涎香"條，收入《錦繡萬花谷·後集》卷三十五"香部"之"龍涎香"條。

13　"出大石國"前，北泉本、有嘉本、世學本《類説》、《錦繡萬花谷》皆衍"龍涎香"三字，澹生本《類説》衍"竜涎香"三字，據本書體例，刪。大石國，亦作大食國，馬來語 Tajik 之音譯，意爲"海"，約今馬來西亞柔佛州及新加坡。南宋·趙汝适《諸蕃志》"闍婆國"條："南至海三日程，泛海五日，至大食國。"

吐涎，浮水上。舟人或探得之，則爲巨富[1]。其涎如膠。

【异國香】[2] 辟寒香、辟邪香、瑞鱗香[3]、金鳳香，皆异國所獻。

【神香】[4] 漢武帝時，月支國[5]貢神香。燒之，宮中病疫者皆瘥[6]，長安百里內聞其香，積九月不歇[7]。（出《十洲記》[8]）

【九和香】[9]《三洞珠囊》[10]曰：天人玉女，持羅天香案[11]、玉爐，燒九和之香。

---

1 "則爲巨富"，有嘉本、世學本皆作"則巨富"。

2 鋒按：沈譜"异國香"條，采自唐·蘇鶚《杜陽雜編》卷下"同昌公主"條，收入洪譜。

3 "瑞鱗香"，北泉本、澹生本皆脱，據有嘉本、世學本補。

4 鋒按：沈譜"神香"條，即洪譜"月支香"條所本。

5 月支國，亦作月氏國。《史記·大宛列傳》："大月氏，在大宛西可二三千里，居媯水北。其南則大夏，西則安息，北則康居。行國也，隨畜移徙，與匈奴同俗。控弦者可一二十萬。故時強，輕匈奴。及冒頓立，攻破月氏。至匈奴老上單于，殺月氏王，以其頭爲飲器。始，月氏居敦煌、祁連間，及爲匈奴所敗，乃遠去。過宛，西擊大夏而臣之，遂都媯水北，爲王庭。其餘小衆不能去者，保南山羌，號小月氏。"

6 "瘥"，有嘉本、世學本、澹生本皆作"差"。瘥（chài）、差，音義皆同，即病愈。

7 "九月"，北泉本作"旬日"，有嘉本、世學本、澹生本及洪譜"月支香"條，皆作"九月"，據改。萬曆刊本《海內十洲記》作"三月"。

8 "出十洲記"四字，爲北泉本小字注，或爲"北泉伯玉翁"加，有嘉本、世學本、澹生本皆無。

9 鋒按：沈譜"九和香"條，采自唐·王懸河《三洞珠囊》卷四"丹寵香爐品"："《大劫上經》云：玉女持羅天香案，擎治玉之鑪，燒九和之香也。"爲洪譜"九和香"條所本。

10 《三洞珠囊》，收入《正統道藏》"太平部"，題"大唐陸海羽客王懸河修"，類書，輯錄212種三洞道書精要。《宋史·藝文志》"神仙類"著錄："王懸河《三洞珠囊》，三十卷。"

11 "香案"，北泉本、有嘉本、世學本、澹生本皆作"香按"，訛，據《三洞珠囊》改。

【如厠過香爐上】[1]襄陽劉季和[2]，性愛香。嘗[3]如厠，輒過香爐上。主簿張坦曰：“人名公作俗人，不虛也。”季和曰：“荀令君[4]至人家，坐席[5]三日香，爲我如何？”坦曰：“醜婦效顰，見者必走。公欲我遁走耶？”

【香篆】[6]近世作香篆，其文[7]準[8]十二辰，分百刻。凡燃，一晝夜方已[9]。

【辟寒香】[10]漢武時，外國貢辟寒香，室中焚之，雖大寒，人必減衣。

【藥香】[11]用玄參半斤，銀器中煮乾，再炒，令微煙出。甘松[12]四兩，白檀貳錢，

1　鋒按：沈譜“如厠過香爐上”條，采自東晉·習鑿齒《襄陽耆舊記》卷五“牧守·晉”之“劉弘”條，爲洪譜“愛香”條所本。唐·歐陽詢《藝文類聚》卷七十“服飾部·下”之“香爐”條：“《襄陽記》曰：劉季和性愛香，嘗上厠還，過香鑪上。主簿張坦曰：‘人名公作俗人，不虛也。’季和曰：‘荀令君至人家，坐處三日香，爲我如何？令君而惡我愛好也？’坦曰：‘古有好婦人，患而捧心嚬眉，見者皆以爲好。其鄰醜婦法之，見者走。公便欲使下官遁走耶？’季和大笑，以是知坦。”

2　西晉·劉弘，字季和。《襄陽耆舊記》：“劉弘，字季和，沛國相人也。大安中，張昌作亂，轉使持節、南蠻校尉、荆州刺史。討昌，斬之，悉降其衆。時荆部守宰多缺，弘請補選，帝從之。弘乃叙功銓德，隨才補授，甚爲論者所稱。勸課農桑，寬刑省賦，歲用有年，百姓愛悦。”

3　“嘗”，北泉本、有嘉本、世學本、澹生本皆作“常”，訛，據《襄陽耆舊記》改。

4　“荀令君”，東漢·荀彧任尚書令數十年，稱“荀令君”。西晉·陳壽《三國志·魏書·荀彧傳》裴松之注引佚名《彧別傳》：“司馬宣王（司馬懿）常稱：《書》《傳》遠事，吾自耳目所從聞見，逮百數十年間，賢才未有及荀令君者也。”

5　“坐席”，北泉本作“坐後”，《襄陽耆舊記》作“坐處”，據有嘉本、世學本、澹生本及洪譜改。

6　鋒按：沈譜“香篆”條，爲洪譜“百刻香”條所本。

7　“文”，北泉本、澹生本皆作“文”，是。有嘉本、世學本皆作“紋”，訛。

8　“準”，有嘉本、世學本、澹生本皆作“唯”，訛。

9　“方已”，有嘉本、世學本、澹生本皆無“方”字。

10　鋒按：“辟寒香”條，有嘉本、世學本、澹生本皆無。本條采自南朝梁·任昉《述异記》卷上“辟寒香”條：“丹丹國所出，漢武帝時入貢，每至大寒，於室焚之，暖氣翕然，自外而入，人皆減衣。”丹丹國，在今菲律賓。

11　鋒按：沈譜“藥香”條，收入洪譜“延安郡公藥香法”條而獲增益。又，條目下衍“藥香”二字，據本書體例，刪。

12　“甘松”前，唯澹生本有“外”字。

剉 [1]。麝香、乳香各二錢，研。入煉蜜，丸 [2] 如雞頭 [3] 大，燃之 [4]。

【入窨】[5] 凡香，須入窨，貴燥濕 [6] 得宜也 [7]。合和訖，乾罜收，蠟紙封，埋屋地下，半月餘。

【薰衣法】[8] 凡薰衣，以湯一小桶放薰籠下 [9]，以衣覆之，令潤，則香入衣也。

【麝香】[10]《山海經》曰："翠山之陰多麝。"[11]《本草經》[12] 曰："麝香，味辛，辟惡氣，殺鬼精，生中臺山 [13]。"[14]

1　剉：鍘切。《晉書·列女傳·陶侃母湛氏》："鄱陽孝廉范逵寓宿於侃。時大雪，湛氏乃徹所臥新薦，自剉給其馬。又密截髮，賣與鄰人，供餚饌。"

2　"丸"字前，有嘉本、世學本皆有"爲"字，衍。

3　"雞頭"，世學本作"雞豆"，澹生本作"彈子"。鋒按：雞豆、雞頭，皆指芡實。

4　"燃之"，有嘉本、世學本、澹生本皆無。

5　鋒按：沈譜"入窨"條，收入洪譜"窨香法"條而獲增益。

6　"燥濕"，有嘉本作"燥溫"，訛。

7　"也"，北泉本作"之地"，訛且衍。有嘉本、世學本、澹生本及洪譜"窨香法"條，皆作"也"，據改。

8　鋒按：沈譜"薰衣法"條，收入洪譜"薰衣法"條，而獲增益。

9　北泉本作"薰龍下"，"龍"字形近而訛，據有嘉本、世學本、澹生本改。

10　鋒按：麝香條以下，至羯布羅香樹條，凡29條，唯見於北泉本，而為有嘉、世學、澹生三本所共無。

11　"翠山之陰多麝"，采自《山海經·西山經》："又，西二百里，曰翠山。其上多棕、枏，其下多竹、箭，其陽多黃金、玉，其陰多牦牛、麢、麝。"西晉·郭璞注："麝，似麞而小，有香。"

12　《本草經》：指《本草經集注》。

13　中臺：上中下三臺之一。《晉書·天文志上》："三臺六星，兩兩而居。"《太平御覽》引《論語·摘輔象》："兗、豫，屬上臺（九州系於三臺）。荊、揚，屬下級（下級，上之下等，一臺各有上下）。梁、雍，屬中上（中臺之上）。冀州屬錯（錯，雜也。屬中臺之下，下臺之上）。青州屬下上……"

14　《本草經集注》卷十五"獸·上"之"麝香"條："味辛，溫，無毒。主闢惡氣，殺鬼精物，溫瘧，蠱毒，癇，去三蟲，治諸凶邪鬼氣，中惡，心腹暴痛脹急，痞滿，風毒，婦人產難，墮胎，去面目中膚翳。久服除邪，不夢寤魘寐，通神仙。生中臺川谷及益州、雍州山中。春分取之，生者益良。"

【鬱金香】《周禮·春官上》："鬱人掌祼（古亂反）器[1]，凡登禮賓客之祼事，和鬱鬯以實彝而陳之。"（築鬱金煑之，以和鬯酒也）《説文》曰："鬱鬯，百草之華，遠方所貢芳物。鬱人合而釀之，以降神也。"

【蘇合香】《續漢書》[2]曰："大秦國合諸香，煎其汁，謂之蘇合。"《廣志》[3]曰："蘇合香出大秦國，或云蘇合國。國人采之，笮其汁以爲香膏，乃賣其滓與賈客。或云：合諸香草，煎爲蘇合，非自然一種物也。"

【雞舌香】[4]《吳時外國傳》[5]曰："五馬州出雞舌香。"《續搜神記》[6]曰："劉廣，豫章人，年少未婚。至田舍，見一女云：我是何參軍女，年十四而夭，爲西王母所養，使與下土人交。廣與之纏綿，於席下得手巾[7]，裹雞舌香。其母取巾燒之，乃是火浣布。"《南州異物志》[8]曰："雞舌香出杜薄州，云是草萎，可含，香口。"俞益期《牋》[9]曰："外國老胡説：衆香共是一木，木華爲雞舌[10]。"

1　"鬱人掌祼器"前，《法苑珠林》有"鬱人曰"三字，北泉本無。

2　《續漢書》：西晉·司馬彪撰，接續東漢·班固《漢書》而作，大部亡佚。

3　《廣志》：北魏·郭義恭撰，内容、體例類西晉·張華《博物志》，久佚。《古佚書輯本目錄》："《隋志》子部雜家，載《廣志》二卷，郭義恭撰。兩《唐志》并載二卷。《新唐志》又載一部，爲十卷。案：義恭，不詳何人。《説郛》所載無多，不注出處。驗之馬國翰所輯，皆不出類書所引。馬氏從唐、宋類書等采得二百六十餘節，釐爲上下二卷，依《隋》《唐志》也。"

4　鋒按："雞舌香"條以下，直至"反生香"條，凡24條，皆采自唐·道世撰《法苑珠林》。

5　《吳時外國傳》：三國吳·康泰撰，久佚。

6　《續搜神記》：即《搜神記後記》，（僞託）東晉·陶淵明撰。

7　"於席下得手巾"前，《法苑珠林》金藏本有"其""曰"二字，北泉本無。

8　《南州異物志》：《隋書·經籍志》："《南州異物志》一卷，吳丹陽太守萬震撰。"萬震，生卒年不詳。此書久佚，有清·陳運溶輯本，收入《麓山精舍叢書·古海國遺書鈔》。

9　"《牋》"，北泉本、《法苑珠林》周叔迦校本作"《牋》"，《法苑珠林》金藏本作"《箋》"。東晉·俞益期撰《交州牋》，乃俞氏致韓康伯之書信，又作《與韓康伯書》。清·吳九齡《梧州府志》："俞益期，豫章人，寓交州，著《交州牋》。"

10　"木華爲雞舌"，北泉本作"木華爲雞舌香"，《法苑珠林》無"香"字，與前後文體例一致，據刪。

6

【雀頭香】《江表傳》[1]曰："魏文帝遣使於吳，求雀頭香。"

【薰陸香】《魏略》[2]曰："大秦國[3]出薰陸。"《南方草物狀》[4]曰："薰陸香，出大秦國。云在海邊，自有大樹，生於沙中。盛夏時，樹膠流涉沙上。夷人采取，賣與人。"（《南州異物志》同，其異者唯云："狀如桃膠。"《典術》又同，唯云："如陶松脂法，長飲食之，令通神靈。"）俞益期《牋》曰："眾香共是一木，木膠爲薰陸。"

【流黃香】《吳時外國傳》曰[5]："流黃香出都昆國，在扶南南三千餘里。"（《南州異物志》同。）《廣志》曰："流黃香出南海邊國。"

【青木香】《廣志》曰："青木出交州。"徐衷《南方記》曰："青木香出天篤國，不知形狀。"《南州異物志》曰："青木香出天竺，是草根，狀如甘草。"俞益期《牋》曰："眾香共是一木，木節爲青木。"

【栴檀香】竺法真《登羅山疏》[6]曰："栴檀出外國。元嘉末，僧伐藤[7]於山，見一大樹，圓蔭數畝，三丈餘圍，辛芳酷烈。其間枯條數尺，援而刃之，白栴檀也。"俞益期《牋》曰："眾香共是一木，木根爲栴檀。"

【甘松香】《廣志》曰："甘松出涼州諸山。"

【兜納香】《魏略》曰："出大秦國。"《廣志》曰："兜納出西方。"

【艾納香】《廣志》曰："艾納香出剽國。"《樂府》歌曰："行胡從何來？列國

1　《江表傳》：後晉張昭、賈緯等撰《舊唐書·經籍志》："《江表傳》五卷，虞溥撰。"虞溥，西晉人。

2　《魏略》：《舊唐書·經籍志》："《魏略》三十八卷，魚豢撰。"北宋·歐陽修撰《新唐書·藝文志》："魚豢《魏略》五十卷。"魚豢，生卒年不詳。此書久佚，有清·王仁俊輯本，收入《玉函山房輯佚書補編》。

3　"大秦國"，《法苑珠林》作"大秦"。

4　"《南方草物狀》"，北泉本、《法苑珠林》金藏本作"《南方草物狀》"，《法苑珠林》周叔迦校本作"《南方草木狀》"，訛。《南方草物狀》，東晉劉宋間·徐衷撰，久佚。

5　"曰"，北泉本作"云"，《法苑珠林》金藏本、周叔迦校本皆作"曰"，據改。

6　《登羅山疏》：全稱《登羅浮山疏》，簡稱《羅山疏》，劉宋蕭梁間天竺僧·法真撰。

7　"伐藤"，《法苑珠林》金藏本、周叔迦校本皆作"成藤"，訛。

持何來？氍毹毾㲪[1]五木香，迷迭艾納及都梁。"

【藿香】《廣志》曰："藿香出日南諸國。"《吳時外國傳》曰："都昆在扶南，出藿香。"《南州異物志》："藿香出典遜，海邊國也，屬扶南。香形如都梁，可以著衣服中。"俞益期《牋》曰："衆香共是一木，木葉爲藿香。"

【楓香】《南方記》曰："楓香樹子如鴨卵，爆乾可燒。"魏武令曰："房室不潔，聽得燒楓膠及蕙草。"

【棧香】《廣志》曰："棧香出日南諸國。"

【木蜜香】《异物志》曰："木蜜香，名曰香樹。生千歲，根本甚大。先伐僵之，四五歲乃往看。歲月久，樹根惡者腐敗，惟中節堅貞，芬香獨在耳。"《廣志》曰："木蜜出交州及西方。"《本草經》曰："木香一名蜜香，味辛，溫。"

【耕香】[2]《南方草物狀》曰："耕香莖生烏滸[3]。"

【都梁香】《廣志》曰："都梁出淮南。"

【沉香】《异苑》曰："沙門支法存在廣州，有八丈[4]氍毹，又有沉香八尺板床。太元中，王漢爲州。大兒劭，求二物不得，乃殺而藉焉。"[5]《南州异物志》曰："木

---

1 氍毹毾㲪：《魏略·西戎傳》："此國（大秦國）六畜皆出水中，或云非獨用羊毛也，亦用木皮或野繭絲作，織成氍毹、毾㲪、罽帳之屬，皆好。其色又鮮於海東諸國所作也。大秦多金、銀……黃白黑綠紫紅絳紺金黃縹留黃十種氍毹、五色毾㲪、五色九色首下毾㲪。"

2 鋒按：沈譜"耕香"條，爲洪譜、陳譜、周譜"耕香條"所本。北泉本、《法苑珠林》皆作"耕"，訛。

3 烏滸：《後漢書·南蠻傳·烏滸》："其西有噉人國……今烏滸人是也。"

4 "丈"，北泉本、《法苑珠林》金藏本皆作"尺"，訛。《法苑珠林》卷七十七"十惡篇第八十四·慳貪部第十一·感應緣"高麗藏本作"丈"，據改。

5 《法苑珠林》卷七十七周叔迦校本："魏支法存者，本是胡人，生長廣州。妙善醫術，遂成巨富。有八丈氍毹，作百種形像，光彩曜日。又有沉香八尺板床，居常芬馥。王談爲廣州刺史，大兒劭之屢求二物，法存不與。王談因存，掠係殺之，而藉没家財焉。死後形見於府内，輒打閣下鼓，似若稱'冤魂'。如此經尋月，王談得病，恒見法存守之，少時遂亡。劭之至楊都又死。"

8

香出日南。欲取，當先斫壞樹，著地積久，外皮[1]朽爛，其心至堅[2]者，置水則沉，名曰'沉香'。其次，在心白之間，不甚堅精，置之水中，不沉不浮，與水平者，名曰'棧香'。其最小麁白者，名曰'槃香'。"顧徵[3]《廣州記》曰："新興縣悉是沉香，如同心草。土人[4]斫之，經年朽爛[5]盡，心則爲沉香。"俞益期《牋》曰："衆香共是一木，木心爲沉香。"

【甲香】《廣志》曰："甲香出南方。"范曄《和香方》曰："甲煎，煎棧香是也。"[6]

【迷迭香】《魏略》曰："大秦出迷迭。"[7]《廣志》曰："迷迭出西海中。"

【零陵香】[8]《南越志》[9]曰："零陵香，土人謂爲燕草。"

【芸香】[10]《大戴禮·夏小正》曰[11]："采芸爲廟菜。"《禮記·月令》曰："仲冬之

1　"外皮"，北泉本作"外日"，《法苑珠林》金藏本作"外白"，周叔迦校本作"外自"，《太平御覽》作"外皮"，是，據改。

2　"至堅"，《法苑珠林》金藏本作"中堅"，周叔迦校本亦作"至堅"，意勝。

3　"顧徵"，《法苑珠林》金藏本作"顧微"，周叔迦校本亦作"顧徵"。

4　"土人"，北泉本作"士人"，訛。《法苑珠林》金藏本、周叔迦校本皆作"土人"，據改。

5　"朽爛"，《法苑珠林》金藏本作"肉爛"，周叔迦校本亦作"朽爛"。

6　"甲煎，煎棧香是也"，《法苑珠林》金藏本作"甲煎，棧香是也"，周叔迦校本亦作"甲前，煎棧香是也"，皆訛。

7　《藝文類聚》卷八十一、《太平御覽》卷九八二有曹丕《迷迭賦》："薄西夷之穢俗兮，越萬里而來征。"

8　"零陵香"，北泉本作"苓陵香"，訛。《法苑珠林》金藏本、《太平御覽》作"零陵香"，據改。

9　《南越志》：《宋書·沈懷遠傳》："懷遠，爲始興王浚征北長流參軍，深見親待。坐納王鸚鵡爲妾，世祖徙之廣州，使廣州刺史宗慤於南殺之。會南郡王義宣反，懷遠頗閑文筆，慤起義，使造檄書，并銜命至始興，與始興相沈法系論起義事。事平，慤具爲陳請，由此見原；終世祖世不得還。懷文雖親要，屢請，終不許。前廢帝世，流徙者并聽歸本，官至武康令。撰《南越志》及懷文文集，并傳於世。"《新唐書·藝文志》："沈懷遠《南越志》五卷。"

10　鋒按："芸香"，此條北泉本、《法苑珠林》金藏本皆混入"零陵香"條，誤。《太平御覽》另起一條，據改。

11　"曰"，北泉本、《法苑珠林》金藏本皆作"月"，訛。《太平御覽》作"曰"，據改。

月，芸始生。"（鄭玄曰："芸，香草也。"）《説文》曰："芸草似苜蓿。"《淮南子》曰[1]："芸可以死而復生。"

【蘭香】《周易·繫辭》曰："同心之言，其臭如蘭。"（王弼曰："蘭，芳也。"）《易·通卦驗》[2]曰："冬至，廣莫風至，蘭始生。"《説文》曰："蘭，香草也。"《本草經》曰："蘭草，一名'水香'。久服，益氣、輕身、不老。"[3]

【槐香】出蒙、楚之間。故嵇含[4]述《槐香賦序》[5]。

【兜末香】《漢武故事》曰："西王母當降，上燒兜末香。兜末香者，兜渠國所獻，如大豆。塗門，香聞百里。關中嘗大疫，死者相係[6]。燒此香，死者止。"[7]

【反生香】《真人關尹傳》[8]曰："老子曰：真人遊時，各各坐蓮華之上，華徑十丈。有反生靈香，逆風[9]聞三十里。"

1　"《淮南子》曰"，北泉本、《法苑珠林》金藏本皆作"《淮南》説"，脱且訛。《太平御覽》作"《淮南子》曰"，據改。

2　《易緯·通卦驗》，東漢·鄭玄注："冬至，廣莫風至，蘭射幹生，麋角解，曷旦不鳴。"《四庫總目》："《易緯·通卦驗》，馬端臨《經籍考》、《宋史·藝文志》俱載其名。"

3　《本草經集注》"蘭草"條："味辛平，無毒，主利水道，殺蟲毒，除胸中痰癖。辟不祥。久服，益氣、輕身、不老、通神。一名'水香'，生大吳池澤，四月、五月采。"

4　"嵇含"北泉本、《法苑珠林》金藏本皆作"稽合"，訛。《太平御覽》作"嵇含"，據改。嵇含，嵇康姪孫，西晉征西參軍，撰《南方草木狀》三卷。

5　《槐香賦序》："余以太簇之月，登於歷山之陽，仰眺崇岡，俯察幽坂。乃睹槐香，生蒙、楚之間。曾見斯草，植於廣廈之庭，或被帝王之圃；怪其遐棄，遂遷而樹於中唐。華麗則殊采阿那，芳實則可以藏書。又感其棄本高崖，委身階庭，似傅説顯殷，四叟歸漢，故因事義賦之。"

6　"相係"，北泉本作"相籍"。《太平御覽》作"相系"。《法苑珠林》金藏本作"相係"，據改。

7　《漢武故事》："王母遣使謂帝曰：七月七日我當暫來。"

8　《真人關尹傳》，南朝蕭梁·吳均撰。

9　"逆風"，北泉本作"送風"，與文意不合，訛。《法苑珠林》金藏本、《太平御覽》皆作"逆風"，據改。

【白檀香】[1]《三藏法師傳》[2]云："南印度國濵海，有秣剌耶山，中有白檀香樹。樹類白楊，其質冷，蛇多附之，至冬方蟄，乃以別檀也。"

【羯布羅香樹】[3]松身异葉，花果亦殊。濕時無香，采乾之後折之，中有香。類雲母[4]，色如氷雪。

【飛樟脳】[5]樟脳一両，両盞[6]合之，以濕紙糊縫，文武火熁[7]，半時取起。候冷，用之。（沈譜）

【龍脳】[8]龍脳，須別器研細，不可多用，多則掩奪[9]衆香。（沈氏香譜）[10]

【檀香】[11]須揀真者，挫如米粒許，慢火爒，令烟出，紫色，断腥氣即止。　每紫檀一斤，薄作片子，好酒二升，以慢火煮干，略爒。　又方[12]：檀香[13]劈作小片，

1　鋒按：沈譜"白檀香"條，采自《三藏法師傳》卷四："國南濱海有秣剌耶山，崖谷崇深，中有白檀香樹、栴檀儞婆樹。樹類白楊，其質涼冷，蛇多附之，至冬方蟄，用以別檀也。"

2　《三藏法師傳》：即《大唐大慈恩寺三藏法師傳》，唐・玄奘傳記，弟子慧立撰，弟子彦悰箋。武周垂拱四年（688）成書。

3　鋒按：沈譜"羯布羅香樹"條，北泉本作"又有龍脳香樹"，且混入"白檀香"條，誤。《三藏法師傳》作"又有羯布羅香樹"，據補條目。

4　"類雲母"，《三藏法師傳》作"狀類雲母"，多"狀"字。

5　鋒按：沈譜自"飛樟脳"至"窨香"，凡5條，輯自陳敬、陳浩卿《新纂香譜》卷一"修製諸香"部。

6　"両盞"，煙雲本《新纂香譜》脱"兩"，據文瑞本《新纂香譜》、四庫本《陳氏香譜》補。

7　"熁"，煙雲本作"熠"，訛。據文瑞本、四庫本改。熁（xié）：炙烤。北宋・陳彭年等編《廣韻》："火氣熁上。"唐・馮贄《雲仙散録・羔羊揮淚》："程皓以鐵床熁肉，肥膏見火，則油焰淋漓。"北宋・蔡襄《茶録》："凡欲點茶，先須熁盞令熱。冷，則茶不浮。"

8　鋒按："龍脳"條，煙雲本、四庫本皆位於"修製諸香"部第五，文瑞本位於"修製諸香"部第十二。

9　"掩奪"，四庫本作"撩奪"，訛。

10　"沈氏香譜"，文瑞本、四庫本皆作"沈譜"。

11　鋒按："檀香"條，煙雲本、四庫本皆位於"修製諸香"部第六，文瑞本位於"修製諸香"部第十三。

12　"又方"，文瑞本、四庫本皆無"又方"。

13　"檀香"，煙雲本脱，據文瑞本、四庫本補。

騰茶[1]清，浸一宿。控出[2]，焙干，以蜜酒同拌，令匀[3]。再浸一宿，慢火炙干。　　又方[4]：檀香[5]細挫。水一升，白蜜半斤[6]，同于鍋内煮[7]，五七十沸，控出[8]，焙干。　　又方[9]：檀香[10]斫作[11]薄片子，入蜜，拌之净罨，炒如干。旋旋入蜜，不住手攪[12]，勿令炒焦，以黑褐色爲度。（以上并沈氏香譜）[13]

【爇香】[14]宜慢火[15]。如火緊，則焦氣。（沈譜）[16]

【窨香】[17]香非一體，濕者易和，燥者難調，輕軟者燃速，重實者化遲。以火鍊結[18]之，則走泄其氣。故以用淨罨，拭極干，貯窨令密[19]，掘地藏之。則香性相入[20]，不復離解。　　新和香，必須入窨[21]，貴其燥濕得宜也[22]。每約香多少，貯以不

1　騰茶：北宋・歐陽修《歸田録》卷一："騰茶出於劍、建，草茶盛於兩浙。"
2　"控出"，四庫本脱。
3　"令匀"，煙雲本脱"令"，據文瑞本、四庫本補。
4　"又方"，文瑞本、四庫本皆無"又方"。
5　"檀香"，煙雲本脱，據文瑞本、四庫本補。
6　"白蜜半斤"，文瑞本、四庫本皆作"半升"。
7　"同于鍋内煮"，文瑞本、四庫本皆作"同于鍋内煎"。
8　"控出"，四庫本脱。
9　"又方"，文瑞本、四庫本皆無"又方"。
10　"檀香"，煙雲本脱，據文瑞本、四庫本補。
11　"斫作"，煙雲本作"研作"，訛，據文瑞本、四庫本改。
12　"不住手攪"，文瑞本、四庫本皆作"不住手攪動"。
13　"以上并沈氏香譜"，煙雲本作"并沈氏香譜"，無"以上"二字，據文瑞本、四庫本補。
14　鋒按："爇香"條，文瑞本無。四庫本混入"煨炭"條："煨炭：凡合香用炭，不拘黑白，重煨作火，罨於密罨，冷定。一則去炭中生薪，二則去炭中雜穢之物。爇香：宜慢火，如火緊則焦氣。（沈譜）"爇（chǎo）：以火乾物。
15　"宜慢火"，煙雲本前有"爇香"二字，衍，據文瑞本、四庫本刪。
16　"沈譜"，煙雲本無，據文瑞本、四庫本補。
17　鋒按："窨香"條，煙雲本拆作"窨香"及"新和香"兩條，誤。據四庫本合爲一條，條文末有小字注"沈譜"。
18　"鍊結"，煙雲本作"燥結"，訛，據文瑞本、四庫本改。
19　"令密"，四庫本作"蜜"，訛且脱。
20　"相入"，文瑞本、四庫本皆作"粗入"，訛。
21　"入窨"，四庫本作"窨"，"入"字脱。
22　"貴其燥濕得宜也"，煙雲本作"貴燥濕浮宜也"，訛且脱，據文瑞本、四庫本改。

津¹磁罌，蠟紙密封²。于静室屋中掘地，窞³深三五寸，瘞⁴月餘，逐旋⁵取出，其香尤鬜醲也⁶。

【百刻香印】⁷宣州石刻⁸：穴壺爲漏，浮木爲箭，自有熊氏以來，尚矣。三代兩漢，迄今遵用，雖制有工拙，而無以易此。國初，得唐朝水秤，作用精巧，與杜牧宣、潤秤漏頗相符合。其後燕肅龍圖守梓州，作蓮花漏，上進。近，又吳僧瑞新創杭、湖等州秤漏，例皆疏畧。慶曆戊子年⁹初，預班朝。十二月，起居退宣，許百官于朝堂觀新秤漏，因得詳觀而默識焉。始知古今之制，都未精究。盖少第二平之¹⁰水盒，致¹¹漏滴之有遲速也。亘古之闕，由¹²我朝講求而大備邪？嘗率愚短，窃倣¹³成法，施于婺、睦二州皷角樓。熙寧癸丑歳¹⁴，大旱，夏秋愆雨¹⁵，井泉枯竭，民用艱飲¹⁶。時待次梅溪¹⁷，始作"百刻香印"，以準昏曉。又增置"五夜香刻"，

---

1 "不津"，煙雲本作"不裂"，訛，據文瑞本、四庫本改。

2 "蠟紙密封"，文瑞本、四庫本皆無"密"。

3 窞（dàn）：《説文》："窞，坎中小坎也。"

4 "瘞"，四庫本脱。

5 逐旋：蘇軾《議給田募役狀》："寬剩役錢，本非經賦常入，亦非國用。所待而後足者，今付有司，逐旋支費。"

6 "其香尤鬜醲也"，四庫本脱"香"。

7 鋒按：自"百刻香印"至"丁公美香篆"，凡4條，輯自陳敬、陳浩卿《新纂香譜》卷二"印篆諸香"部。

8 鋒按："宣州石刻"四字，煙雲本無，文瑞本、四庫本、《香乘》皆爲"五夜香刻"條目之小字注，據補。"五夜香刻"條目，實即後文之"五更印刻"。

9 慶曆戊子年：北宋仁宗慶曆八年（1048）。

10 "之"，文瑞本、四庫本皆無。

11 "致"，文瑞本作"至"，訛。

12 "由"，文瑞本、四庫本皆作"繇"。

13 "倣"，文瑞本作"効"、四庫本作"效"。

14 熙寧癸丑歳：北宋神宗熙寧六年（1073）。

15 "夏秋愆雨"，煙雲本、文瑞本皆作"夏秋泉冬愆雨"，"泉""冬"二字衍。四庫本作"夏秋泉冬愆南"，"南"字訛。《香乘》作"夏秋愆雨"，據改。

16 "艱飲"，四庫本作"艱險"，"險"字訛。

17 "梅溪"，四庫本作"梅磎"。

如左：[1]

　　百刻香印，以堅木爲之，山梨爲上，楠、樟[2]次之。其厚[3]一寸二分，外徑一尺一寸，中心徑一寸[4]。無餘用，有文處，分十二界。迴曲[5]其文，橫路二十一重[6]，路皆濶[7]一分半。銳[8]其上，深亦如之。每刻長二寸四分[9]，凡一百刻，通長二百四十寸。每時率二尺，計二百四十寸。凡八刻三分刻之一[10]。其近中狹處，六暈相屬，亥子也，丑寅也，夘辰也，巳午也[11]，未申也，酉戌也，陰盡以至陽也。（戌之末則入亥，以上六長暈，各外相連[12]。）陽時，六皆順行，自小以入大[13]，從微至著也[14]。其向外，長六暈亦相屬，子丑也，寅夘也，辰巳也，午未也，申酉也，戌亥也[15]，陽終以入陰也。（亥之末則至子，以上六狹處，各內相連。）陰時，六皆逆行，從大以入小，陰主減也。并無斷際，猶環之無端也[16]。每起火，各以其時。大抵起午正，（第三路近中是[17]），或起日出，（視曆

1　鋒按：煙雲本、文瑞本、四庫本、《香乘》皆有條目"五夜香刻"，然該條實爲《沈譜》兩條香法"百刻香印""五夜香刻"與一條香方"百刻香"之《序》，與後文"昔嘗撰……沈立題"之《跋》相呼應，共爲"宣州石刻"之起、終點。

2　"楠、樟"，煙雲本、《香乘》同，文瑞本、四庫本皆作"樟、楠"。

3　"其厚"，四庫本作"其原"，訛。

4　"外徑""中心徑"，四庫本作"外經""中心經"，訛。

5　"迴曲"，煙雲本作"過曲"，訛。《香乘》作"迂"，據四庫本改。

6　"橫路二十一重"，四庫本作"橫路二十一里"，"里"字訛。

7　"濶"，煙雲本、文瑞本、四庫本皆同，《香乘》作"闊"，二字音義皆同。

8　"銳"，四庫本作"鋭"，訛。

9　"二寸四分"，四庫本作"一寸四分"，訛。據後文"凡一百刻，通長二百四十寸"，當以"二寸"爲是。煙雲本、文瑞本、《香乘》皆作"二寸"，據改。

10　八刻三分刻之一：即今"八又三分之一刻"。

11　"巳午也"，文瑞本脫。

12　"各外相連"，文瑞本作"各各外相連"，《香乘》作"外各相連"。

13　"自小以入大"，文瑞本、四庫本皆作"自小以入大也"，多"也"字。

14　"從微至著也"，文瑞本、四庫本皆作"微至著也"，無"從"字。

15　"外，長六暈亦相屬，子丑也，寅夘也，辰巳也，午未也，申酉也"，凡二十二字，《香乘》脫。

16　"猶環之無端也"，文瑞本作"猶循環之無端也"，多"循"字。

17　"第三路近中是"，此六字，文瑞本非小字注。

日日出[1]、夘初、夘正幾刻[2]。）故不定斷際起火處也。

百刻香，若以常香即無準，今用野蘇、松毬二味，相和令勻。貯扵新陶噐內，旋用。　野蘇，即荏葉也。中秋前采，曝干，爲末，每料十兩。　松毬，即枯松花也。秋末，采[3]其自墜者，曝乹，挫去心，爲末，每料用[4]八兩。

（百刻篆香圖）[5]

昔嘗撰《香譜》，敍[6]"百刻香"[7]未甚詳。廣德吳正仲製其篆刻，并香法見貺。較之頗精審，非雅才妙思，孰能至是？因鑴於石，傳諸好事者。熙寧甲寅歲[8]，仲春二日，右諫議大夫知宣城郡沈立題。

───────────

1　"視曆日日出"，煙雲本作"視曆日出"，脫一"日"字，據文瑞本、四庫本、《香乘》補。

2　"幾刻"，煙雲本作"九刻"，訛，據文瑞本、四庫本、《香乘》改。

3　"采"，四庫本作"揀"，《香乘》作"取"。

4　"每料用"，煙雲本、文瑞本、四庫本皆作"每用"，無"料"字。據《香乘》補。

5　"百刻篆香圖"，煙雲本、四庫本作"百刻篆圖"，文瑞本"百刻香篆"。《香乘》作"百刻篆香圖"，據改。

6　"敍"，文瑞本作"序"。

7　煙雲本、文瑞本、《香乘》皆作"百刻香"，四庫本作"百刻香印"，衍"印"字。

8　鋒按："熙寧甲寅歲"，北宋神宗熙寧七年（1074），與《序》之"熙寧癸丑歲"相應。

【五夜香刻】[1]（十三）[2]上印最長，自小雪後，大雪、冬至、小寒後單用。其次[3]有甲、乙、丙、丁四印，并兩刻用。　中印最平，自驚蟄後，至春分後單用。秋分同[4]，其前後有戊、己印各一，并單用。　末印最短[5]，自芒種前，及夏至[6]、小暑後單用。其前有庚、辛、壬、癸印，并兩刻用。

（五夜篆香圖）[7]

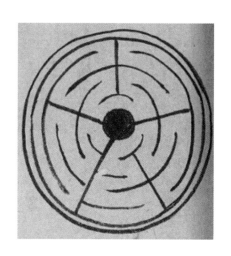

其一[8]

小雪後十一日[9]連大雪。

冬至及小寒後三日。

上印：六十刻，徑三寸三分，長二尺七寸五分無餘。

1　鋒按："五夜香刻"，四庫本作"五香夜刻"，倒。煙雲本、文瑞本、四庫本、《香乘》又皆另有條目，云"五更印刻"，實即"五夜香刻"之訛。

2　條目小字註"十三"二字，煙雲本、四庫本無，據文瑞本、《香乘》補。

3　"其次"，煙雲本"其"字脫，據文瑞本、四庫本、《香乘》補。

4　"秋分同"，煙雲作"秋分用"，訛，據文瑞本、四庫本、《香乘》改。

5　煙雲本作"取短"，"取"字形近而訛，據文瑞本、四庫本、《香乘》改。

6　"夏至"，煙雲本、《香乘》作"夏至後"，多"後"字，據文瑞本、四庫本刪。

7　鋒按："五夜篆香圖"，煙雲本、文瑞本皆無此五字，《香乘》有之，而與"百刻篆香圖"相應，據補。

8　鋒按："其一"至"其十三"，皆爲整理者所加。

9　"十一日"，《香乘》作"十日"。

其二

小寒後四日至大寒後二日。

小雪前一日至後十一日，同。

甲印：五十九、五十八刻，徑三寸二分，長二尺七寸[1]。

大寒後三日至後十二日[2]。

立冬後四日至十三日，同。

其三

立春前三日至後四日。

---

1 "長二尺七寸"，煙雲本作"長三尺七寸"，"三"字訛，據上下文，當作"二"。《香乘》
　正作"二"，據改。

2 "後十二日"，《香乘》作"十二日後"，倒。

立冬[1]前五日至後三日，同。

乙印：五十七、五十六刻，徑三寸二分，長二尺六寸。

立春後五日至十二日。

霜降後[2]四日至後十日，同。

其四

雨水前三日至後三日。

霜降前二日至後三日，同[3]。

丙印：五十五、五十四刻，徑三寸一分[4]，長二尺五寸。

雨水後四日至九日。

寒露後六日至後十二日。[5]

1　"立冬"，《香乘》作"立春"，訛。

2　"霜降後"，《香乘》作"霜降前"。

3　"同"，《香乘》作"内"，訛。

4　"徑三寸一分"，《香乘》作"徑二寸二分"，據上下文，訛。

5　《香乘》句末多"内"字，衍。

其五

雨水後十日至驚蟄節日。

寒露前一日至後五日，同。

丁印：五十三、五十二刻，徑三寸，長二尺四寸。

驚蟄後一日至六日。

秋分後[1]八日至十三日。[2]

其六

驚蟄後七日至十二日。

秋分後三日至後八日，同。

戊印：五十一刻，徑二寸九分，長二尺三寸。

---

1 "秋分後"，《香乘》作"秋分"，"後"字脫。

2 《香乘》句末多"同"字。

其七

驚蟄後十三日至春分後三日。

秋分前二日至後二日，同。

中印：五十刻，徑二寸八分，長二尺二寸五分無餘。

其八

春分後四日至八日。

白露後七日至十二日，同[1]。

己印：四十九刻，徑二寸八分，長二尺二寸無餘。

其九

春分後九日至十三日[2]，同。

---

1 "同"，《香乘》作"內"，訛。

2 "十三日"，《香乘》作"十二日"。

白露後一日至六日，同。

庚印：四十八、四十七刻，徑二寸七分，長二尺一寸五分。

清明前一日至後六日。

處暑後十一日至白露節日，同。

其十

清明後七日至十三日¹。

處暑後²四日至十日，同。

辛印：四十六、四十五刻，徑二寸六分，長二尺五分。

清明後十三日至穀雨後三日。

立秋後十二日至處暑後三日，同。

---

1 "十三日"，《香乘》作"十二日"。

2 "處暑後"，《香乘》作"處暑"，脫"後"字。

其十一

穀雨後四日至後十日。

立秋後五日至十一日，同。

壬印：四十四、四十三[1]刻，徑二寸五分，長一尺九寸五分。

穀雨後十一日至立夏後三日。

大暑後十二日至立秋後四日，同。

其十二

立夏後四日至十三日[2]。

大暑後二日至十一日，同。

癸印：四十二、四十一刻，徑二寸四分，長一尺八寸五分。

小滿前一日至後十一日。

小暑後四日至大暑後一日，同。

---

1 "四十三"，《香乘》作"四十五"，據上下文，"五"字訛。
2 《香乘》句末多"同"字。

其十三

芒種前三日連夏至及小暑後三日[1]。

末印：四十[2]刻，徑二寸三分，長一尺七寸五分無餘。

【龍麝印香】[3]夾棧香（半兩），白檀香（半兩），白茅香（二兩），藿香（一分）[4]，甘松（半兩，去土）[5]，甘中（半兩），乳香（半兩）[6]，棧香（二兩）[7]，麝香（四錢）[8]，甲香（一分）[9]，龍腦（一錢）[10]，沉香（半兩）。

右，除龍、麝、乳香別研，餘皆搗羅細末，拌和令勻[11]，用如常法。

【丁公美香篆】[12]乳香（半兩，別本一兩），水蛭（三錢），壬癸蟲（即科斗[13]），定風草（半兩，即天麻苗），鬱金（一錢）[14]，龍腦（少許）。

右，除龍腦、乳香別研外，餘皆爲末。然後，一處勻和，滴水爲丸，如梧桐子大。每用，先以清水濕過手。然香，烟起時，以濕手按之，任從巧意，手常要濕。

1　“芒種前三日連夏至及小暑後三日”，《香乘》作“芒種前三日至小暑後三日”。
2　“四十”，《香乘》作“中十”，訛。
3　鋒按：“龍麝印香”條目後，煙雲本、四庫本、《香乘》皆注小字“沈譜”，文瑞本注小字“沈”。
4　“一分”，四庫本作“一錢”，《香乘》作“二錢”。
5　“去土”，四庫本脫此二字。
6　“甘草半兩，乳香半兩”，文瑞本作“甘草、乳香，各半兩”。四庫本脫“甘草半兩”四字。
7　“棧香二兩”，《香乘》作“丁香半兩”。
8　“麝香四錢”，文瑞本作“麝香四分”。
9　“甲香一分”，四庫本作“甲香一錢”，《香乘》作“甲香三分”。
10　“龍腦一錢”，文瑞本作“龍腦一分”。
11　“拌和令勻”，文瑞本作“拌勻”。
12　鋒按：“丁公美香篆”條目後，煙雲本、文瑞本皆注小字“沈”。四庫本註小字“沈譜”。《香乘》無註。
13　“即科斗”，文瑞本作“科斗是”。
14　“鬱金一錢”，文瑞本在“定風草半兩（即天麻苗）”前。

歌曰：乳蛭壬風龍鬱煎[1]，獸爐焫[2]處發祥烟。竹軒清夏寂無事，可愛翛然遂晝眠[3]。

【蘇州王氏幬中香】[4]檀香（一兩，直剉如米豆[5]，不可斜剉[6]。以臈茶清浸[7]，令沒過。二日[8]，取出，窨干。慢火炒，紫色[9]。），沉香（二錢，直剉），乳香（一分，另研[10]），龍腦（另研[11]）、麝香（各一字，另研[12]，茶清化開[13]）。

右，爲末[14]，淨蜜六兩，同浸檀茶清，更入水半盞，熬百沸。復秤如蜜數爲度[15]，候冷。入麩炭[16]末三兩，與腦、麝同和勻，貯磁噐封窨。如常法，旋丸，焫之。

1　"乳蛭壬風龍鬱煎"，文瑞本作"乳炷任鳳凰龍鬱煎"，"蛭壬風"三字皆訛，且衍"凰"字。

2　"獸爐焫"，文瑞本作"手爐爇"，"手"字訛。

3　"遂晝眠"，文瑞本作"逆晝眠"，"逆"字訛。

4　鋒按：自"蘇州王氏幬中香"至"梅英香"，凡20條，輯自《新纂香譜》卷二"凝和諸香"部之前半。"蘇州王氏幬中香"條目後，煙雲本、文瑞本皆注小字"沈"，四庫本、《香乘》皆無。《香乘》卷十四"法和衆妙香"部亦見此條，惟條目作"蘇州王氏幬中香"。

5　"直剉如米豆"，《香乘》作"直剉如米豆大"。

6　"不可斜剉"，煙雲本作"不斜剉"，無"可"字，據文瑞本、四庫本、《香乘》補。

7　"以臈茶清浸"，文瑞本作"以臈茶浸"，無"清"字。四庫本作"以臈清浸"，無"茶"字。

8　"二日"，《香乘》作"一日"。

9　"紫色"，煙雲本作"紫好色"，多"好"字。四庫本作"紫色"，據改。文瑞本、《香乘》皆作"紫"，無"色"字。

10　"另研"，文瑞本作"別研"。

11　"另研"，文瑞本作"別研"。

12　"另研"，文瑞本作"別研"。

13　"茶清化開"，《香乘》作"清茶化開"。

14　"右爲末"，文瑞本作"右末"，無"爲"字。

15　"復秤如蜜數爲度"，文瑞本、四庫本皆作"復秤如蜜數度"，無"爲"字。

16　麩炭：木炭，唐·白居易《和自勸》（二首其一）："日暮半爐麩炭火，夜深一盞紗籠燭。"南宋·陸游《老學庵筆記》："謝景魚家有陳無己手簡一編，有十餘帖，皆與酒務官託買浮炭，其貧可知。浮炭者，謂投之水中而浮。今人謂之麩炭，恐亦以投之水中則浮故也。"

【蘇內翰貧衙香】[1]白檀香（四兩，斫作薄片，以蜜拌之。淨器內炒如干[2]，旋旋入蜜不住手，攪以黑褐色爲止，勿令焦。），乳香（五粒[3]，皂子大[4]，以生絹裹之[5]，用好酒一盞同煮，候酒干至五七分，取出。），麝香（一字），玄參（一錢）[6]。

右，先將[7]檀香杵粗末，次將麝香細研，入檀香[8]，又入麩炭[9]細末一兩借色，與玄、乳同研，合和令匀[10]，煉蜜作劑，入瓷器[11]，實按[12]，密封[13]，地埋[14]一月[15]。

【錢塘僧日休衙香】[16]紫檀（四兩），沈水香（一兩），滴乳香[17]（一兩），麝香（一錢）。

1　鋒按："蘇內翰貧衙香"條目後，煙雲本、文瑞本、《香乘》皆注小字"沈"，四庫本無。《香乘》卷十四"法和衆妙香"部亦見此條。
2　"炒如干"，文瑞本作"炒干"，無"如"字。
3　"五粒"，煙雲本、《香乘》皆作"五"，無"粒"字。四庫本作"五粒"，據補。
4　"皂子大"，四庫本無此三字。皂子：皂角子，皂莢樹之果實，形似扁豆而大。南宋·普濟編《五燈會元》卷八"黃龍誨機禪師"："（誨機）後到玄泉，問：如何是祖師西來意？泉拈起一莖皂角，曰：會麼？師曰：不會。泉放下皂角，作洗衣勢。師便禮拜，曰：信知佛法無別。"
5　"以生絹裹之"，文瑞本、四庫本皆無"以"字。
6　"玄參一錢"，《香乘》脫此四字，據下文"與玄、乳同研"，當有玄參。
7　"右先"，文瑞本無此二字。
8　"入檀香"，煙雲本、《香乘》脫"香"字。
9　"麩炭"，煙雲本作"烰炭"。按：麩、烰，二字同。
10　"合和令匀"，煙雲本無"合和"二字，文瑞本無"令"字。
11　"瓷器"，文瑞本、《香乘》作"磁器"，四庫本作"甕器"。按：瓷、磁、甕，三字同。
12　"實按"，文瑞本作"貫按"，四庫本作"罐"，皆訛。
13　"密封"，四庫本作"蜜封"，訛。
14　"地埋"，四庫本作"埋地"，倒。
15　"一月"，《香乘》作"一月用"，多"用"字。
16　鋒按："錢塘僧日休衙香"條目後，文瑞本、迮圃本皆注小字"沈"。《香乘》卷十四"法和衆妙香"部亦見此條。
17　"滴乳香"，煙雲本作"滴乳"，無"香"字，據文瑞本、四庫本、《香乘》補。

右¹，杵羅細末，煉蜜拌和，令匀²，丸³如豆大。入磁罂，久窨可爇。

【衙香】⁴紫檀（四两，酒浸一晝夜，焙干），川大黃（一两，切片，以甘松酒浸煮⁵，焙），玄參（半两，以甘松同酒浸一宿⁶，焙干⁷），零陵香（半两），甘草（半两）⁸，白檀（二錢半），棧香（二錢半）⁹，酸棗仁¹⁰（五枚）。

右¹¹，爲細末，白蜜十两，微煉，和匀，入不津瓷盒¹²，封窨半月。取出，旋丸，爇之。

【神仙合香】¹³玄參（十两），甘松（十两，去土）¹⁴，白蜜（加減用）。

---

1 "右"，文瑞本無。

2 "令匀"，文瑞本、四庫本皆無"令"字。

3 "丸"，四庫本作"圓"。

4 鋒按："衙香"條目後，文瑞本注小字"沈"，煙雲本、四庫本皆無注。《香乘》卷十四"法和衆妙香"部亦見此條，亦無注。

5 "浸煮"，文瑞本、四庫本皆無"浸"字。

6 "浸一宿"，《香乘》脱此三字。

7 "焙干"，《香乘》脱"干"字。

8 "零陵香半两，甘草半两"，文瑞本、四庫本皆作"零陵香、甘草，各半两"。

9 "白檀二錢半，棧香二錢半"，文瑞本、四庫本皆作"白檀、棧香各二錢半"。

10 "酸棗仁"，文瑞本脱"仁"字。

11 "右"，文瑞本無。

12 "瓷盒"，四庫本作"瓷盒内"，多"内"字。

13 鋒按："神仙合香"條目後，文瑞本注小字"沈"，煙雲本、四庫本皆無注。《香乘》卷十四"法和衆妙香"部亦見此條，注小字"沈譜"。

14 "玄參十两，甘松十两，去土"，文瑞本作"玄參、甘松，各十两，去土"。四庫本作"玄參一十两，甘松一十两"，衍"一"字，脱"去""土"二字。

右，爲¹細末，白蜜漬²，令匀³，入瓷罐内，密封。湯釜煮，一伏時⁴，取出⁵放冷。杵數百⁶，如干，加蜜和匀⁷。窖地中，旋取。入麝⁸少許，焫之。

【濕香】⁹檀香（一兩一錢），乳香（一兩一錢），沉香（半兩），龍腦（一錢），麝香（一錢），桑柴灰¹⁰（一斤¹¹）。

右，¹²爲末，用竹筒盛蜜¹³，于水鍋内煮至赤色¹⁴，與香末和匀¹⁵。石板上槌三五十下¹⁶，以熟麻油¹⁷少許作丸或餅，焫之。

【清真香】¹⁸沉香（二兩），棧香（三兩），檀香（三兩），零陵香（三兩）¹⁹，藿香（一

---

1 "右爲"，文瑞本無此二字。

2 "白蜜漬"，《香乘》作"白蜜和"。

3 "令匀"，文瑞本脱"令"字。

4 "湯釜煮，一伏時"，四庫本作"重湯，煮一宿"。一伏時：一晝夜。元·王與《無冤録·毒药死》："中砒霜、野葛毒死，春夏秋冬，得一伏時，遍身發小皰，作青黑色，身上亦作青黑色。"

5 "取出"，文瑞本脱"出"字。

6 "杵數百"，文瑞本脱"百"字。

7 "和匀"，文瑞本脱"匀"字。

8 "入麝"，《香乘》作"入麝香"。

9 鋒按："濕香"條目後，煙雲本、文瑞本皆注小字"沈"，四庫本無注。《香乘》卷十四"法和衆妙香"部亦見此條，亦注小字"沈"。

10 "桑柴灰"，文瑞本、四庫本皆作"桑炭灰"。

11 "一斤"，《香乘》作"二両"。

12 "右"，文瑞本無。

13 "用竹筒"，四庫本作"爲竹筒"，"爲"字訛。《香乘》作"銅筒"。

14 "於水鍋内"，四庫本作"於鍋中"。

15 "和匀"，文瑞本作"和和"，後"和"字訛。

16 "三五十下"，煙雲本作"三十或五十下"，"十或"二字衍。

17 "熟麻油"，文瑞本作"熱麻油"。

18 鋒按："清真香"條目後，煙雲本、文瑞本皆注小字"沈"，四庫本無注。《香乘》卷十五"法和衆妙香二"部亦見此條，亦注小字"沈"。

19 "棧香三兩，檀香三兩，零陵香三兩"，文瑞本、四庫本皆作"棧香、零陵香各三兩"，無"檀香三兩"。

両），玄參（一両），甘草（一両）[1]，黃熟香（四両），甘松（一両半），腦、麝（各一錢），甲香（二両半，泔[2]浸二宿，同煮，泔盡以清[3]爲度，復以酒潑燒[4]。地上置，盖一宿[5]）。

右，[6]爲末，入腦、麝拌勻，白蜜六両，煉去沫[7]，入焰硝[8]少許。攪和諸香，丸如芡大[9]，燒如常法[10]。久窨更佳。

【清妙香】[11] 沉香（二両，剉），檀香（二両，剉），龍腦（一分），麝香（一分，另研）。

右，[12]細末，次入腦、麝，拌勻。白蜜五両，重湯煮熟[13]，放温。入焰硝半両，同和。瓷噐窨一月，取出[14]，焫之。

【邢太尉韻勝清遠香】[15] 沉香（半両），檀香（一錢），麝香（半錢），腦子（三字）。

---

1 "藿香一両，玄參一両，甘草一両"，文瑞本、四庫本皆作"藿香、玄參、甘草各一両"。

2 泔：淘米水。《説文》："周謂潘曰泔。"

3 "泔盡以清"，文瑞本作"盡水清"，"泔"字脱，"以"字訛。《香乘》作"油浸以清"，"油"字訛。

4 "復以酒潑燒"，文瑞本作"以滴撥"，四庫本作"復以滴潑"，《香乘》作"復以酒潑"，皆多訛脱。

5 "地上置，盖一宿"，文瑞本作"地下盖一宿"，"下"字訛，"置"字脱。

6 "右"，文瑞本無。

7 "煉去末"，文端本脱此二字。

8 焰硝：硝石，易燃而用以引火。

9 "芡大"，文瑞本作"雞頭寔"，四庫本作"雞頭實大"，《香乘》作"雞頭子大"。

10 "常法"，文瑞本作"常"，"法"字脱。

11 鋒按："清妙香"條目後，文瑞本注小字"沈"，煙雲本、四庫本皆無注。《香乘》卷十五"法和衆妙香二"部亦見此條，亦注小字"沈"。

12 "右"，文瑞本無。

13 "重湯煮熟"，煙雲本脱"熟"字，據文瑞本、四庫本、《香乘》補。

14 "取出"，煙雲本脱"出"字，據文瑞本、四庫本、《香乘》補。

15 鋒按："邢太尉韻勝清遠香"條目後，煙雲本、文瑞本皆注小字"沈"，四庫本無注。《香乘》卷十五"法和衆妙香二"部亦見此條，亦注小字"沈"。

右，[1]先將沉、檀爲細末[2]，次入腦、麝研細[3]，另研[4]金顏香[5]一錢，次加藕合油少許。仍以[6]皁兒仁二三十個[7]，水二盞，熬皁兒水[8]，侯粘，入白芨末一錢。同上件香料[9]和成[10]，再入茶碾[11]，貴得其劑和熟隨意[12]。脫造花子，先用[13]藕合油[14]或面油[15]刷過花脫，然後印劑，則易出。

【亞里木吃蘭脾龍涎香】[16]蠟沉（二兩，薔薇水浸一宿，研如泥），龍腦（二錢，另研[17]），龍涎香（半錢）。

右，[18]爲末，入沉香泥。捻餅子，窨乾，焫。

1　"右"，文瑞本無。

2　"細末"，文瑞本脫"細"字。

3　"研細"，文瑞本作"鉢內研細"，多"鉢內"二字。

4　"另研"，文瑞本作"入"。

5　金顏香：南宋・趙汝适《諸蕃志》："金顏香，正出真臘，大食次之。所謂三佛齊有此香者，特自大食販運至三佛齊，而商人又自三佛齊轉販入中國耳。其香，乃木之脂。有淡黃色者，有黑色者。拗開，雪白爲佳，有砂石爲下。其氣勁，工於聚衆香。今之爲龍涎軟香佩帶者，多用之。番人亦以和香，而涂其身。"

6　"仍以"，文瑞本脫"仍"字。

7　"二三十個"，文瑞本作"三十個"，無"二"字。

8　"熬皁兒水"，煙雲本脫"水"字，據文瑞本、四庫本、《香乘》補。

9　"同上件香料"，"件"字煙雲本脫，文瑞本訛作"拌"，據四庫本、《香乘》改。

10　"和成"，煙雲本作"和劑"，據文瑞本改。四庫本作"和成劑"，"劑"字衍。《香乘》作"加成劑"，"加"字訛，"劑"字衍。

11　"再入茶碾"，四庫本作"再入茶清研"。

12　"貴得其劑和熟隨意"，煙雲本作"貴得其劑隨意"，無"和熟"二字，據文瑞本、《香乘》補。四庫本作"其劑和熟隨意"，"貴得"二字脫。

13　"先用"，《香乘》作"香用"，"香"字訛。

14　"藕合油"，文瑞本、《香乘》皆衍"香"字。

15　"面油"，《香乘》作"麪"，"麪"字訛，"油"字脫。面油：潤臉之油膏。北宋・龐元英《文昌雜錄》："禮部王員外言：今謂面油爲'玉龍膏'。太宗皇帝始合此藥，以白玉碾龍合子貯之，因以名焉。"

16　鋒按："亞里木吃蘭脾龍涎香"條目後，煙雲本、文瑞本皆注小字"沈"，四庫本無注。《香乘》卷十五"法和衆妙香二"部亦見此條，亦無注。

17　"另研"，文瑞本無"另"字，四庫本作"別研"。

18　"右"，文瑞本無，四庫本、《香乘》皆作"共"。

【龍涎香】[1] 丁香（半两），木香（半两）[2]，官桂（二錢半），白芷（二錢半），香附（二錢半，塩浸一宿，焙）[3]，梹榔、當歸（各二錢半）[4]，甘松、藿香、零陵香（各七錢）[5]。

右，加肉豆蔻一枚，同爲細末[6]，煉蜜，丸如菉豆[7]大，兼可服。

【古龍涎香】[8] 好沉香（一兩），丁香（一兩），甘松（二兩）[9]，麝香（一錢）、甲香（一錢，製過）[10]。

右，爲細末，煉蜜和劑，作脫花樣。窨一月，或百日。

【吴侍郎龍津香】[11] 白檀（五兩，細剉[12]，以膩茶清浸[13]，半月后，用蜜炒），沉香（四兩），

---

1 鋒按："龍涎香"條目後，煙雲本、文瑞本皆注小字"沈"，四庫本無注。《香乘》卷十五"法和衆妙香二"部亦見此條，亦注小字"沈"。

2 "丁香半两，木香半两"，文瑞本、四庫本皆作"丁香、木香各半两"。

3 "官桂二錢半，白芷二錢半，香附二錢半，塩浸一宿，焙"，文瑞本、四庫本皆作"官桂，白芷，香附，鹽浸一宿，焙"。

4 "梹榔、當歸各二錢半"，《香乘》作"檳榔二錢半，當歸各二錢半"。

5 "甘松、藿香、零陵香各七錢"，《香乘》作"甘松七錢，藿香七錢，零陵香七錢"。

6 "同爲細末"，煙雲本無"爲"字，文瑞本無"同"字，據四庫本、《香乘》補。

7 "菉豆"，煙雲本作"录豆"，"录"字訛，據文瑞本、四庫本、《香乘》改。菉豆：即綠豆。北宋·歐陽修《歸田録》："余世家江西，見吉州人甚惜此果（按：指金橘），其欲久留者，則於菉豆中藏之，可經時不變。云'橘性熱而豆性涼，故能久也。'"

8 鋒按："古龍涎香"條目後，煙雲本、文瑞本皆注小字"沈"，四庫本無注。《香乘》卷十五"法和衆妙香二"部亦見此條，亦注小字"沈"。

9 "好沉香一兩，丁香一兩，甘松二兩"，煙雲本作"甘松二兩，沉香、丁香各一兩"，無"好"字，且次序不同，據文瑞本、四庫本改。《香乘》作"沉香一兩，丁香一兩，甘松二兩"，亦無"好"字。

10 "麝香一錢，甲香一錢，製過"，煙雲本作"麝香、甲香各一錢"，"製過"二字脫，據文瑞本、四庫本、《香乘》改。

11 鋒按："吴侍郎龍津香"條目後，煙雲本、文瑞本皆注小字"沈"，四庫本無注。《香乘》卷十五"法和衆妙香二"部亦見此條，亦注小字"沈"。

12 "細剉"，文瑞本無。

13 "以膩茶清浸"，文瑞本作"鼲茶浸"，字多訛脫。

玄參（半兩），甘松（一兩，洗淨[1]），丁香、木麝（各二兩）[2]，甘草（半兩，炙[3]），焰硝（三分[4]），甲香（半兩，洗淨[5]，先[6]以黃泥水煮，次以蜜水煮，復以酒煮，各一伏時[7]，更[8]以蜜少許炒[9]），龍腦、樟腦、麝香（各一兩，俱用別器研）[10]。

右，[11]爲細末，拌和勻[12]，煉蜜作劑。掘地窨一月，取燒。

【江南李王煎沉】[13]一沒沉（咬咀[14]），蘇合油（各不以多少）。

右，[15]每以[16]沉香一兩，用鵝梨十枚，細研[17]取汁，銀石器盛之[18]，入甑[19]蒸數次，以

---

1 "洗淨"二字，文瑞本作"淨"。

2 "丁香、木麝各二兩"，文瑞本、四庫本、《香乘》皆作"丁香二兩，木麝二兩"。

3 "炙"，煙雲本無，據文瑞本、四庫本、《香乘》補。

4 "三分"，四庫本作"三錢"。

5 "洗淨"二字，文瑞本作"淨"，四庫本作"製"。

6 "先"，文瑞本無。

7 "一伏時"，文瑞本脫"伏"字。

8 "更"，文瑞本脫"更"字。

9 "炒"，四庫本其後衍"焙"字。

10 "甲香……龍腦、樟腦、麝香，各一兩，俱用別器研"，文瑞本作"甲香……龍腦一兩，樟腦一兩，麝香一兩，四味各別器研"，四庫本作"焰硝三錢，龍腦一兩，樟腦一兩，麝香一兩，四味各別器研"，《香乘》作"龍腦五錢，樟腦一兩，麝香五錢，并焰硝，四味各另研"。

11 "右"，文瑞本無。

12 "拌和勻"，煙雲本作"和勻"，無"拌"字，據文瑞本、四庫本補。《香乘》作"拌和令勻"，多"令"字。

13 鋒按："江南李王煎沉"條目後，煙雲本、文瑞本皆注小字"沈"，四庫本無注。《香乘》卷十六"法和衆妙香三"部亦見此條，亦注小字"沈"。

14 咬（fǔ）咀：咀嚼。《方書》："藥之粗齊爲咬咀。"《本草》李杲曰：咬咀，古制也。古無刀，以口咬細。"

15 "右"，文瑞本無。

16 "每以"，文瑞本無"以"字。

17 "細研"二字，煙雲本無，據文瑞本、四庫本、《香乘》補。

18 "銀石器盛之"，文瑞本作"艮石器之"，字多訛脫。四庫本作"銀石器"，脫"盛之"二字。

19 "入甑"，煙雲本作"入瓶"，"瓶"字訛，據文瑞本改。四庫本作"入甑"。《香乘》作"入甌"。甑、甌、甑，皆屬蒸器。

晞爲度[1]。或削沉香[2]，長半寸許，鋭其一端，叢刺梨中。炊一飲時[3]，梨熟乃出之[4]。

【芬積香】[5]丁香皮（二両），硬木炭（二両，爲末）[6]，韶腦[7]（半両，另研[8]），檀香（一分，末[9]），麝香（一錢，另研）。

右，拌匀，煉蜜和劑，實在罐器中，如常法燒。

【夾棧香】[10]夾棧香（半両），甘松（半両），甘草、沉香（各半両）[11]，白茅香[12]（二両），檀香[13]（二両），藿香（一分[14]），甲香（二錢，製），梅花龍腦[15]（二錢，另研[16]），麝香（四錢[17]）。

---

1 "以晞爲度"，四庫本作"以稀爲度"，"稀"字訛。

2 "或削沉香"，文瑞本、四庫本、《香乘》其後皆衍"作屑"二字。

3 "炊一飯時"，文瑞本作"次一飯時"，"次"字訛。

4 "之"，文瑞本、四庫本皆無。

5 鋒按："芬積香"條目後，煙雲本、文瑞本皆注小字"沈"，四庫本無注。《香乘》卷十六"法和衆妙香三"部亦見此條，亦注小字"沈"。

6 "丁香皮二両，硬木炭二両，爲末"，文瑞本作"丁香皮、硬木炭，末，各二両"，四庫本作"丁香皮、硬木炭，各二両，爲末"。

7 韶腦：樟腦出韶州，故又名韶腦。

8 "另研"，文瑞本無"另"字。

9 "一分末"，煙雲本無"末"字，據文瑞本、四庫本補。《香乘》作"五錢末"。

10 鋒按："夾棧香"條目後，煙雲本、文瑞本皆注小字"沈"，四庫本無注。《香乘》卷十六"法和衆妙香三"部亦見此條，亦注小字"沈"。

11 "夾棧香半両，甘松半両，甘草、沉香，各半両"，文瑞本、四庫本皆作"夾棧香、甘松、甘草、沉香，各半両"，《香乘》作"夾棧香半両，甘松半両，甘草半両，沉香半両"。

12 "白茅香"，文瑞本脱"白"字。

13 "檀香"，煙雲本、《香乘》皆作"棧香"，"棧"字訛，據文瑞本、四庫本改。

14 "一分"，《香乘》作"三錢"。

15 "梅花龍腦"，煙雲本作"片腦"，據文瑞本、四庫本、《香乘》改。

16 "另研"，文瑞本作"研"，無"另"字。四庫本作"別研"。

17 "四錢"，《香乘》作"一錢"。

右，[1]爲細末，煉蜜拌和令勻[2]。貯瓷罌，封窖[3]半月，逐旋[4]取出。捻餅子[5]，如常焫[6]。

【壽陽公主梅花香】[7]甘松（半兩），白芷、丹皮[8]、藁本[9]（各半兩）[10]，茴香、丁皮（不見火）、檀香（各一兩）[11]，降真香（一分[12]），白梅（一百枚[13]）。

右，[14]除丁皮，餘皆焙干，爲粗末[15]。瓷罌窖月餘，如常焫[16]。

【梅花香】[17]玄参[18]、甘松（各四兩）[19]，甲香三分（先以泥漿浸，次以酒蜜製）[20]，麝

1　“右”，文瑞本無。

2　“煉蜜拌和令勻”，煙雲本脱“令勻”二字，據四庫本、《香乘》補。文瑞本作“蜜拌和勻”。

3　“封窖”，文瑞本、《香乘》皆作“密封地窖”，四庫本作“蜜封地窖”。

4　“逐旋”，煙雲本、四庫本皆作“旋”，脱“逐”字，據《香乘》補。文瑞本作“遂旋”，“遂”字訛。

5　“餅子”，煙雲本作“餅”，脱“子”字，據文瑞本、四庫本、《香乘》補。

6　“如常焫”，四庫本作“爇如常法”，《香乘》作“如常法燒”。

7　鋒按：“壽陽公主梅花香”條目後，煙雲本、文瑞本皆注小字“沈”，四庫本無注。《香乘》卷十八“凝合花香”部亦見此條，亦注小字“沈”。

8　“丹皮”，文瑞本、四庫本、《香乘》皆作“牡丹皮”，多“牡”字。按：丹皮，即牡丹皮。

9　“藁本”，《香乘》作“槀本”。鋒按：藁、槀，二字同。藁本：根上苗下，似禾藁。多年生草本，葉羽狀，白花。根狀莖，可入藥。《史記·司馬相如列傳》：“揭車衡蘭，槀本射干。”

10　“甘松半兩，白芷、丹皮、藁本各半兩”，文瑞本作“甘松、白芷、牧丹皮、藁本各半兩”，四庫本、《香乘》作“甘松半兩，白芷半兩，牡丹皮半兩，藁本半兩”。

11　“茴香、丁皮不見火，檀香各一兩”，煙雲本、文瑞本同。四庫本、《香乘》作“茴香一兩，丁皮一兩不見火，檀香一兩”。

12　“一分”，文瑞本無此二字，四庫本作“一兩”，《香乘》作“二錢”。

13　“一百枚”，煙雲本脱“枚”字，據文瑞本、四庫本、《香乘》補。

14　“右”，文瑞本無。

15　“爲粗末”，文瑞本脱“爲”字。

16　“如常焫”，文瑞本作“如常法”，四庫本作“爇如常法”，《香乘》作“如常爇”。

17　鋒按：“梅花香”條目後，煙雲本、文瑞本皆注小字“沈”，四庫本無注。《香乘》卷十八“凝合花香”部亦見此條，注小字“沈”。

18　“玄参”，四庫本作“苦参”，訛。

19　“玄参、甘松各四兩”，文瑞本、《香乘》皆作“玄参四兩，甘松四兩”。四庫本作“苦参四兩，甘松四錢”，“苦”“錢”兩字訛。

20　“先以泥漿浸，次以酒蜜製”，文瑞本作“先泥水浸，以蜜酒煮”，四庫本作“製之用”，《香乘》作“先以泥漿慢煮，次用蜜製”。

香（少許）¹。

右，²細末，煉蜜爲丸³，如常法⁴煏之。

【梅花香】⁵甘松、零陵香⁶（各一両）⁷，檀香、茴香（各半両）⁸，丁香（百枚⁹），龍脳（少許，另研¹⁰）。

右，¹¹爲細末，煉蜜合和¹²，干濕皆可，煏之¹³。

【梅英香】¹⁴沉香（三両，剉末¹⁵），丁香（四両），龍脳（七錢，另研¹⁶），蘇合香¹⁷（二錢），甲香（二錢¹⁸，製），硝石末（一錢）。

右，¹⁹細末，入烏香末一錢，煉蜜和匀。丸如芡實²⁰，煏之²¹。

---

1 "麝香少許"，《香乘》在"甲香"前。

2 "右"，文瑞本無,《香乘》作"右爲"。

3 "爲丸"，文瑞本、《香乘》作"丸"。

4 "法"，文瑞本無。

5 鋒按："梅花香"條目二次出現，然條文全異。條目後，煙雲本、文瑞本皆注小字"沈"，四庫本無注。《香乘》卷十八"凝合花香"部亦見此條，注小字"二"。

6 "零陵香"，煙雲本脱"香"字，據文瑞本、四庫本、《香乘》補。

7 "甘松、零陵香各一両"，文瑞本、四庫本皆作"甘松一両，零陵香一両"。

8 "檀香、茴香各半両"，四庫本、《香乘》皆作"檀香半両，茴香半両"。

9 "百枚"，文瑞本、四庫本、《香乘》皆作"一百枚"。

10 "另研"，文瑞本、四庫本皆作"別研"。

11 "右"，文瑞本無。

12 "合和"，文瑞本作"和"。

13 "煏之"，文瑞本作"爇"，《香乘》作"焚"。

14 鋒按："梅英香"條目後，煙雲本、文瑞本皆注小字"沈"，四庫本無注。《香乘》卷十八"凝合花香"部亦見此條，注小字"二"。

15 "剉末"，煙雲本作"錯末"，訛，據文瑞本、四庫本、《香乘》改。

16 "另研"，文瑞本作"研"，脱"另"字。

17 "蘇合香"，《香乘》作"蘇合油"。

18 "二錢"，四庫本作"二両"，訛。

19 "右"，文瑞本無。

20 "丸如芡實"，《香乘》作"丸如芡實大"。

21 "煏之"，《香乘》作"焚之"。

【浹梅香】¹丁香（百粒），茴香（一捻²），檀香、甘松、零陵（各二両）³，脳、麝（各少許⁴）。

右，細末，煉蜜作劑，爇之。

【智月木犀香】⁵白檀（一両，臘茶浸，煿），木香、金顔⁶、黑篤耨⁷、蘇合油、麝香、白芨末（各一錢）。

右，爲細末。用皁兒膠鞭和入臼，杵千下，以花印⁸脱之。依法窨，炳⁹。

【荔枝香】¹⁰沉香、檀香、白荳蔻¹¹仁、香附¹²、肉桂、金顔香（各一錢¹³），馬牙硝、龍脳、麝香（各半錢）¹⁴，白芨、新荔枝皮（各二錢）¹⁵。

1　鋒按：自"浹梅香"至"辛押陀羅亞悉香"，凡5條，輯自《新纂香譜》卷三"凝和諸香"部之後半。"浹梅香"條目後，煙雲本注小字"沈"，四庫本無注。《香乘》卷十八《凝合花香》部亦見此條（葉8b），亦注小字"沈"。

2　一捻：可捻於手指之間的量，一點點。南宋·劉過【清平樂】《贈妓》："忔憎憎地，一捻兒年紀，待道瘦來肥不是，宜著淡黄衫子。"

3　"檀香、甘松、零陵各二両"，《香乘》作"檀香二両，甘松二両，零陵香二両"。

4　"各少許"，四庫本脱"各"字。

5　鋒按："智月木犀香"條目後，煙雲本注小字"沈"，四庫本無注。《香乘》卷十八"凝合花香"部亦見此條，亦注小字"沈"。

6　"金顔"，《香乘》作"金顔香"。

7　"黑篤耨"，《香乘》作"黑篤耨香"。

8　"花印"，《香乘》脱"印"。

9　"炳"，四庫本作"燒之"。

10　鋒按："荔枝香"條目後，煙雲本注小字"沈"，四庫本無注。《香乘》卷十八"凝合花香"部亦見此條，亦注小字"沈"。

11　"白荳蔻"，煙雲本作"白豆蔻"，"豆"字訛，據四庫本、《香乘》改。

12　"香附"，四庫本、《香乘》皆作"西香附子"。

13　"各一錢"，《香乘》作"已上各一両"。

14　"馬牙硝、龍脳、麝香各半錢"，《香乘》作"馬牙硝五錢，龍脳五分，麝香五分"。

15　"白芨、新荔枝皮各二錢"，《香乘》作"白芨二錢，新荔枝皮二錢"。

右，先將金顔香於乳鉢[1]内細研，次入牙硝，腦、麝別杵[2]。諸香爲末，入金顔[3]，研匀，滴水和劑[4]，脫花，焫之[5]。

【雪中春信】[6]沉香（一两），白檀、丁香、木香（各半两）[7]，甘松、藿香、零陵（各七錢半）[8]，香附、白芷、當歸、官桂、麝香（各二錢）[9]，荳蔲、梹榔（各一枚）[10]。

右，爲末，煉蜜和餅，如棊子大，或脫花樣，燒如常法。

【辛押陁羅亞悉香】[11]沉香（五两）、兜娄香（五两）[12]，檀香、製甲香（各三两）[13]，丁香、大石芎、降真（各半两）[14]，鑒臨（二錢，別研，未詳，或异名）[15]，安息（三錢），米腦

---

1 “乳鉢”，煙雲本作“鈢”，脫“乳”字，據四庫本、《香乘》補。按：鉢、鈢，意同。乳鉢：研磨細小香藥的小型器具。南宋·洪邁《容齋隨筆·雷公炮炙論》：“癥塊者，以硇砂、硝石二味，乳鉢中研作粉，同煅了，酒服，神效。”
2 “別杵”，四庫本作“別研”，《香乘》作“另研”。
3 “金顔”，《香乘》作“金顔香”。
4 “滴水和劑”，《香乘》作“滴水和作餅”。
5 “脫花焫之”，四庫本無“之”字，《香乘》作“窨乾燒之”。
6 鋒按：“雪中春信”條目後，煙雲本注小字“沈”，四庫本無注。《香乘》卷十八“凝合花香”部亦見此條，亦注小字“沈”。
7 “白檀、丁香、木香各半两”，《香乘》作“白檀半两，丁香半两，木香半两”。
8 “甘松、藿香、零陵各七錢半”，四庫本作“甘松、藿香、零陵香各七錢半”，多“香”字。《香乘》作“甘松七錢半，藿香七錢半，零陵七錢半”。
9 “香附、白芷、當歸、官桂、麝香各二錢”，四庫本作“回鶻香附子、白芷、當歸、官桂、麝香各三錢”，“三”字訛。《香乘》作“回鶻香附子二錢，白芷二錢，當歸二錢，麝香二錢，官桂二錢”。
10 “荳蔲、梹榔各一枚”，四庫本作“檳榔、荳蔲各一枚”，《香乘》作“檳榔一枚，荳蔲一枚”。
11 鋒按：“辛押陁羅亞悉香”條目後，煙雲本注小字“沈”，四庫本無注。《香乘》卷十七“法和衆妙香四”部亦見此條，亦注小字“沈”。
12 “沉香五两、兜娄香五两”，四庫本作“沉香、兜婁香各五两”。
13 “檀香、製甲香各三两”，四庫本作“檀香、甲香各二两製”，《香乘》作“檀香三两，甲香三两，製”。
14 “丁香、大石芎、降真各半两”，《香乘》作“丁香半两，大石芎半两，降真香半两”。
15 “鑒臨（二錢，別研，未詳，或异名）”，煙雲本作“鑒臨（二錢，詳，或异名）”，脫“別研”及“未”字。四庫本作“鑒臨（別研，未詳，或异名）”，《香乘》作“鑒臨（二錢，別研，詳，或异名）”。據四庫本、《香乘》補。

（白者）、麝香（各二錢）[1]。

　　右，爲細末，以薔薇水、蕅合油和劑，作丸或餅，焫之。

　　【荀令十里香】[2]丁香（半兩強[3]），檀香、甘松、零陵（各一兩）[4]，茴香（半錢），片腦（少許）[5]。

　　右，爲末，薄紙貼紗囊，盛佩之[6]。其茴，生則不香，畧炒更宜，少用[7]。

　　【軟香】[8]丁香（加木香少許，同炒）、沉香（各一兩）[9]，白檀、金顏、黃蠟、三奈子

1　“安息三錢，米腦白者、麝香各二錢”，四庫本作“米腦白、麝香各二錢，安息香三錢”，《香乘》作“安息香三錢，米腦二錢白者，麝香二錢”。

2　鋒按：自“荀令十里香”至“軟香”，凡2條，輯自《新纂香譜》卷三“佩薰諸香”部。“荀令十里香”條目後，煙雲本注小字“沈”，四庫本無注。《香乘》卷十九“熏佩之香”部亦見此條，亦注小字“沈”。南宋·佚名編《類編增廣黃先生大全文集》卷四十九“香方”部，亦有“荀令十里香”條，或為黃庭堅抄錄沈譜，而誤為書商編入黃集，據校。

3　“半兩強”，煙雲本脫“強”字，據四庫本、《香乘》補。

4　“檀香、甘松、零陵各一兩”，四庫本作“檀香、甘松、零陵香各一兩”，《香乘》作“檀香一兩，甘松一兩，零陵香一兩”。《類編黃集》作“檀香、甘松、零陵香，三物各一兩”。

5　“茴香半錢，片腦少許”，四庫本作“生腦少許，茴香半錢弱略炒”，《香乘》作“生龍腦少許，茴香五分略炒”。《類編黃集》作“生龍腦少許，茴香半錢弱，略燭”。

6　“盛佩之”，煙雲本脫“盛”，據四庫本、《香乘》補。《類編黃集》作“盛之”，無“佩”字。

7　“其茴，生則不香，略炒更宜，少用”，四庫本作“其茴香，生則不香，過炒則焦氣，多則藥氣，少則不類花香，須逐旋斟酌，添使猗旎”，《香乘》作“其茴香，生則不香，過炒則焦氣，多則藥氣，太少則不類花香，逐旋斟酌，添使猗旎”。《類編黃集》作“茴香，生則不香，燭過則焦氣，多則藥氣大，少則不類花香。須旋添，使猗旎則止。龍腦多，則撳眾香，亦不可”。

8　鋒按：“軟香”條目後，煙雲本注小字“沈”，四庫本無注。《香乘》卷十九“熏佩之香”部亦見此條，亦注小字“沈”。

9　“丁香加木香少許同炒，沉香各一両”，《香乘》作“丁香一兩，加木香少許同炒，沉香一兩”，四庫本作“丁香加木香少許同炒，沉香各一兩”。

（各二両）¹，草紅（一両，黑色不用）²，龍腦（半両，三錢亦可³），白膠香（半斤，灰水扵砂鍋內煮，侯浮上，掠入⁴冷水，搦塊，再用皁角水三四盌，復煮⁵，以香色白爲度⁶，取用二両⁷），蘸合油（不以多少⁸），生油（少許⁹）。

右，先將蠟于定瓷盌內¹⁰溶開，次下白膠香，次生油¹¹，次蘸合油¹²，攪匀。取盌置地，侯大溫¹³，入衆香。每一両，作一丸。更加烏篤樨一両，尤妙。如造黑色¹⁴者，不用心草紅¹⁵，入香墨二両，燒紅爲末，和劑如前法。可懷可佩，可置扇柄把握¹⁶。

【香煤】¹⁷乾竹筒、乾柳枝（燒黑灰，各二両），鉛粉（三錢¹⁸），黄丹（三両），焰硝

1　"白檀、金顔、黄蠟、三柰子各二両"，四庫本作"白檀、金顔、黄蠟、三賴子各二両"，《香乘》作"白檀二両，金顔香二両，黄蠟二両，三柰子二両"。鋒按：三柰子、三賴子，同。唐·段成式《酉陽雜俎》續集卷九"支植上"："三賴草，如金色，生於高崖，老子弩射之，魅藥中最切用。"明·李時珍《本草綱目》卷十四"山柰"："山柰，俗訛爲三柰，又訛爲三賴，皆土音也。或云：本名山辣，南人舌音，呼山爲三，呼辣爲賴，故致謬誤。其説甚通。"

2　"草紅，一両，黑色不用"，四庫本作"心子紅，若作黑色不用"，《香乘》作"心子紅，二両，作黑不用"。

3　"三錢亦可"，《香乘》作"或三錢可"。

4　"掠入"，煙雲本作"攪入"，訛。《香乘》作"掠入"，據改。四庫本作"略掠入"，多"略"字。

5　"復煮"，四庫本脱。

6　"以香色白爲度"，《香乘》脱"色"。

7　"取用二両"，四庫本作"秤二両入香用"，《香乘》作"秤二両香用"。

8　"不以多少"，四庫本作"不拘多少"，《香乘》作"不計多少"。

9　"少許"，《香乘》作"不計多少"。

10　"盌內"，四庫本作"器內"。

11　"次生油"，煙雲本作"以生油"，訛，據四庫本、《香乘》改。

12　"次蘸合油"，《香乘》無"油"。

13　"侯大溫"，《香乘》無"大"。

14　"黑色"，煙雲本脱"色"，據四庫本、《香乘》補。

15　"心草紅"，四庫本、《香乘》皆作"心子紅"。

16　"可置扇柄把握"，《香乘》作"置扇柄把握極佳"。

17　鋒按："香煤"，相鄰條目同，凡2條，輯自卷三"塗傳諸香"部。"香煤"條目後，煙雲本注小字"沈"，四庫本無注。《香乘》卷二十"香屬"部亦見此條，亦注小字"沈"。

18　"三錢"，《香乘》作"二錢"。

（六錢[1]）。

　　右，同爲末[2]，每用匕許，以燈焫着[3]扵上，爇香。

　　【香煤】[4]茄蒂[5]（不計多少，燒灰存性，四兩[6]），定粉（三分[7]），黄丹（二分[8]），海金沙（二分[9]）。

　　右，同末，拌匀，置爐灰上[10]，紙點[11]，可終日。

1　“六錢”，四庫本作“二錢”。

2　“同爲末”，煙雲本脱“爲”，據四庫本、《香乘》補。

3　“焫着”，四庫本脱“着”字。

4　鋒按：“香煤”條目二次出現，然條文全异。條目後，煙雲本注小字“沈”，四庫本無注。《香乘》卷二十“香屬”部亦見此條，然注小字“一”。

5　“茄蒂”，四庫本作“茄葉”，訛。

6　“不計多少，燒灰存性，四兩”，四庫本作“不計多少，燒灰存性，取麪四兩”，《香乘》作“不計多少，燒存性，取四両”。

7　“三分”，四庫本作“三十”，《香乘》作“三錢”。

8　“二分”，四庫本作“二十”，《香乘》作“二錢”。

9　“二分”，四庫本作“二十”，《香乘》作“二錢”。

10　“置爐灰上”，《香乘》脱“灰”。

11　“紙點”，《香乘》作“燒紙點”。

洪芻《香後譜》

洪芻《香後譜序》[1]

《書》稱："至治馨香。明德惟馨。"[2] 反是，則曰"腥聞在上。"[3]《傳》以"芝蘭之室""鮑魚之肆"[4] 爲善惡之辨[5]。《離騷》以蘭蕙、杜蘅[6] 爲君子，糞壤、蕭艾爲小

1　鋒按：該序不見於洪譜百川本，輯佚來源：其一，《類說》北泉本卷四十九所收《香後譜》卷首，而《類說》明謝少南有嘉堂本、明鈕緯世學樓本"香後譜"三字後，皆注"洪芻集"三字；其二，《新纂香譜》卷首所收《洪氏香譜序》；其三，《香乘》卷二十八所收《洪氏香譜序》。

2　《古文尚書·周書·君陳》："至治馨香，感於神明。黍稷非馨，明德惟馨。"至治：極致之治，政治上安定昌盛，教化大行。南宋·蔡沈《書集傳》："物之精華，固無二體，然形質止而氣臭升，止者有方，升者無間，則馨香者，精華之上達者也。至治之極，馨香發聞，感格神明，不疾而速。凡昭薦黍稷之必芬，是豈黍稷之馨哉？所以必芬者，實明德之馨也。至治舉其成，明德循其本，非有二馨香也。"

3　《今文尚書·周書·酒誥》："弗惟德馨香祀，登聞於天。誕惟民怨，庶群自酒，腥聞在上。故天降喪於殷，罔愛於殷，惟逸。天非虐，惟民自速辜。"清·孫星衍《尚書今古文注疏》："言無德馨升聞於天，大惟民怨及衆群臣用酒臭達於上。故天下喪亡之禍於殷而勿愛之，惟紂之過。天非暴虐，惟人自召罪耳。"

4　《大戴禮記·曾子疾病》："與君子遊，苾乎如入蘭芷之室，久而不聞，則與之化矣。與小人遊，貸乎如入鮑魚之次，久而不聞，則與之化矣。是故，君子慎其所去就。"

5　"善惡之辨"，《類說》北泉本作"辯"，通"辨"。《類說》有嘉本、澹生本作"辦"，訛。《類說》世學本、《新纂香譜》煙雲本、文瑞本、《香乘》皆作"辨"，據改。

6　"杜蘅"，《類說》有嘉本、世學本、澹生本皆作"杜衡"，訛。

人。君子澡雪其躬[1]，熏袚[2]以道義，有無窮之聞[3]。予[4]之譜香，亦是意也[5]。

一、香之品

【龍腦香】[6]《酉陽雜俎》云："出波律國[7]，樹高八九丈，可六七尺圍，葉圓而背白。其樹有肥瘦，形似松。脂作杉木氣，乾脂謂之'龍腦香'，清脂謂之'波律膏'。子似豆蔻，皮有甲錯。"[8]《海藥本草》云："味苦辛，微溫，無毒。主內外障眼，三蟲[9]，療五痔，明目，鎮心，祕精。　又有蒼龍腦，主風疹䶎，入膏煎良，不可點眼。"[10]明淨如雪花者善，久經風日或如麥麩者不佳。云合黑豆、糯米、相思子貯之，不耗。今復有生、熟之異。稱"生龍腦"，即上之所載是也。其絕妙者，目

1　"躬"，《新纂香譜》煙雲本、文瑞本皆作"身"。《香乘》作"身心"，多"心"字。

2　"熏袚"，《類說》北泉本脫"袚"。《類說》有嘉本作"薰袚"，"袚"字訛；世學本、澹生本皆作"薰袚"。《新纂香譜》煙雲本作"熏秡"，"秡"字訛；《新纂香譜》文瑞本、《香乘》皆作"熏袚"。鋒按：熏袚，焚燒香草，以香煙袪除邪穢。南宋·范成大《吳船錄》："民皆束艾蒿於門，燃之發煙，意者熏袚穢氣，以爲候迎之禮。"

3　"無窮之聞"，《類說》有嘉本、世學本皆作"無窮之門"，"門"字訛。

4　"予"，陳譜煙雲本、《香乘》皆作"余"。

5　"亦是意也"，《類說》有嘉本作"亦有是意"，世學本作"亦自是意"。《新纂香譜》煙雲本作"蓋亦是意云"。《新纂香譜》文瑞本、《香乘》皆作"亦是意云"。

6　鋒按：洪譜"龍腦香"條，源自沈譜"龍腦香"條而踵事增華。

7　"波律國"，沈譜作"婆律國"。唐·姚思廉《梁書·婆利國傳》："婆利國，在廣州東南，海中洲上。去廣州，二月日行。國界，東西五十日行，南北二十日行……普通三年，其王頻伽復遣使珠貝智，貢白鸚鵡、青蟲、兜鍪、瑠璃器、古貝、螺杯、雜香藥等數十種。"鋒按：婆律、波律、婆利，三者同，指蘇門答臘島或婆羅洲。

8　唐·段成式《酉陽雜俎》卷十八"廣動植之三·木篇·龍腦香樹"條："龍腦香樹出婆利國，呼爲'固不婆律'，亦出波斯國。樹高八九丈，大可六七圍，葉圓而背白，無花實。其樹有肥有瘦，瘦者有婆律膏香。一曰：瘦者出龍腦香，肥者出婆律膏也。在木心，中斷其樹，劈取之，膏於樹端流出，斫樹作坎而承之。入藥用，別有法。"

9　三蟲：道教之三尸。《中黃經》："一者上蟲，居腦中。二者中蟲，居明堂。三者下蟲，居腸胃。曰彭琚、彭質、彭矯。惡人進道，喜人退志。"唐·佚名《太上除三尸九蟲保生經》："上尸彭琚，使人好滋味，嗜欲痴滯；中尸彭質，使人貪財寶，好喜怒；下尸彭矯，使人愛衣服，耽淫女色。"

10　五代前蜀·李珣（又名李波斯，詞人，又通醫理）撰《海藥本草》卷三"龍腦"條："味苦辛，微溫，無毒。主內外障眼，三蟲，治五痔，明目，鎮心，祕精。又有蒼龍腦，主風瘡䶎，入膏煎良。用點眼，則有傷。"

41

曰“梅花龍腦”。有經火飛結成塊者，謂之“熟龍腦”，氣味差薄焉，蓋易入他物故也。

【麝香】[1]《唐本草》[2]云：“生中臺川谷，及雍州、益州皆有之[3]。”陶隱居云：“形似麞，常食柏葉[4]，及噉蛇[5]。或於五月得者[6]，往往有蛇皮骨。主辟邪，殺鬼精，中惡，風毒，療傷。多以一子真香[7]，分糅作三四子，刮取血膜[8]，雜以餘物[9]，大都亦有精麤，破皮毛共在裹中者爲勝[10]。或有夏食蛇蟲[11]，多至寒。香滿，入春患急痛，自以腳剔出。人有得之者，此香絕勝帶麝。非但香，亦辟惡[12]。以香真者一子[13]，着腦間[14]枕之，辟惡夢及尸疰鬼氣[15]。”今或傳有水麝臍[16]，其香尤美。[17]

【沉水香】《唐本草》注云：“出天竺、單于二國，與[18]青桂、鷄骨、棧香同是一

<hr>

1　鋒按：“麝香”條，《類説》北泉本卷四十九《香後譜》有之，然條目作“麝療虵毒”，條文作“《本草》云：麝形似獐，常食柏葉，又喜噉虵。五月得香，往往有虵皮骨，故麝療虵毒”。

2　《新修本草》，又名《唐本草》，有日本江戶時代森立之舊藏鈔本。

3　“及雍州、益州皆有之”，《唐本草》作“生益州及雍州。”

4　“常食柏葉”，《唐本草》作“恆食柏葉”。鋒按：北宋真宗趙恆，宋刊《百川》咸淳本諱“恆”作“常”。

5　“及噉蛇”，森立之本《唐本草》作“又噉蛇”。

6　“或於五月得者”，森立之本《唐本草》作“五月得香”，無“或於”二字。

7　“多以一子真香”，森立之本《唐本草》作“一子真香者”。

8　“刮取血膜”，森立之本《唐本草》作“刮取其血膜”，多“其”字。

9　“雜以餘物”，森立之本《唐本草》作“亦雜以餘物”，多“亦”字。

10　“破皮毛共在裹中者爲勝”，森立之本《唐本草》作“破者有一行許，毛共在裹中者爲勝”。

11　“或有夏食蛇蟲”，森立之本《唐本草》作“麝香夏日食蛇蟲”。

12　“亦辟惡”，白川咸淳本、格致本、白川明末本皆脱“亦”字，據森立之本《唐本草》補。《説郛》弘治本作“亦問惡”，“問”字訛。《説郛》嘉靖本正作“亦辟惡”。

13　“以香真者一子”，森立之本《唐本草》無“香”字。

14　“着腦間”，《説郛》弘治本作“着頸間”，森立之本《唐本草》作“置頭間”。

15　尸疰鬼氣：唐·李延壽《南史·張嗣伯傳》：“尸疰者，鬼氣伏而未起，故令人沉滯。”

16　“水麝臍”，百川明末本作“氷麝臍”，訛。

17　“麝香”條，《説郛》弘治本脱訛嚴重，作“食柏葉，及蛇。來者夢以一子真香，分糅作三四子，亂取血腹，雜以餘物，或有夏食蛇蟲，多至寒。香滿，入春患處急痛，自以腳剔出。人有得之者，勝人間，卻帶麝。非但香，亦問惡，以真者一子著頸間，枕之，辟惡夢及尸疰鬼氣。今或傳有水麝，其香尤美。”

18　“與”，《説郛》弘治本作“爲”，訛。

樹。葉似橘，經冬不彫。夏生花，白而圓細。秋結實如檳榔，色紫似葚而味辛。療風水[1]、毒腫，去惡氣。[2]樹皮青色，木似櫸柳，重實、黑色、沉水者是。今復有生黃而沉水者[3]，謂之蠟沉。又其不沉者[4]，謂之生結[5]。" 又，《拾遺解紛》云："其樹如椿，常以水試，乃知。"[6]

《談苑》云[7]："一樹出香三等：曰沉曰箋曰黃熟。"《倦遊雜録》[8]云："沉香木，嶺南瀕海諸州尤多，大者合抱，山民或以爲屋棟梁[9]，爲飯甑。有香者[10]，百無一二。蓋木得水，方結。多在折枝[11]枯幹中，或爲箋，或爲黃熟，自枯死者，謂之水盤香[12]。高、竇[13]等州產生結香，蓋山民見香木[14]曲幹斜枝，必以刀斫成坎[15]。經年得雨水浸漬[16]，遂結香。復鋸取之，刮去白木，其香結爲班點，亦名鷓鴣班[17]。沉之良者，在瓊、崖

1　風水，風寒與濕氣。北周·庾信《爲閻大將軍乞致仕表》："加以寒暑乖違，節宣失序，風水交侵，菁華已竭。"《説郛》萬曆本脱此條。

2　"療風水、毒腫，去惡氣"，《説郛》弘治本脱此八字。

3　"今復有生黃而沉水者"，《説郛》弘治本作"今復有色黃如沉水者"，"如"字訛。

4　"又其不沉者"，格致本、百川明末本皆無"其"字。

5　"又其不沉者，謂之生結"，《説郛》弘治本脱此九字。

6　鋒按："又，《拾遺解紛》云：其樹如椿，常以水試，乃知。"百川明末本、《説郛》弘治本，皆無此句。"乃知"後，百川咸淳本、弘治本皆有"餘見下卷《天香傳》中"八字，當爲左圭所加。百川明末本、《説郛》弘治本，皆無此八字。"謂之蠟沉"後，《説郛》弘治本有一段節引《天香傳》的文字，爲他本所無："丁相《天香傳》白：香之數有四，曰沉，曰箋，曰生結，曰黃熟。其爲類也，名有十三。沉香得甚入八焉。爲文格，土人以木爲格，謂如烏文木也。曰黃蠟，曰牛眼，曰牛角，曰牛蹄，曰雞頭，曰雞眼，曰雞骨。常沉香也。"

7　鋒按："《談苑》云"以下一段，百川咸淳本無，《類説》卷四十九《香後譜》有之，然條目作"沉箋香"，據輯。陳譜煙雲本卷一"香品"部亦有之，條目作"沉水香"，據校。

8　"《倦遊雜録》"，陳譜煙雲本作"《倦遊録》"。

9　"爲屋棟梁"，陳譜煙雲本作"爲屋爲棟梁"，多"爲"字。

10　"有香者"，陳譜煙雲本作"然有香者"，多"然"字。

11　"折枝"，《類説》北泉本作"折披"，"披"字訛。據陳譜煙雲本改。

12　"水盤香"，《類説》北泉本作"水槃香"，"盤"作"槃"。

13　"高、竇"，《類説》北泉本作"高、肇"，訛。據陳譜煙雲本改。

14　"香木"，陳譜煙雲本作"山木"，"山"字訛。

15　"坎"，《類説》北泉本作"砍"，訛。據陳譜煙雲本改。

16　"浸漬"，陳譜煙雲本作"漬"，"浸"字脱。

17　"鷓鴣班"，陳譜煙雲本作"鷓鴣斑"。

等州，俗謂角沉[1]，乃生木中取者，宜用薰裛。黃沉乃枯木中得者，宜入藥。黃蠟沉者，難得[2]。"按：《南史》云："置水中則沉，故名沉香。次[3]，浮者，箋香也。"

【白檀香】陳藏器云："《本草拾遺》曰：樹如檀，出海南。主心腹痛、霍亂、中惡、鬼氣、殺蟲。"又，《唐本草》云："味鹹[4]，微寒，主惡風毒。出崑崙盤盤之國。主消風積[5]、水腫。又有紫真檀，人磨之，以塗風腫。雖不生於中華，而人間遍有之。"[6]

【蘇合香】《神農本草》云："生中臺川谷。"陶隱居云："俗傳是師子糞，外國說不爾。今皆從西域來。真者難別。紫赤色，如紫檀，堅實，極芬香，重如石，燒之灰白者佳。主辟邪、瘧、癎、痤，去三蟲。"[7]

【安息香】《本草》云："出西戎，似栢脂，黃黑色爲塊。新者亦柔軟，味辛苦，無毒，主心腹惡氣、鬼疰。"《酉陽雜俎》曰："安息香，出波斯國，其樹呼爲辟邪。樹長三丈許，皮色黃黑，葉有四角，經冬不彫。二月有花，黃色，心微碧，不結實。刻皮出膠如飴，名安息香。"[8]

【鬱金香】《魏略》云："生大秦國，二、三月花如紅藍，四、五月採之。其香十二葉，爲百草之英。"《本草拾遺》曰："味苦，無毒，主蟲毒、鬼疰、鴉鶻等臭，除心腹間惡氣、鬼疰，入諸香用。"《說文》曰："鬱金，芳草。煑以釀鬯，

---

1 "俗謂角沉"，陳譜煙雲本作"俗謂之角沉"，多"之"字。

2 "黃蠟沉者，難得"，陳譜煙雲本作"黃蠟沉，尤難得"。"蠟"，《類說》北泉本作"臘"。

3 "次"，陳譜煙雲本無。

4 "味鹹"，百川明末本作"味鹽"，訛。

5 "風積"，格致本、百川明末本皆作"風種"，訛。

6 "白檀香"條，《說郛》弘治本訛脫甚多，作"出崑崙國。又有紫檀，入磨，以除風腫。雖不生於中華，人間徧有之"。

7 "蘇合香"條，《說郛》弘治本訛脫甚多，作"生於臺以谷，俗傳是獅子糞，外國說不然。今皆從西域末。真者紫赤，生極堅實，芬，重香如石，燒之灰白者住。主辟邪，瘧"。

8 "安息香"條，《說郛》弘治本訛脫甚多，作"出西戎。《酉陽雜俎》曰：出波斯國，其樹乎爲辟邪。樹葉有四角，經冬不凋。二月有花，黃黑心，微碧，不結實。刻皮，膠如錫，名安息也。"

44

以降神也。"[1]

【雞舌香】《唐本草》云："生崑崙及交、愛[2]以南，樹有雌雄。皮、葉[3]并似栗，其花如梅。結實似棗核者[4]，雌樹也，不入香用。無子者[5]，雄樹也。采花釀以成香。微溫，主心痛、惡瘡，療風毒，去惡氣。[6]"

《日華子》云[7]："雞舌香，治口氣，所以三省郎官含香奏事[8]。"

【薰陸香】《廣志》云："生南海。"又，《僻方注》曰："即羅香也。"《海藥本草》云："味平，溫，無毒，主清人神。其香樹，一名馬尾香。是樹，皮鱗甲，采之復生。"又，《唐本草》注云："出天竺國及邯鄲[9]，似楓、松，脂黃白色。天竺者多白，邯鄲[10]者夾綠色，香不甚烈。微溫，主伏尸、惡氣，療風水、腫毒、惡瘡。"[11]

【詹糖香】《本草》云："出晉安、岑州，及交、廣以南，樹似橘，煎枝葉爲之，似糖而黑。多以其皮及蠹糞雜之，難得淳正者。惟軟乃佳。"[12]

【丁香】《山海經》曰："生東海及崑崙國，二、三月花開，七月方結實。"

---

1 "鬱金香"條，《說郛》弘治本訛脫甚多，作"生於秦國，其香十二葉"。

2 "愛"，格致本、《說郛》弘治本皆作"廣"，百川咸淳本、明末本皆作"愛"。

3 "皮葉"，百川明末本作"皮不"，訛。

4 "結實似棗核者"，《說郛》弘治本作"結實如棗核"。

5 "無子者"，《說郛》弘治本作"無子而花"。

6 "采花釀以成香。微溫，主心痛、惡瘡，療風毒，去惡氣"，《說郛》弘治本無此句。

7 鋒按：《日華子》云"以下一段，百川咸淳本無，《類說》卷四十九《香後譜》有之，據輯。陳譜煙雲本卷一"香品"部亦有之，然條目作"丁香"，據校。《香乘》卷二"香品"部亦有之，條目作"辯雞舌香"，據校，然條文大異。"《日華子》云"，《香乘》作"《日華子》言"。

8 "所以三省郎官含香奏事"，陳譜煙雲本作"所以三省故事郎官，含雞舌香，欲其奏事對答，其氣芬芳"。

9 "邯鄲"，百川明末本作"邯祁"，訛。

10 "邯鄲"，同上，百川明末本作"邯祁"，訛。

11 "薰陸香"條，《說郛》弘治本訛脫甚多，作"出天竺及邯鄲，似楓、松。脂黃白色。天竺者多白，邯鄲者灰綠"。

12 "詹糖香"條，《說郛》弘治本訛脫甚多，條目作"簷糖香"，條文作"生晉安、岑州及交、廣，難得衡正者"。

《開寶本草》注云："生廣州，樹高丈餘，凌冬不凋，葉似櫟，而花圓細，色黃。子如丁，長四五分，紫色。中有麄大長寸許者，俗呼爲母丁香。擊之，則順理而折。味辛，主風毒諸腫，能發諸香，及止乾、霍亂、嘔吐，驗。"[1]

【波律香】《本草拾遺》曰："出波律國，與龍腦同樹之清脂也。除惡氣，殺蟲、疰。"見"龍腦香"，即"波律膏"也。[2]

【乳香】《廣志》云："即南海波斯國松樹脂，有紫赤櫻桃者，名乳香，蓋薰陸之類也。"仙方多用辟邪。其性溫，療耳聾、中風、口噤、婦人血風，能發酒，治風冷，止大腸洩僻，療諸瘡癤，令内消。今以通明者爲勝。目曰"的乳"，其次曰"揀香[3]"，又次曰"瓶香"，然多夾雜成大塊，如瀝青之狀。又其細者，謂之"香纏"。[4]

《筆談》云[5]："乳香，本名薰陸，以其滴下如乳頭者[6]，謂之乳頭香。鎔塌在地者，謂之塌香[7]。次曰揀香[8]，其下曰瓶香[9]，多夾雜成大塊，如瀝青之狀。"

【青桂香】《本草拾遺》曰："即沉香，同樹細枝，緊實未爛者。"[10]

1　"丁香"條，《説郛》弘治本訛脱甚多，作"生廣州，樹高丈餘。葉似櫟，而花園細，花色黃。子如釘，長四五分，紫色。有麄大者，長寸許者，俗呼爲母丁香。擊之，則順理而析"。

2　"波律香"條，《説郛》弘治本訛脱甚多，條目作"波浮香"，條文作"即波律膏也，事見龍腦門"。

3　"揀香"，格致本、百川明末本皆作"棟香"，訛。

4　"乳香"條，《説郛》弘治本訛脱甚多，作"《廣志》云：南海波斯國松樹枝，有紫赤如櫻桃香，名乳名，蓋薰陸之類也。今以通明者爲勝。目曰滴乳，其次曰棟香，又其次曰瓶香"。

5　鋒按："《筆談》云"以下一段，百川咸淳本無，《類説》卷四十九《香後譜》有之，據輯。陳譜煙雲本卷一"香品"部亦有之，據校，然條文大异。《香乘》卷二"香品"部亦有之，條目作"薰陸香即乳香"，據校，然條文大异。"《筆談》云"，陳譜煙雲本作"沈存中云"。

6　"以其滴下如乳頭者"，陳譜煙雲本作"以其下如乳頭者"，"滴"字脱。

7　"鎔塌在地者，謂之塌香"，《類説》北泉本作"鎔榻在地者，謂之榻香"，"塌"作"榻"。

8　"揀香"，《類説》北泉本作"棟香"，"棟"字形近而訛。陳譜煙雲本、《香乘》亦作"揀香"。

9　"瓶香"，《類説》北泉本作"餅香"，訛。陳譜煙雲本、《香乘》亦作"瓶香"。

10　"青桂香"條，《説郛》弘治本作"即沉水香黑班者也"。

【鷄骨香】《本草拾遺》記曰："亦馣香中，形似雞骨者。"[1]

【木香】[2]《本草》云[3]："一名'蜜香'[4]，從外國舶上來[5]。葉似薯蕷而根大[6]，花紫色，功效極多。味辛，溫而[7]無毒。主辟溫[8]，療氣劣、氣不足[9]，消毒，殺蟲毒。[10]今以[11]如雞骨堅實[12]，䶂之粘齒者爲上[13]。復有馬兜苓[14]根，謂之[15]'青木香'，非此之謂也[16]。或云，有二種，亦恐非耳。一謂之'雲南根'[17]。"

【降真香】[18]《南州記》曰[19]："生南海諸山[20]。"又云[21]："生大秦國。"　　《海藥

1　"鷄骨香"條，《説郛》弘治本作"亦沉水香同樹，以其枯燥輕浮，故名之也"。

2　鋒按："木香"條，《説郛》弘治本、萬曆本皆有之，然條目皆作"水香"，《香乘》卷四"香品"部有之，然條目作"蜜香"。

3　"《本草》云"，《説郛》弘治本、萬曆本無。

4　"蜜香"，《説郛》弘治本、萬曆本皆作"密香"，訛。

5　"舶上來"，《説郛》弘治本作"舡工來"，《説郛》萬曆本作"船上來"，訛。

6　"葉似薯蕷而根大"，《説郛》弘治本作"葉似薯預而根木"，《説郛》萬曆本作"葉仰署預而根木"，訛。

7　"而"，陳譜煙雲本無。

8　"辟溫"，陳譜煙雲本作"辟疫"。

9　"氣不足"，陳譜煙雲本作"溫氣"。

10　"味辛……殺蟲毒"一段，《香乘》無。

11　"功效極多……今以"一段，《説郛》弘治本、萬曆本皆無。

12　"如雞骨堅實"，《説郛》萬曆本"如雞骨堅"，陳譜煙雲本作"如雞骨者堅實"。

13　"䶂之粘齒者爲上"，百川明末本作"䶂之拈齒者爲上"，《説郛》弘治本作"嚙之粘嚙也良"，《説郛》萬曆本作"如准之粘齒者良"，陳譜煙雲本作"嚙之粘牙者爲上"。

14　"馬兜苓"，陳譜煙雲本、《香乘》皆作"馬兜鈴"。

15　"謂之"，陳譜煙雲本作"名曰"。

16　"復有馬兜苓根，謂之青木香，非此之謂也"一句，《説郛》弘治本作"又有一種，謂之青木香"，《説郛》萬曆本作"又有一種，謂之書木香"。

17　"或云，有二種，亦恐非耳。一謂之雲南根"一段，《説郛》弘治本、萬曆本皆作"亦云雲南根"。

18　鋒按：洪譜"降真香"條，采自《證類本草》，又收入陳譜、周譜。

19　《南州記》：又名《南方記》《南方草物狀》，東晉劉宋·徐衷撰。"《南州記》曰"，陳譜作"《南州記》云"。

20　"生南海諸山"，《證類本草》作"生南海山"。

21　"又云"二字，陳譜煙雲本無。

本草》曰[1]："味温，平，無毒。主天行時氣[2]，宅舍恠异[3]，并燒之有驗[4]。"仙傳云："燒之，感引鶴降[5]。醮星辰，燒此香甚爲第一[6]。小兒帶之[7]，能辟邪氣[8]。"其香如蘇方木[9]。然之，初不甚香，得諸香和之[10]，則特美。[11]

【艾蒳香】[12]《廣志》云："出西國，似細艾。"又云："松樹皮綠衣[13]，亦名艾蒳，可以合諸香。燒之，能聚其煙，青白不散[14]。"　《本草拾遺》曰[15]："味温無毒，主惡氣，殺蛀蟲[16]，主腹冷、洩痢[17]。"

1　"《海藥本草》曰"，陳譜煙雲本作"《海藥本草》云"。

2　時氣：流行的疫症。《漢書·鮑宣傳》："歲惡饑餓，六死也。時氣疾疫，七死也。"北宋·歐陽修《與王發運書》："尋而入夏，京師旱疫，家人類染時氣。"

3　"恠异"，百川咸淳本作"恠异"，《證類本草》、陳譜皆作"怪異"，據改。《漢書·董仲舒傳》："國家將有失道之敗，而天乃先出災害，以譴告之；不知自省，又出怪異，以警懼之；尚不知變，而傷敗乃至。"

4　"并燒之有驗"，《證類本草》作"并燒悉驗"。

5　"燒之感引鶴降"，是。《證類本草》作"燒之或引鶴降"，誤。陳譜煙雲本作"燒之感引崔降"。

6　"燒此香甚爲第一"，陳譜煙雲本作"燒此香爲第一"。

7　"小兒帶之"，陳譜煙雲本作"小兒佩之"。

8　"能辟邪氣"，《證類本草》作"能辟邪惡之氣也"。

9　"其香如蘇方木"，陳譜煙雲本作"狀如蘇枋木"。西晉·嵇含《南方草木狀》木類"蘇枋"條："樹類槐花，黑子。出九真。南人以染絳，漬以大庾之水，則色愈深。"蘇方、蘇枋，同，馬來語 Sü pang 音譯。

10　"得諸香和之"，陳譜煙雲本作"得衆香和之"。

11　鋒按："降真香"條，《説郛》弘治本、萬曆本訛脱皆甚多。弘治本條文作"出交廣，舶上有香，如蘇坊水。燃之，初不甚香，得諸香和之，則特美"。萬曆本條文作"出變廣，船上其香，如蘇坊末。染之，初不甚香，將諸香和之，則美"。

12　鋒按："艾納香"條，《説郛》弘治本、萬曆本訛脱皆甚多。弘治本條文作"似細艾，又有松樹皮綠衣，亦名艾納，可以合諸香。燒之，皆聚其香，青白不散也"。萬曆本條文作"似細文，又府松樹皮綠衣，亦名更納，可以令諸香。燒之，能聚其香，青白不散也"。

13　"松樹皮綠衣"，陳譜煙雲本作"松樹皮上綠衣"。

14　"能聚其煙，青白不散"，陳譜煙雲本作"其煙青白，聚而不散"。

15　"曰"，陳譜煙雲本作"云"。

16　"殺蛀蟲"，陳譜煙雲本作"殺疰蟲"。

17　"主腹冷、洩痢"，陳譜煙雲本作"主腹內冷痢"。

【甘松香】[1]《本草拾遺》曰[2]："味溫，無毒，主鬼氣，卒心，腹痛，脹滿。浴人身，令香。叢生葉細[3]。" 《廣志》云："甘松香生涼州。"[4]

【零陵香】[5]《南越志》云："一名燕草，又名薰草，生零陵山谷[6]，葉如羅勒。"《山海經》曰[7]："薰草似麻葉，方莖[8]，氣如蘼蕪，可以止癘，即零陵香。"味苦[9]，無毒，主惡氣，注心腹痛，下氣，令體香。和諸香，或作湯丸用，得酒良。

【茅香花】[10]《唐本草》云："生劍南諸州，其莖[11]、葉黑褐色，花白，非白茅也。味苦，溫，無毒。主中惡，溫胃，止嘔吐。葉苗可煑湯浴，辟邪氣，令人香[12]。"

【馢香】[13]《本草拾遺》曰："亦沉香同樹[14]，以其肌理有黑脈者，謂之也[15]。"

【黃熟香】[16]亦馢香之類也，但輕虛枯朽不堪者。今和香中，皆用之。

1　鋒按："甘松香"條，《說郛》弘治本、萬曆本皆未收。

2　"曰"，陳譜煙雲本作"云"。

3　"浴人身，令香。叢生葉細"，陳譜煙雲本作"叢生葉細。煮湯沐浴，令人身香"。

4　"《廣志》云：甘松香生涼州"九字，陳譜煙雲本在"《本草拾遺》云云"前。

5　鋒按："零陵香"條，《說郛》弘治本、萬曆本皆未收。

6　"零陵山谷"，陳譜煙雲本作"零陵上谷"，訛。

7　"曰"，陳譜煙雲本作"云"。

8　鋒按："薰草似麻葉，方莖"，陳譜煙雲本作"薰草，麻葉而方莖，赤花而黑實。"《香乘》卷四"香品"部"零陵香"條，其采自《山海經》之內容，與陳譜煙雲本悉同。

9　"味苦"前，陳譜煙雲本多"《本草》云"三字。

10　鋒按："茅香花"條，《說郛》弘治本、萬曆本皆未收。

11　"葉"，陳譜煙雲本作"差"。

12　"令人香"，陳譜煙雲本作"令人身香"。

13　鋒按："馢香"條，《說郛》弘治本，條目作"煎香"，條文作"亦沉水香同類，以其肥肌理有黑脈者，是也"。《說郛》萬曆本，條目作"熱香"，條文作"亦沉水同類，以其肥肌理有黑脈者，是也"。陳譜煙雲本，條目作"棧香"。

14　"亦沉香同樹"，陳譜煙雲本作"棧與沉同樹"。

15　"謂之也"，陳譜煙雲本作"爲別"。

16　鋒按："黃熟香"條，百川咸淳本、弘治本、嘉靖本、明末本，以及格致本，皆混入"馢香"條，爲其後半部分。據《百川學海》鄭氏宗文堂嘉靖十五年（1536）補刊洪譜目錄，"馢香""黃熟香"，當作兩條。

【水盤香】[1] 類黃熟而殊大，多[2] 雕刻为香山佛像，并出舶上。

【白眼香】[3] 亦黃熟之別名也[4]。其色差白，不入藥品，和香或[5] 用之。

【葉子香】[6] 即馢香之薄者，其香尤勝於馢，又謂之"龍鱗香"。

【雀頭香】[7]《本草》云："即'香附子'也。所在有之。葉、莖都似三稜，根若附子，周匝多毛。交州者最勝，大如棗核，近道[8]者如杏仁許。荊襄人謂之莎草。根大，下氣[9]，除胷腹中熱。合和香，用之尤佳。"

1　鋒按："水盤香"條，《説郛》弘治本、萬曆本皆未收，亦見於陳譜煙雲本、《香乘》"水盤香"條。

2　"多"，《香乘》無。

3　鋒按："白眼香"條，《説郛》弘治本、萬曆本皆未收，亦見於陳譜煙雲本、《香乘》"白眼香"條。

4　"也"，陳譜煙雲本無。

5　"或"，《香乘》無。

6　鋒按："葉子香"條，采自沈譜"龍鱗香"條，亦見於葉廷珪《名香譜》"龍鱗香"條，及陳譜、《香乘》"葉子香"條。陳譜煙雲本作"一名龍鱗香，蓋棧之薄者，其香尤勝於棧"。《香乘》略同陳譜，惟"蓋棧"後，多一"香"字。《説郛》弘治本、萬曆本，"葉子香"條皆混入"煎香"條。前者條文作"即煎香之薄者，尤勝於煎"。後者條文作"即爇香之薄者，尤勝於爇"。

7　鋒按："雀頭香"條，《説郛》弘治本、萬曆本皆未收。見於陳譜煙雲本、《香乘》"雀頭香"條，然《香乘》有較大改寫："即香附子。葉、莖都作三稜，根若附子，周匝多毛。多生下濕地，故有水三稜、水巴戟之名。出交州者最勝，大如棗核，近道者如杏仁許。荊湘人謂之莎草根，和香用之。"

8　"近道"，陳譜煙雲本作"近邊"，訛。

9　"下氣"，陳譜煙雲本作"能下氣"，多"能"字。

50

【芸香】[1]《倉頡解詁》曰[2]：“芸蒿似[3]邪蒿[4]，可食。”魚豢《典略》云[5]：“芸香[6]，辟紙魚蠹，故藏書臺[7]稱芸臺[8]。”

【蘭香】[9]《川本草》[10]云：“味辛，平[11]，無毒，主利水道，殺蟲毒，辟不祥。”一名“水香”，生大吳池澤。葉似蘭，尖長有岐。花，紅白色而香[12]。煮水浴，以治風。

【芳香】[13]《本草》云：“即白芷也。一名茝，又名䕲[14]，又曰莞，又曰符離，又名

1　鋒按：“芸香”條，亦見於陳譜煙雲本、《香乘》“芸香”條，然《香乘》有較大改寫：“《說文》云：芸香，草也。似苜蓿。《爾雅翼》云：仲春之月，芸香始生。《禮圖》云：葉似雅蒿。又謂之芸蒿。香美可食。”“雅蒿”之“雅”，訛。

2　“《倉頡解詁》曰”五字，《說郛》弘治本無，《說郛》萬曆本作“《倉頡解話》曰”，“話”字訛。

3　“似”，陳譜煙雲本作“葉似”，多“葉”字。

4　“邪蒿”，《說郛》萬曆本作“鴉蒿”，“鴉”字訛。

5　“魚豢《典略》云”五字，《說郛》弘治本作“《与备》云”，脫“魚豢”，“与备”訛。《說郛》萬曆本作“《與略》云”，脫“魚豢”，“與”字訛。

6　“芸香”，《說郛》弘治本、萬曆本皆作“芸臺香”，衍“臺”字。

7　“藏書臺”，《說郛》弘治本、萬曆本皆作“藏書者”，“書”字訛。

8　“芸臺”，陳譜煙雲本作“芝臺”，“芝”字訛。

9　鋒按：“蘭香”條，《說郛》弘治本、萬曆本皆未收，陳譜煙雲本有之，《香乘》卷九“香事分類上·草木香”部亦有之，作“一名水香，生大吳池澤。葉似蘭，尖長有岐。花，紅白而香。俗呼爲鼠尾香。煮水浴，以治風。（《香譜》）”即節自洪譜。又，洪譜本條實采自陶弘景《本草經集注》“蘭草”條：“味辛，平，無毒，主利水道，殺蟲毒，辟不祥，除胸中痰癖。久服益氣，輕身，不老，通神。一名水香，生大吳池澤。四、五月采。”

10　《川本草》：即《蜀本草》，五代後蜀·韓保升等撰。

11　“味辛，平”三字，陳譜煙雲本作“味平”，脫“辛”字。

12　“花，紅白色而香”，陳譜煙雲本此句後多出六字：“俗呼爲‘鼠尾香’。”

13　鋒按：“芳香”條，見於《說郛》弘治本、萬曆本，條文較簡：“即白芷也。道家用此以浴，去尸蟲。又，用合香。”《香乘》卷四“香品”部亦有“芳香”條，然已大幅改寫：“芳香，即白芷也。許慎云：晉謂之䕲，齊謂之茝，楚謂之蘺，又謂之葯，又名莞。葉名蒿麻。生於下澤，芬芳與蘭同德，故騷人以蘭茝爲詠。而《本草》有芳香澤芬之名。古人謂之香白芷云。”

14　䕲（xiāo）：《說文》：“蘺，楚謂之蘺，晉謂之䕲，齊謂之茝。”蘺，即䕲。劉宋·謝靈運《郡東山望溟海》詩：“白花皓陽林，紫䕲曄春流。”

澤芬[1]。生下濕地，河東川谷尤佳[2]，近道亦有[3]。道家以此香浴，去尸蟲。"

【薇香】[4]《本草》云："即杜衡[5]也。葉似葵，形如馬蹄，俗呼爲馬蹄香。藥中少用，惟[6]道家服，令人身香。"

【蕙香】[7]《廣志》云："蕙草[8]，綠葉，紫花。魏武帝以爲香，燒之[9]。"

【白膠香】[10]《唐本草》注[11]云："樹高大，木理細，莖、葉[12]三角，商洛間多有。五月斫爲坎，十一月收脂。"　《開寶本草》云："味辛、苦，無毒，主癮疹、風痒、浮腫，即楓香脂[13]。"

1　"又名薑，又曰荒，又曰符離，又名澤芬"，陳譜煙雲本作"又名曰薑，曰荒，曰符離，曰澤芬"。

2　"尤佳"，陳譜煙雲本作"尤勝"。

3　"亦有"，陳譜煙雲本作"亦有之"。

4　鋒按："薇香"條，《説郛》弘治本，條目作"馬蹄香"，條文作"用合香，即杜衡也，形如馬蹄。惟家道多用，服之令人身及衣皆香"。《説郛》萬曆本，條目亦作"馬蹄香"，條文作"即杜衡也，形如馬蹄。堆道家多用，服之念人身及衣皆"。陳譜煙雲本，條目亦作"馬蹄香"，條文小異。《香乘》卷四"香品"部亦有此條，然條目作"懷香"，條文作"即杜蘅，香人衣體。生山谷，葉似葵，形如馬蹄，俗名馬蹄香。藥中少用，陶隱居云：惟道家服之，令人身衣香"。又，清·陳夢雷《古今圖書集成》"博物彙編·草木典"卷一四八"杜衡部彙考"："洪芻《香譜·薇香》：《本草》云：'即杜衡也。葉似葵，形如馬蹄，俗呼爲馬蹄香。藥中少用，惟道家，令人身香。'"脱"服"字。

5　"杜衡"，陳譜煙雲本作"杜蘅"。

6　"惟"，陳譜煙雲本作"唯"。

7　鋒按："蕙香"條，《香乘》卷九"香事分類上·草木香"部亦有此條，作"《廣志》云：蕙花，紫莖，綠葉。魏文帝以爲香，燒之"。

8　"《廣志》云：蕙草"五字，《説郛》弘治本、萬曆本皆無。

9　"燒之"，《説郛》萬曆本作"境之"，"境"字訛。

10　鋒按："白膠香"條，《説郛》弘治本、萬曆本皆未收，《香乘》卷五"香品"部亦有此條，然條文大異，除"白膠香，一名楓香脂"外，幾無可校。

11　"注"，陳譜煙雲本無。

12　"莖葉"，陳譜煙雲本作"硬葉"，"硬"字訛。

13　"楓香脂"，陳譜煙雲本作"楓香脂也"，多"也"字。

【都梁香】[1]《荊州記》[2]曰："都梁縣[3]有山，山上有水，其中生蘭草，因名都梁香，形如霍香。"　　古詩曰[4]："博山鑪中百和香，鬱金蘇合及都梁。"《廣志》云："都梁出淮南[5]，一名[6]煎澤草也。"

【甲香】[7]《唐本草》云[8]："蠡類。生雲南者[9]，大如拳[10]，青黃色，長四五寸，取靨[11]燒灰，用之。南人亦齧其肉，噉。[12]今合香[13]多用，謂能[14]發香，復來香煙[15]。須酒、蜜齧製[16]，方可用[17]。"法見下[18]。

1　鋒按："都梁香"條，《類說》北泉本卷四十九《香後譜》有之，條文較簡，作"都梁香形如霍香。古詩云：博山爐中百和香，鬱金蘇合及都梁"。"都梁香"條，見於《說郛》弘治本、萬曆本，條文極簡："出交、廣，形如霍香。"《香乘》卷四"香品"部亦有此條，然條文大異，惟采自《荊州記》之一句可校："都梁縣有山，山下有水清淺，其中生蘭草，因名都梁香。（盛弘之《荊州記》）"

2　"荊州記"，陳譜煙雲本作"荊草記"，"草"字訛。

3　都梁縣：西漢武帝元朔五年（前124）置都梁侯國，元鼎六年（前111）稱都梁縣，治所在今湖南省邵陽市下轄武岡市東北。縣西有都梁山。

4　"曰"，陳譜煙雲本無。

5　"出淮南"，陳譜煙雲本作"在淮南"。

6　"一名"，陳譜煙雲本作"名"，無"一"字。

7　鋒按："甲香"條，《香乘》卷五"香品"部有之。

8　"《唐本草》云"，《說郛》弘治本、萬曆本於此四字前，分別有"出海南""出南海"三字。《香乘》無"《唐本草》云"四字。

9　"生雲南者"，《說郛》弘治本、萬曆本皆無。陳譜煙雲本作"主雲南者"，訛。

10　"大如拳"，百川咸淳本、格致本、百川明末本、陳譜煙雲本、《香乘》皆作"大如掌"，訛。《說郛》弘治本作"大如拳"，據改。《說郛》萬曆本作"如大拳"。

11　"靨"，百川咸淳本、格致本、百川明末本、洪譜四庫本皆作"黶"，訛。陳譜煙雲本、《香乘》皆作"靨"，亦訛。靨（yǎn）：螺類介殼之口沿蓋，圓片狀。

12　"取靨燒灰，用之。南人亦齧其肉，噉"，此兩句，《說郛》弘治本、萬曆本皆無。

13　"合香"，《香乘》作"各香"，訛。

14　"能"，《說郛》弘治本作"皆"，訛。

15　"復來香煙"，《說郛》弘治本作"復束煙"，《說郛》萬曆本作"復米裍"，《香乘》作"復聚香煙。"

16　"須酒、蜜煮製"，《說郛》弘治本作"須酒、蜜等煮炙脩製"，《說郛》萬曆本作"須酒、密等齧炙脩製"，《香乘》作"須酒、蜜煮製，去腥及涎"。

17　"方可用"，《說郛》弘治本作"方可入用"。

18　"法見下"，《說郛》弘治本、萬曆本皆無，陳譜煙雲本、《香乘》皆作"法見後"。

【白茅香】[1]《本草拾遺》記曰[2]："味甘，平，無毒，主惡氣，令人身香。煑汁服之，主腹内冷痛。生安南，如茅根。道家用[3]，煑湯沐浴[4]。"

【必栗香】[5]《内典》云："一名化木香，似老椿。" 《海藥本草》曰[6]："味辛，温，無毒，主鬼痓、心氣[7]，斷一切惡氣。葉落水中，魚暴死。木可爲書軸，辟白魚[8]，不損書。"

【兜婁香】[9]《异物志》云："出海邊國[10]，如都梁香。" 《本草》曰[11]："性微温，療霍亂、心痛，主風水、毒腫、惡氣[12]，止吐逆。亦合香用[13]。莖、葉[14]似水蘇。"

【藕車香】[15]《本草拾遺》曰[16]："味辛，温，主鬼氣，去臭及蟲魚、蛀物。生彭

1　鋒按："白茅香"條，《説郛》弘治本、萬曆本皆未收，《香乘》卷四"香品"部有之，然條文大异，不校。

2　"《本草拾遺》記曰"，陳譜煙雲本作"《本草拾遺》云"。

3　"道家用"，陳譜煙雲本作"道家以之"。

4　"煑湯沐浴"，陳譜煙雲本作"煮湯沐浴云"。

5　鋒按："必栗香"條，《説郛》弘治本、萬曆本皆未收，《香乘》卷九"香事分類上·草木香"部有之，然條文有較大差异，作"《内典》云：必栗香，爲花木香，又名詹香。生高山中，葉如老椿。葉落水中，魚暴死。木取爲書軸，辟蠹魚，不順書"。

6　"《海藥本草》曰"，陳譜煙雲本作"《海木本草》云"，"木"字訛。

7　"心氣"，陳譜煙雲本作"心氣痛"。

8　"白魚"，陳譜煙雲本作"白魚蠹"。

9　鋒按："兜婁香"條，《説郛》弘治本、萬曆本皆未收，《香乘》卷四"香品"部有之，然條文有較大差异，作"《异物志》云：兜婁香，出海邊國，如都梁香。亦合香用。莖、葉似水蘇"。

10　"海邊國"，陳譜煙雲本作"海邊海國"，衍。

11　"曰"，陳譜煙雲本作"云"。

12　"惡氣"，陳譜煙雲本作"去惡氣"，并位於"療霍亂"後。

13　"用"，陳譜煙雲本脱。

14　"莖、葉"，陳譜煙雲本作"葉、莖"。

15　鋒按："藕車香"條，《説郛》弘治本、萬曆本皆未收，《香乘》卷四"香品"部有之，然條文有异，作"《爾雅》曰：藕車，艺輿，香草也。生海南山谷，又出彭城。高數尺，黃葉，白花"。藕車香，《楚辭·離騒》："畦留夷與揭車兮，雜杜衡與芳芷。""揭車"即"藕車"，今名茅蒼朮、蒼朮。

16　"曰"，陳譜煙雲本作"云"。

城，高數尺，白花[1]。" 　《爾雅》曰[2]："藕車，芝輿。"注曰："香草也。"

【兜納香】[3]《廣志》曰[4]："生剽國[5]。" 　《魏略》曰[6]："出大秦國[7]。" 　《本草拾遺》曰[8]："味溫，甘，無毒，去惡氣，溫中，除冷。"

【耕香】[9]《南方草木狀》曰[10]："耕香，莖生細葉。" 　《本草拾遺》曰[11]："味辛，溫，無毒，主臭鬼氣，調中。生烏滸國。"

【木蜜香】[12]《內典》云："狀若槐樹。" 　《异物志》云："其葉如椿。" 　《交州記》云："樹似沈香。" 　《本草拾遺》曰[13]："味甘，溫，無毒，主辟惡，去邪、鬼疰。生南海諸山中。"（種[14]五六年，便[15]有香也。）

1　"白花"前，陳譜煙雲本多"黃葉"二字。

2　"曰"，陳譜煙雲本作"云"。

3　鋒按："兜納香"條，《說郛》弘治本、萬曆本皆未收，《香乘》卷四"香品"部有之，然無"《本草拾遺》"之一句。

4　"曰"，陳譜煙雲本、《香乘》皆作"云"。

5　"剽國"，陳譜煙雲本作"驃國"，《香乘》作"南海剽國"，多"南海"二字。按：剽國即驃國，7—9世紀緬甸驃人建立的城邦國家。

6　"曰"，陳譜煙雲本、《香乘》皆作"云"。

7　"大秦國"，陳譜煙雲本作"大泰國"，訛。

8　"曰"，陳譜煙雲本作"云"。

9　鋒按："耕香"條，《說郛》弘治本、萬曆本皆未收，《香乘》卷四"香品"部有之，然條文極簡，作"耕香，莖生細葉，生烏滸國"。

10　"曰"，陳譜煙雲本作"云"。

11　"曰"，陳譜煙雲本作"云"。

12　鋒按："木蜜香"條，《說郛》弘治本、萬曆本皆未收，《香乘》卷四"香品"部有之，然條目作"蜜香"，條文大异，與底本密切相關者如下："木蜜香，蜜也。樹形似槐，而香。伐之，五六年乃取其香。（《法華經注》）""其葉如椿樹，生千歲，斫仆之。歷四五歲，乃往看，已腐敗，惟中節堅貞者是香。（《异物志》）""蜜香，生交州，大樹節，如沉香。""有云：蜜香，生南海諸山中。種之五六年，得香。"

13　"曰"，陳譜煙雲本作"云"。

14　"種"，陳譜煙雲本作"種之"，多"之"字。

15　"便"，陳譜煙雲本作"乃"。

【迷迭香】[1]《廣志》云：“出西域。魏文帝有賦，亦嘗用。” 《本草拾遺》曰[2]：“味辛，溫，無毒，主惡氣，令人衣香，燒之去邪。”[3]

【水麝】[4]天寶中，虞人[5]獲水麝，臍香皆水也。每取以針刺之[6]，香氣倍於肉麝[7]。

【薔薇水】[8]周顯德五年[9]，昆明國獻薔薇水十五餅，云得自西域，以洒衣[10]，衣敝而香不滅[11]。

1　“迷迭香”條，《説郛》萬曆本條目作“迷連香”，訛。

2　“曰”，陳譜煙雲本作“云”。

3　鋒按：“魏文帝……燒之去邪”一段，《説郛》弘治本、萬曆本皆無，《香乘》條文大异，作“《魏略》云：出大秦國。可佩服，令人衣香，燒之拒鬼。魏文帝時，自西域移植庭中。帝曰：余植迷迭於中庭，喜其揚條吐秀，馥郁芬芳”。

4　鋒按：“水麝”條，《類説》卷四十九《香後譜》有之，據輯。陳譜煙雲本卷一“香品”部亦有之，據校，條目作“麝香”，條文首有“洪氏云”三字。《香乘》卷三“香品”部亦有之，條目作“水麝香”，且條文大异：“天寶初，漁人獲水麝，詔使養之。臍下惟水，滴瀝於斗中，水用灑衣，衣至敗香不歇。每取以鍼刺之，捉以真雄黃，香氣倍於肉麝。（《續博物志》）”

5　《左傳·昭公二十年》：“十二月，齊侯田於沛，招虞人以弓，不進。”杜預注：“虞人，掌山澤之官。”

6　“每取以針刺之”，陳譜煙雲本作“每取針刺之”，“以”字脱。

7　“香氣倍於肉麝”，陳譜煙雲本作“香氣倍於肉臍”，“臍”字訛。

8　鋒按：“薔薇水”條，《類説》卷四十九《香後譜》有之，據輯。陳譜煙雲本卷一“香品”部亦有之，據校。《香乘》卷五“香品”部亦有之，條目作“貢薔薇露”，據校。《古今事文類聚》卷十二引洪芻香譜，亦見此條。

9　“周顯德五年”，陳譜煙雲本、《香乘》皆作“後周顯德五年”，多“後”字。

10　“以洒衣”，陳譜煙雲本作“以之洒衣”，多“之”字。《香乘》作“以之灑衣”，亦多“之”字。

11　“衣敝而香不滅”，陳譜煙雲本作“衣敝不滅其香”。《香乘》作“衣敝而香不減”，“滅”作“減”。

56

二、香之异

【都夷香】[1]《洞冥記》[2]：“香如棗核，食一顆，歷月不飢[3]，或投水中[4]，俄滿大盂也。”[5]

【荃蕪香】[6]王子年[7]《拾遺記》[8]：“燕昭王[9]。廣延國[10]二舞人。帝[11]以荃

1　鋒按：“都夷香”條，陳譜卷一“香異”部、《香乘》卷八“香異”部皆有之。

2　鋒按：“《洞冥記》”，《説郛》弘治本作“《洞冥記》曰”，《説郛》萬曆本作“《涸冥記》曰”，“涸”字訛。陳譜煙雲本作“《洞冥記》云”。《香乘》作條文末尾小字注。《洞冥記》，舊題東漢初·郭憲撰。余嘉錫《四庫提要辨證》考證《洞冥記》實南朝梁元帝蕭繹偽造。明初·佚名編《道藏闕經目録》著録《洞冥記》。

3　“歷月不飢”，《説郛》弘治本作“則經曰不飢”，“曰”字當爲“日”字之訛。《説郛》萬曆本作“則經月不飢”。洪譜四庫本作“歷月不饞”。

4　“或投水中”，《香乘》作“以粟許投水中”。

5　“或投水中，俄滿大盂也”九字，《説郛》弘治本、萬曆本皆無。《洞冥記》卷一：“都夷香，如棗核，食一片則歷月不飢，以粒如粟米許，投水中，俄而滿大盂也。”

6　鋒按：“荃蕪香”條，陳譜卷一“香異”部有之，《香乘》卷八“香異”部亦有之，然條文大異：“燕昭王二年，波弋國貢荃蕪香。焚之，著衣則彌月不絕；浸地則土石皆香；著朽木腐草，莫不茂蔚；以熏枯骨，則肌肉立生。時，廣延國貢二舞女。帝以荃蕪香屑鋪地四五寸，使舞女立其上，彌日無跡。（王子年《拾遺記》）”“荃蕪香”，百川咸淳本、格致本、百川明末本、學津本、洪譜四庫本、《香乘》皆作“荼蕪香”。《説郛》弘治本作“荼蕪香”，《説郛》萬曆本作“荼蕪者”。上述諸種，皆訛。陳譜煙雲本亦作“荼蕪香”，然有小字校記“荼，一作荃。”明刊本《拾遺記》《拾遺記校注》及《初學記》《太平御覽》《太平廣記》《錦繡萬花谷》等唐、宋類書所引，乃至葉廷珪《名香譜》，皆作“荃蕪香”，據改。

7　“王子年”，《説郛》萬曆本作“主子軍”，訛。

8　“《拾遺記》”，《説郛》弘治本作“《十遺記》”，訛。陳譜煙雲本作“《拾遺記》云”。王嘉，樓觀派高道。唐·房玄齡《晉書》卷九十五《藝術傳·王嘉》：“王嘉，字子年，隴西安陽人也。輕舉止，醜形貌，外若不足，而聰睿内明，滑稽好語笑。不食五穀，不衣美麗，清虛服氣。不與世人交游，隱於東陽谷，鑿崖穴居，弟子受業者數百人，亦皆穴處。石季龍之末，棄其徒衆，至長安，潛隱於終南山，結菴廬而止。門人聞而復隨之……著《拾遺録》十卷，其記事多詭怪，今行於世。”元·茅山道士朱象先《終南山説經臺歷代真仙碑記》著録“王子年真人”。石虎，字季龍，十六國後趙武帝。

9　“燕昭王”，學津本、《説郛》弘治本、《説郛》萬曆本皆作“燕昭王二年”，陳譜煙雲本作“燕昭王時”。

10　“廣延國”，學津本作“廣延國獻”，《説郛》弘治本、《説郛》萬曆本、陳譜煙雲本皆作“廣延國進”。

11　“帝”，《説郛》弘治本、《説郛》萬曆本皆作“常”。陳譜煙雲本作“王”。

荃蕪香[1]屑鋪地[2]四、五寸，使舞人立其上[3]，彌日無跡[4]。香出波弋國，浸地則土石皆香，着朽木腐草，莫不茂蔚[5]，以薰枯骨，則肌肉皆生。"[6]又出《獨異志》[7]。

【异國香】[8]辟寒香[9]、辟邪香[10]、瑞麟香[11]、金鳳香[12]，皆异國所獻。《杜陽

1　"荃蕪香"，百川咸淳本等皆作"荼蕪香"，《説郛》弘治本、《説郛》萬曆本皆作"此香"，據《拾遺記》等改。

2　"鋪地"，陳譜煙雲本作"銷地"，訛。

3　"使舞人立其上"，《説郛》弘治本、《説郛》萬曆本皆作"使舞其上"。

4　"彌日無跡"，《説郛》弘治本、《説郛》萬曆本皆作"而無跡"。

5　"茂蔚"，陳譜煙雲本作"茂鬱"。

6　後秦·王嘉《拾遺記》（明嘉靖十三年吳郡顧春世德堂刻本）卷四："燕昭王即位二年，廣延國來獻善舞者二人，一名旋娟，一名提謨，并玉質凝膚，體輕氣馥，綽約而窈窕，絶古無倫，或行無跡影，或積年不饑。昭王處以單綃華幄，飲以瑞珉之膏，餄以丹泉之粟……乃設麟文之席，散荃蕪之香。香出波弋國，浸地則土石皆香，著朽木腐草，莫不鬱茂，以燻枯骨，則肌肉皆生。以屑噴地，厚四五寸，使二女舞其上，彌日無跡，體輕故也。"

7　"香出……《獨异志》。"《説郛》弘治本、《説郛》萬曆本皆無。鋒按：《獨异志》，舊題"前明州刺史賜紫金魚袋李冗纂"，然史籍從無李冗其人。南宋·羅濬《（寶慶）四明志》卷一："李伉，咸通六年刺史，建五龍堂。"《獨异志》存世最古本，爲明嘉靖二十七年鈔本，中國國家圖書館藏，其卷首有《獨异志序》："自開闢以來，迄於今世之經籍耳目，可見聞神仙鬼怪，并所摭録。"

8　鋒按："异國香"條，百川咸淳本、格致本、百川明末本、《説郛》弘治本、《説郛》萬曆本、洪譜四庫本、陳譜煙雲本，條目皆作"辟寒香"，訛。學津本條目作"辟邪香"，亦訛。清·張海鵬《學津討原》（嘉慶十年 1805 刊本，中國國家圖書館藏）所收《香譜》卷下《香譜跋》："香异第三條'辟邪香'，目訛爲'辟寒'。而'辟寒香'又缺載。今另爲一條，補於後。"鋒按：張海鵬此跋，實爲校勘記一條。然張氏見解有誤，緣條文明作"上四香"，則其中當有四種异香，即辟寒香、辟邪香、瑞麟香、金鳳香。故條目必另有所自，此即沈譜所見之"异國香"也，據補。《香乘》（清同光刊，東京國立公文書館藏）卷七"宮掖諸香"部"步輦綴五色玉香囊"條，即洪譜"异國香"條所據之《杜陽雜編》故事。

9　"辟寒香"三字，百川咸淳本、格致本、百川明末本、《説郛》弘治本、《説郛》萬曆本、洪譜四庫本皆無。

10　"辟邪香"，百川明末本改作"辟寒香"，訛。《説郛》萬曆本作"辟邪氣香"，多"氣"字。陳譜煙雲本作"辟邪"，無"香"字。

11　"瑞麟香"，陳譜煙雲本作"瑞麟"，無"香"字。

12　"金鳳香"，陳譜煙雲本作"金鳳等香"，多"等"字。

編》[1]云："自兩漢[2]至皇唐[3]，皇后[4]、公主乘七寶輦[5]，四面綴五色玉香囊[6]，囊中[7]貯上四香[8]，每一出遊，則芬馥[9]滿路。"[10]

【月支香】[11]《瑞應圖》[12]："大漢[13]二年[14]，月支國[15]貢神香，武帝取看之[16]，狀若[17]燕卵，凡三枚，大似棗。帝不燒，付外庫。[18]後長安中大疫，宮人得疾，衆使者請燒一

---

1 "《杜陽編》"，陳譜煙雲本作"《杜陽雜編》"，多"雜"字。唐·蘇鶚《杜陽雜編序》："予髫年好學，長而忘倦，嘗覽王嘉《拾遺記》、郭子橫《洞冥記》及諸家怪異録，謂之虛誕，而復訪問博聞強記之士或潛夫輩，頗得國朝故實。"

2 "兩漢"，《説郛》萬曆本作"西漢"。

3 "皇唐"，《説郛》弘治本作"王唐"。

4 "皇后"，《説郛》弘治本、《説郛》萬曆本皆無。

5 "七寶輦"，《説郛》弘治本作"七寶車"，《説郛》萬曆本作"七年室車"，"年"字衍，"室"字訛。

6 "玉香囊"，《説郛》萬曆本作"王香囊"，"王"字訛。

7 "囊中"，《説郛》弘治本、《説郛》萬曆本皆作"中"，無"囊"字。

8 "貯上四香"，《説郛》弘治本、《説郛》萬曆本皆作"貯此四香"。

9 "芬馥"，《説郛》弘治本作"芬郁"。

10 《杜陽雜編》卷下"同昌公主"條："咸通九年，同昌公主出降，宅於廣化里……自兩漢至皇唐，公主出降之盛，未之有也。公主乘七寶步輦，四面綴五色香囊，囊中貯辟寒香、辟邪香、瑞麟香、金鳳香。此香，異國所獻也，仍雜以龍腦、金屑。刻鏤水精、馬腦、辟塵犀，爲龍鳳花，其上仍絡以真珠、玳瑁。又，金絲爲流蘇，彫輕玉爲浮動。每一出遊，則芬馥滿路，晶熒照灼，觀者眩惑其目。"

11 鋒按："月支香"，《説郛》弘治本、《説郛》萬曆本皆作"月氏香"。《香乘》未見此條。

12 "《瑞應圖》"，《説郛》萬曆本作"《瑞應圖》之"，多"之"字。陳譜煙雲本作"《瑞應圖》云"，多"云"字。鋒按：《瑞應圖》，唐·魏徵《隋書·經籍志》："《瑞圖讚》二卷。梁有孫柔之《瑞應圖記》、孫氏《瑞應圖贊》各三卷，亡。"南朝梁·孫柔之《瑞應圖》，佚。南朝·佚名《瑞應圖》，法國國家圖書館藏，伯2683。《正統道藏·洞神部·紀傳類》著録《大明玄天上帝瑞應圖録》一卷，明永樂間道士編。

13 "大漢"，學津本、《説郛》弘治本、《説郛》萬曆本、陳譜煙雲本皆作"天漢"，"天"字訛。

14 "二年"，《説郛》弘治本、《説郛》萬曆本皆作"三年"。

15 "月支國"，《説郛》弘治本、《説郛》萬曆本皆作"月氏國"。

16 "看之"，陳譜煙雲本作"祝之"。

17 "狀若"，陳譜煙雲本作"狀如"。

18 "武帝取……付外庫"，《説郛》弘治本無。

枚¹，以辟疫氣，帝然之。²宮中病者差³。長安百里内聞其香，積九月不歇。"⁴

【振靈香】⁵《十洲記》⁶："聚窟州有大樹，如楓而香，聞數百里，名曰返魂樹。根於玉釜中⁷，煮汁如飴，名曰驚精香，又曰振靈香，又曰返生香，又曰馬精香，又

1　"衆使者請燒一枚"，陳譜煙雲本作"衆使者請香，燒一枚"。

2　"後長安中大疫，宮人得疾，衆使者請燒一枚，以辟疫氣，帝然之。"此句，《説郛》弘治本作"後長安大疫，宮人得疾者，使之"。《説郛》萬曆本作"復長安大疫，官人得疾者，便燒之"。

3　"宮中病者差"，陳譜煙雲本作"病者皆差"。

4　"宮中病者差。長安百里内聞其香，積九月不歇。"此句，《説郛》弘治本作"病者即瘥。百里之間，皆聞香氣，積九月而香不減"，《説郛》萬曆本作"病者即差。百里之間，皆聞香氣，積九月而香不減"，陳譜煙雲本作"病者皆差。長安百里内聞其香，數月不歇"。

5　鋒按："振靈香"條，《説郛》弘治本、《説郛》萬曆本皆無。《類説》卷四十九《香後譜》有之，然條目作"驚精香"，且條文大异，作："聚窟洲有返魂樹，伐其根心，玉釜中煮汁，名驚精香。死屍聞氣，即活。（一見《述异記》，出《十洲記》）"陳譜煙雲本卷一"香异"部亦有之，然條文有异："《十洲記》云：生西海中聚窟州，樹大如楓而葉香，聞數百里，名曰返魂樹。伐其根於玉釜中，煮汁如飴，名曰驚精香，又曰振靈香，又曰返生香，又曰馬精香，又曰卻死香。一種五名，靈物也。死者未滿三日，聞香氣，即活。"《香乘》卷八"香异"部亦有之，然條文大异。

6　鋒按：魏徵《隋書·經籍志》著録："《十洲記》一卷，東方朔撰。"紀昀《四庫全書總目提要》："舊本題漢東方朔撰。十洲者，祖洲、瀛洲、懸洲、炎洲、長洲、元洲、流洲、生洲、鳳麟洲、聚窟洲也。又，後附以滄海島、方丈洲、扶桑、蓬邱、崑崙五條。其言或稱臣朔，似對君之詞，或稱武帝，又似追記之文，又盛稱武帝不能盡朔之術，故不得長生，則似道家夸大之語。大抵恍惚支離，不可究詰。考劉向所録朔書，無此名。書中載武帝幸華林園射虎事。案：《文選》應貞《晉武帝華林園集詩》，李善注引《洛陽圖經》曰：華林園，在城内東北隅。魏明帝起名芳林園，齊王芳改爲華林。武帝時安有是號？蓋六朝詞人所依託。"《正統道藏·洞玄部·紀傳類》著録《十洲記》一卷。

7　"根於玉釜中"，學津本作"根如玉釜中"，"如"字訛。

名却死香。一種五名，靈物也。香聞數百里，死屍在地，聞即活。”[1]

【千畝香】[2]《述异記》[3]曰[4]：“南郡有千畝香林，名香往往出[5]其中。”[6]

【十里香】[7]《述异記》曰[8]：“千年松香，聞於十里。”[9]

【韲齊香】[10]《酉陽雜俎》曰[11]：“出波斯國，拂林呼爲‘頂勃梨咃’。長一丈餘[12]，

1　南朝齊·佚名《十洲記》：“聚窟洲在西海中申未之地，地方三千里，北接崑崙二十六萬里，去東岸二十四萬里。上多真仙靈官，宮第比門，不可勝數。及有獅子辟邪、鑿齒天鹿、長牙銅頭鐵額之獸。洲上有大山，形似人鳥之象，因名之爲神鳥山。山多大樹，與楓木相類，而花葉香聞數百里，名爲反魂樹。扣其樹，亦能自作聲，聲如群牛吼。聞之者，皆心震神駭。伐其木根心，於玉釜中煮，取汁，更微火煎如黑餳狀，令可丸之。名曰驚精香，或名之爲震靈丸，或名之爲反生香，或名之爲震檀香，或名之爲人鳥精，或名之爲却死香，一種六名。斯靈物也，香氣聞數百里。死者在地，聞香氣，乃却活，不復亡也。以香薰死人，更加神驗。”

2　鋒按：“千畝香”條，《説郛》弘治本、《説郛》萬曆本、《香乘》皆無。

3　鋒按：《述异記》，宋以前不見著録，晁公武《郡齋讀書志》卷三下：“《述异記》二卷。右，南朝梁·任昉撰。昉家藏書三萬，采前世异聞成書。”紀昀《四庫全書總目提要》子部：“其書文頗冗雜，大抵剽剟諸小説而成。如開卷盤古氏一條，即采徐整《三五曆紀》；其餘‘精衛’諸條，則采《山海經》；園客諸條，則采《列仙傳》，龜歷諸條，則采《拾遺記》。”

4　“曰”，陳譜煙雲本作“云”。

5　“出”，陳譜煙雲本作“出產”。

6　《述异記》卷下：“日南有千畝林，名香出其中。”

7　鋒按：“十里香”條，《説郛》弘治本、《説郛》萬曆本、《香乘》皆無。

8　“曰”，陳譜煙雲本作“云”。

9　《述异記》卷下：“千年松香，聞於十里，亦謂之十里香。”

10　鋒按：“韲齊香”，韲（bie）。“韲齊香”條，《説郛》弘治本、《説郛》萬曆本皆無。陳譜煙雲本作“滿齊香”，“滿”字訛。《香乘》卷二“香品部”有之，條文小异。

11　“《酉陽雜俎》曰”五字，《香乘》無。“曰”，陳譜煙雲本作“云”。

12　“餘”，《香乘》無。

圍一尺許。皮色青[1]，薄而極光淨。葉似阿魏[2]，每三葉生於條端，無花結實[3]。西域人常八月伐之。至冬[4]，更抽新條，極滋茂，若不剪除，反枯死。七月，斷其枝。有黃汁，其狀如蜜[5]，微有香氣，入藥[6]療百病。"[7]

【龜甲香】[8]《述异記》曰[9]："即青桂香[10]之善者。"

【兜木香】[11]《本草拾遺》曰[12]："燒之[13]，去惡氣，除病疫。"　《漢武帝故事》[14]

1　"皮色青"，《香乘》作"皮青色"。

2　阿魏：《酉陽雜俎》前集卷十八《廣動植之三·木篇》"阿魏"條："出伽闍郍國，即北天竺也。伽闍那呼爲形虞。亦出波斯國，波斯國呼爲阿虞截。樹長八九丈，皮色青黃。三月生葉，葉似鼠耳，無花實。斷其枝，汁出如飴，久乃堅凝，名阿魏。拂林國僧彎所説同，摩伽陁僧提婆言：取其汁，和米荳屑，合成阿魏。"

3　"無花結實"，《香乘》作"無花實"，無"結"字。

4　"至冬"，《香乘》作"至臘月"。

5　"蜜"，百川咸淳本作"密"，訛，格致本等一衆校本皆作"蜜"，據改。

6　"入藥"，《香乘》作"入缶"。

7　《酉陽雜俎》前集卷十八《廣動植之三·木篇》"婆郍娑樹"條："出波斯國，亦出拂林，呼爲阿薩彈。樹長五六丈，皮色青綠。葉極光凈，冬夏不凋。無花結實。其實從樹莖出，大如冬瓜，有殼裹之，殼上有刺，瓤至甘甜，可食。核大如棗，一實有數百枚。核中仁如栗黃，炒食之，甚美。"

8　"龜甲香"條，《香乘》無。

9　"《述异記》曰"，《説郛》弘治本、《説郛》萬曆本皆無，陳譜煙雲本作"《述异記》云"。

10　"青桂香"，百川咸淳本、格致本、百川明末本、學津本、《説郛》萬曆本、洪譜四庫本皆作"桂香"，"青"字脱，據陳譜煙雲本補。《説郛》弘治本作"挂香"，"挂"字訛。

11　鋒按："兜木香"，百川咸淳本、格致本、百川明末本、學津本、洪譜四庫本、陳譜煙雲本皆作"兜末香"，據《證類本草》《香乘》改。該條，《説郛》弘治本、《説郛》萬曆本皆無。

12　"曰"，陳譜煙雲本作"云"。"《本草拾遺》曰"五字，《香乘》作條文末尾小字注"《本草》"。

13　"燒之"，百川咸淳本、格致本、百川明末本、學津本、洪譜四庫本皆作"燒"，"之"字脱，據陳譜煙雲本、《香乘》補。"燒之"前，《香乘》又多"兜木香"三字。

14　"漢武帝故事"，陳譜煙雲本作"漢武故事"，無"帝"字。《香乘》作"漢武帝時"。晁公武《郡齋讀書志》卷二下："《漢武故事》二卷。右，世言班固撰。唐·張柬之《書洞冥記後》云：《漢武故事》，王儉造。"王儉，南朝齊人。

曰[1]："西王母降，上燒是香[2]。兜渠國所獻[3]，如大豆[4]。塗宮門[5]，香聞百里。關中大疫[6]，死者相枕[7]。燒此香，疫則止。"　《内傳》[8]云："死者皆起。"此則靈香，非中國所致。

【沉光香】[9]《洞冥記》[10]："塗魂國貢，闇中燒之有光[11]，而堅實難碎[12]。太醫[13]以鐵杵[14]舂如粉，而燒之。"

【沉榆香】[15]《封禪記》[16]："黃帝列珪玉[17]，於蘭蒲蓆[18]上。然沉榆香[19]，舂雜寶爲屑，

1　"曰"，陳譜煙雲本作"云"，《香乘》無。

2　"是香"，《香乘》作"兜木香末"。

3　"兜渠國所獻"五字前，《香乘》多"兜木香"三字。

4　"大豆"，《香乘》作"豆大"。

5　"塗宮門"，《香乘》作"塗宮門上"。

6　"疫"，《香乘》作"疫疾"。

7　"枕"，陳譜煙雲本、《香乘》作"枕藉"，多"藉"字。

8　《漢武帝内傳》收入《正統道藏》洞真部·紀傳類。明·胡應麟《四部正訛》："詳其文體，是六朝人作，蓋齊、梁間好事者爲之也。"

9　鋒按："沉光香"，《說郛》萬曆本作"沉元香"，"元"字訛。"沉光香"條，《香乘》卷八"香异"部有之。《說郛》弘治本、《說郛》萬曆本條文大异，僅作"時中燒之有香"。

10　"《洞冥記》"，陳譜煙雲本作"《洞冥記》云"，多"云"字。《香乘》無。

11　"闇中燒之有光"，百川咸淳本、格致本、百川明末本、學津本、洪譜四庫本皆作"門中燒之有光"，"門"字訛。《說郛》弘治本、《說郛》萬曆本皆作"時中燒之有香"。陳譜煙雲本作"闇中燒之有光"，據改。《香乘》作"暗中燒之有光"。

12　"而堅實難碎"，《香乘》作"故名性堅實難碎"。

13　"太醫"，陳譜煙雲本作"太醫院"，多"院"字。《香乘》無。

14　"鐵杵"，陳譜煙雲本作"錢杵"，"錢"字訛。

15　鋒按："沉榆香"，《說郛》弘治本作"沉揄香"，"揄"字訛。"沉榆香"條，《香乘》卷八"香异"部有之。

16　"《封禪記》"，陳譜煙雲本作"《封禪記》云"，多"云"字。《香乘》作條文末尾小字注。

17　"黃帝列珪玉"，《香乘》作"黃帝使百辟群臣受德教者皆列珪玉"，多十字。

18　"蘭蒲蓆"，學津本、陳譜煙雲本、《香乘》作"蘭蒲席"，《說郛》弘治本作"蘭滿席"，《說郛》萬曆本作"蘭鋪席"。

19　"然沉榆香"，《說郛》弘治本作"然沉揄之香"，多"之"字，"揄"字訛。《說郛》萬曆本作"然沉榆之香"，亦多"之"字。《香乘》作"燃沉榆之香"，"然"作"燃"，亦多"之"字。

以沉榆[1]和之若泥[2]，以分尊卑[3]、華戎之位[4]。"[5]

【茵墀香】[6]《拾遺記》[7]："靈帝[8]熹平[9]三年，西域獻[10]，煮湯辟癘[11]，宮人以沐頭[12]。"

【石葉香】[13]《拾遺記》曰[14]："此香疊疊，狀如雲母[15]，其氣辟癘[16]。魏文帝時，腹題

1　"沉榆"，陳譜煙雲本作"沉榆膠"，多"膠"字。《香乘》作"沉榆之膠"，多"之膠"
　　二字。

2　"和之若泥"，陳譜煙雲本作"和之如泥"，《香乘》作"和之爲泥"。

3　"以分尊卑"，《香乘》作"以塗地分別尊卑"。

4　"華戎之位"，陳譜煙雲本作"華夷之位"。《香乘》作"華戎之位也"，多"也"字。"春
　　雜寶爲屑……華戎之位"，《説郛》弘治本、《説郛》萬曆本皆無。

5　《拾遺記》卷一"軒轅皇帝"條："詔使百辟群臣，受德教者，先列珪玉於蘭蒲席上。燃
　　沉榆之香，春雜寶爲屑，以沉榆之膠和之爲泥以塗地，分別尊卑、華戎之位也。事出《封
　　禪記》。"

6　鋒按："茵墀香"條，《説郛》萬曆本條目作"首墀者"，訛。《香乘》卷八"香異"部
　　有之。

7　"《拾遺記》"，《説郛》弘治本、《説郛》萬曆本皆無，陳譜煙雲本作"《拾遺記》云"，
　　《香乘》作條文末尾小字注。

8　"靈帝"，《香乘》作"漢靈帝"，多"漢"字。

9　"熹平"，百川咸淳本、格致本、百川明末本、學津本、《説郛》弘治本、《説郛》萬曆本、
　　洪譜四庫本皆作"初平"，據陳譜煙雲本、《香乘》改。

10　"西域獻"，《説郛》弘治本作"西域所敝"，多"所"字，"敝"字訛。《説郛》萬曆本、
　　陳譜煙雲本皆作"西域所獻"，亦多"所"字。《香乘》後多"茵墀香"三字。

11　"煮湯辟癘"，《説郛》弘治本、《説郛》萬曆本皆作"煮爲湯"。陳譜煙雲本、《香乘》皆
　　作"煮爲湯辟癘"，多"爲"字。

12　"宮人以沐頭"，《説郛》弘治本作"宮人沐浴，經月香不散"。《説郛》萬曆本作"宮人沐
　　浴，經散。"陳譜煙雲本作"宮人以之沐浴，餘汁入渠，名曰流香之渠"。《香乘》作"宮
　　人以之沐浴，餘汁入渠，名曰'流香渠'"。

13　鋒按："石葉香"條，《香乘》卷八"香異"部有之，然條文大异："魏文帝以文車十乘，迎
　　薛靈芸。道側燒石葉之香，其香重疊，狀如雲母，其香氣辟惡厲之疾。此香，腹題國所進
　　也。（《拾遺記》）"

14　"《拾遺記》曰"，《説郛》弘治本、《説郛》萬曆本皆無，陳譜煙雲本作"《拾遺記》云"。

15　"此香疊疊，狀如雲母"，《説郛》弘治本、《説郛》萬曆本皆作"疊狀如雲母"。

16　"其氣辟癘"，《説郛》弘治本、《説郛》萬曆本皆無。

國獻[1]。"

【鳳脑香】[2]《杜陽編》[3]："穆宗[4]嘗於藏真島前焚之[5]，以崇禮敬[6]。"

【紫术香】[7]《述异記》："一名紅藍香，又名金香，又名麝香草[8]，出蒼梧、桂林二郡界。"

【威香】[9]孫氏《瑞應圖》曰[10]："瑞草[11]。"曰[12]："一名威蕤，王者禮備，則生於殿

---

1 "腹題國"，百川咸淳本、格致本、百川明末本、《説郛》弘治本、《説郛》萬曆本、洪譜四庫本、陳譜煙雲本皆作"題腹國"，據學津本、《香乘》、《拾遺記》（影明刊本《古今逸史》）卷七"魏文帝"條改。"腹題國獻"，《説郛》弘治本、《説郛》萬曆本、陳譜煙雲本皆作"題腹國所獻"，多"所"字。

2 鋒按："鳳脑香"條，《香乘》卷七"宮掖諸香"部有之，然條文大异："穆宗思玄解，每詰旦，於藏真島，焚鳳脑香，以崇禮教。後旬日，青州奏云：玄解乘黃牝馬過海矣。（《杜陽雜編》)"

3 "《杜陽編》"，《説郛》弘治本、《説郛》萬曆本皆無。陳譜煙雲本作"《杜陽雜編》云"。

4 "穆宗"，《説郛》萬曆本作"穆宋"，"宋"字訛。

5 "嘗於藏真島前焚之"，《説郛》弘治本、《説郛》萬曆本皆作"常於藏真島前燒之"。

6 "以崇禮敬"，《説郛》弘治本、《説郛》萬曆本皆無。

7 鋒按："紫术香"條，格致本、百川明末本、《説郛》弘治本、學津本、洪譜四庫本皆作"紫述香"。《説郛》弘治本、《説郛》萬曆本皆作"紫木香"，"木"字訛。前者條文僅作"一名紅蘭香，一名麝香草香。"後者條文僅作"一名江蘭香，一名麝草香。""江"字訛。陳譜煙雲本"香品"部有之，條目作"麝香草"，條文作"《述异記》云：麝香草，一名紅蘭香，一名金桂香，一名紫述香。出蒼梧、爵林郡。今吳中亦有麝香草，仙紅蘭而甚香，最宜合香"，"仙"字訛。《香乘》卷三"香品"部有之，條目亦作"麝香草"，條文作"麝香草，一名紅蘭香，一名金桂香，一名紫述香。出蒼梧、爵林二郡。今吳中亦有麝香草，似紅蘭而甚香，最宜合香。（《述异記》)"

8 "麝香草"，百川咸淳本、《説郛》弘治本皆作"麝香草香"，後"香"字衍。據《説郛》萬曆本、陳譜煙雲本、《香乘》刪。

9 鋒按："威香"條，《説郛》弘治本、《説郛》萬曆本皆無。《香乘》卷九"香事分類上"部有之。

10 "孫氏《瑞應圖》曰"，陳譜煙雲本作"孫氏《瑞應圖》云"。《香乘》作條文末尾小字注"孫氏《瑞應圖》"。

11 "瑞草"前，《香乘》多"威香"二字。

12 "曰"，陳譜煙雲本、《香乘》皆無。

前。"又云[1]："王者愛人命[2]，則生。"

【百濯香】[3]《拾遺記》[4]："孫亮爲[5]寵姬四人合四氣香，皆殊方異國所獻[6]。凡經踐躡、安息之處[7]，香氣在衣[8]，彌年不歇[9]。因香名百濯[10]，復目其室曰'思香媚寢'[11]。"

【龍文香】[12]《杜陽編》[13]："武帝時所獻[14]，忘其國名。"

【千步香】[15]《述异記》[16]："南海出千步香[17]，佩之，香聞於千步[18]。草也[19]，今海隅有

---

1 "又云"，陳譜煙雲本作"云"，無"又"字。

2 "王者愛人命"，陳譜煙雲本作"王者愛惜人命"，多"惜"字。

3 鋒按："百濯香"條，《香乘》卷八"香异"部有之，然條文大异，與底本密切相關者如下："孫亮……爲四人合四氣香，殊方異國所出。凡經踐躡、宴息之處，香氣沾衣，歷年彌盛，百浣不歇。因名曰百濯香……所居室，名思香媚寢。"

4 "《拾遺記》"，陳譜煙雲本作"《拾遺記》云"，多"云"字。《香乘》作條文末尾小字注。

5 "爲"，百川咸淳本、格致本、百川明末本、學津本、《説郛》弘治本、《説郛》萬曆本、洪譜四庫本皆無，據陳譜煙雲本、《香乘》、《拾遺記》卷五"孫亮"條補。

6 "所獻"，《説郛》萬曆本作"酐獻"，"酐"字訛。

7 "凡經踐躡、安息之處"，《説郛》弘治本、《説郛》萬曆本皆作"經踐躡、宴息之處"，無"凡"字，"安"作"宴"。陳譜煙雲本作"凡經踐踏、安息之處"。

8 "香氣在衣"，陳譜煙雲本作"氣香在衣"。

9 "彌年不歇"，陳譜煙雲本作"雖濯浣，彌年不歇"，多"雖濯浣"三字。

10 "因香名百濯"，陳譜煙雲本作"因名百濯香"。

11 "因香名百濯，復目其室曰思香媚寢"，《説郛》弘治本作"因以爲名也"，《説郛》萬曆本作"自以爲名也"，"自"字訛。

12 鋒按："龍文香"條，《説郛》弘治本、《説郛》萬曆本皆無。《香乘》卷八"香异"部有之。

13 "《杜陽編》"，陳譜煙雲本作"《杜陽雜編》云"，《香乘》作條文末尾小字注"《杜陽雜編》"。

14 "武帝時所獻"，《香乘》前多"龍文香"三字。

15 鋒按："千步香"條，《説郛》弘治本、《説郛》萬曆本皆無，《香乘》卷八"香异"部有之。

16 "《述异記》"，陳譜煙雲本作"《述異記》云"，多"云"字。《香乘》作條文末尾小字注。

17 "南海出千步香"，陳譜煙雲本作"出南海"。《香乘》作"南海山出千步香"，多"山"字。

18 "香聞於千步"，《香乘》作"香聞千步"，無"於"字。

19 "草也"，學津本、陳譜煙雲本皆作"也"，無"草"字。《香乘》無。

千步草，是其種也。葉似杜若，而紅碧相雜¹。《貢籍》曰²：'南郡貢千步香³。'"

【薰肌香】⁴《洞冥記》⁵："用薰人肌骨⁶，至老不病。"

【蘅蕪香】⁷《拾遺記》⁸："漢武帝夢李夫人⁹授蘅蕪之香¹⁰。帝夢中驚起¹¹，香氣猶着衣枕¹²，歷月不歇¹³。"

---

1 "而紅碧相雜"，《香乘》作"而紅碧間雜"。

2 "曰"，陳譜煙雲本作"云"。

3 "南郡貢千步香"，陳譜煙雲本後多"是也"二字。

4 鋒按："薰肌香"條，學津本、陳譜煙雲本、《香乘》條目皆作"熏肌香"，"薰"作"熏"。《説郛》弘治本、《説郛》萬曆本皆無。《香乘》卷八"香异"部有之。

5 "《洞冥記》"，陳譜煙雲本作"《洞冥記》云"，多"云"字。《香乘》作條文末尾小字注。

6 "用薰人肌骨"，學津本、陳譜煙雲本皆作"用熏人肌骨"，"薰"作"熏"。《香乘》作"熏人肌骨"，無"用"字，"薰"作"熏"。

7 鋒按："蘅蕪香"條，《説郛》萬曆本條目作"蘅蕪"，"香"字脱。《香乘》卷八"香异"部有之。

8 "《拾遺記》"，《説郛》弘治本、《説郛》萬曆本皆無。陳譜煙雲本作"《拾遺記》云"，多"云"字。《香乘》作條文末尾小字注。

9 "漢武帝夢李夫人"，《説郛》弘治本作"漢武帝李夫人"，"夢"字脱。《説郛》萬曆本作"漢武帝李天人"，"夢"字亦脱，"天"字訛。《香乘》作"漢武帝息延涼室，夢李夫人"，多"息延涼室"四字。

10 "授蘅蕪之香"，《説郛》弘治本、《説郛》萬曆本皆作"授帝蘅蕪之香"，多"帝"字。陳譜煙雲本作"授以蘅蕪之香"，多"以"字。《香乘》作"授帝蘅蕪香"，亦多"帝"字，無"之"字。

11 "帝夢中驚起"，《説郛》弘治本、《説郛》萬曆本皆作"夢中驚起"，無"帝"字。

12 "香氣猶著衣枕"，《説郛》弘治本、《説郛》萬曆本皆作"香氣猶著衣"，無"枕"字。《香乘》後多"間"字。

13 "歷月不歇"，《説郛》弘治本、《説郛》萬曆本皆無。《香乘》後多"帝謂爲遺芳夢"一句。

【九和香】[1]《三洞珠囊》曰[2]：“天人玉女[3]，持羅天[4]香案[5]，擎玉爐，燒九和之香。”

【九真雄麝香】[6]《西京雜記》[7]：“趙昭儀上姊飛鷰三十五物，有青木香[8]、沉水香、九真雄麝香。”

1　鋒按：“九和香”條，《說郛》弘治本、《說郛》萬曆本皆無。《香乘》卷八“香異”部有之。

2　“《三洞珠囊》曰”，陳譜煙雲本作“《三洞珠囊》云”。《香乘》作條文末尾小字注“《三洞珠囊》”。《三洞珠囊》，收入《正統道藏》太平部，題“大唐陸海羽客王懸河修”，道教類書，輯錄212種三洞道書精要。《宋史·藝文志》神仙類著錄：“王懸河《三洞珠囊》三十卷。”《三洞珠囊》卷四《丹竈香爐品》：“天人玉女持羅天香案，擎治玉之鑪，燒九和之香也。”

3　“天人玉女”，陳譜煙雲本作“天神玉女”。

4　“羅天”，大羅天之省稱，道教“三十六天”之最高天。《雲笈七籤》：“《元始經》云：大羅之境，無復真宰，惟大梵之氣，包羅諸天，太空之上。”

5　“持羅天香案”，百川咸淳本、格致本、百川明末本、洪譜四庫本、學津本皆作“擣羅天香按”，“擣”“按”兩字皆訛。陳譜煙雲本、《香乘》皆作“搗羅天香持”，“搗”“持”兩字皆訛。《說郛》弘治本、《說郛》萬曆本皆無。據《三洞珠囊》改。

6　鋒按：“九真雄麝香”條，《說郛》弘治本、《說郛》萬曆本訛脫皆甚多。《說郛》弘治本條文作“即趙昭儀上娣飛燕者也。”“娣”字訛。《說郛》萬曆本條目作“九真旌麝香”，“旌”字訛。條文作“即趙昭儀上姨飛燕者也”，“姨”字訛。陳譜煙雲本條目作“雄麝香”。《香乘》卷七“宮掖諸香”部有之，條目作“昭儀上飛燕香物”，然條文大异：“飛燕爲皇后，其女弟在昭陽殿，遺飛燕書曰：今日嘉辰，貴姊懋膺洪册。謹上襚三十五條，以陳踴躍之心。中有五層金博山爐、青木香、沉水香、香螺巵、九真雄麝香等物。(《西京雜記》)”

7　“《西京雜記》”，陳譜煙雲本作“《西京雜記》云”，多“云”字。《香乘》作條文末尾小字注。五代後晉·劉昫《舊唐書·經籍志》故事類：“《西京雜記》一卷，葛洪撰。”兩晉之際·葛洪《抱朴子》收入《正統道藏》太清部。

8　“青木香”，百川明末本、洪譜四庫本皆作“青水香”，“水”字訛。

【罽賓國香】[1]《盧氏雜説》[2]："楊枚嘗召崔安石食。盤前置香一爐[3]，煙出如樓臺之狀。崔別聞一香，似非爐香[4]，崔思之。楊顧左右，取白角楪子[5]，盛一漆毯子[6]，呈崔曰：'此罽賓國香，所聞即[7]此香也。'"[8]

【拘物頭花香】[9]《唐太宗實錄》曰[10]："罽賓國[11]進拘物頭花[12]，香聞數里。"[13]

1　鋒按："罽賓國香"條，《説郛》弘治本、《説郛》萬曆本皆無。陳譜煙雲本條目作"罽賓香"，"國"字脱。《香乘》卷八"香異"部有之，然條文大異："咸通中，崔安潛以清德峻望，爲鎮時風，宰相楊收師重焉。楊召崔飲宴，見廳舘鋪陳華焕，左右執事皆雙鬟珠翠。前置香一爐，煙出成樓臺之狀。崔別聞一香氣，似非爐煙及珠翠所有者，心異之，時時四顧，終不諭香氣。移時，楊曰：相公意似別有所矚？崔公曰：某覺一香氣，異常酷烈。楊顧左右，令廳東間閣子内縷金案上，取一白角楪子，盛一漆毯子，呈崔曰：此是罽賓國香。崔大奇之。（《盧氏雜紀》）"

2　"《盧氏雜説》"，陳譜煙雲本作"《盧氏雜説》云"，多"云"字。北宋·歐陽修《新唐書·藝文志》小説家類："《盧氏雜説》一卷。"中唐·盧言，生卒年不詳。

3　"楊枚嘗召崔安石食。盤前置香一爐"，陳譜煙雲本作"楊枚嘗召崔安石盤。食前置香一爐"，"食""盤"二字倒。

4　"似非爐香"，百川咸淳本、格致本、百川明末本、洪譜四庫本、學津本皆作"非似爐煙"，於語境不合，據陳譜煙雲本改。

5　"楪子"，陳譜煙雲本作"楪之"，"之"字訛。

6　"盛一漆毯子"，陳譜煙雲本作"盛淶毯子"。

7　"即"，陳譜煙雲本脱。

8　北宋·李昉《太平廣記》卷二三七"奢侈·楊收"條："咸通中，崔安潛以清德峻望，爲鎮時風。宰相楊收師重焉，欲設食相召……及崔到楊舍，見廳舘鋪陳華焕，左右執事皆雙鬟珠翠。崔公不樂飲饌及水陸之珍，臺盤前置香一爐，煙出成樓閣之狀。崔別聞一香氣，似非煙爐及珠翠所有者，心異之，時時四顧，終不諭香氣。移時，楊曰：相公意似別有所矚？崔公曰：某覺一香氣，異常酷烈。楊顧左右，令於廳東間閣子内縷金案上，取一白角楪子，盛一漆毯子，呈崔公，曰：此是罽賓國香。崔大奇之……據《太宗實錄》云：罽賓國進拘物頭花，香聞數里，疑此近是……出《盧氏雜説》。"

9　鋒按："拘物頭花香"條，《説郛》弘治本、《説郛》萬曆本皆無。陳譜煙雲本條目作"拘物頭香花"，倒。《香乘》卷七"宮掖諸香"部有之，然條文大異："大唐貞觀十一年，罽賓國獻拘物頭花，丹紫相間，其香遠聞。（《唐太宗實錄》）"。

10　"《唐太宗實錄》曰"，陳譜煙雲本作"《唐實錄》云"。

11　"罽賓國"，陳譜煙雲本前多"太宗朝"三字。

12　"拘物頭花"，百川咸淳本、格致本、百川明末本、洪譜四庫本、學津本皆作"拘物頭花香"，"香"字衍，據陳譜煙雲本、《香乘》、《太平廣記》刪。

13　同"罽賓國香"條《太平廣記》注。

【昇霄靈香】[1]《杜陽編》[2]："同昌[3]公主薨，主哀痛[4]，常[5]令賜紫尼及女道冠[6]，焚昇霄靈之香[7]，擊歸天紫金之磬，以導靈昇[8]。"

【祇精香】[9]《洞冥記》[10]："出塗魂國，燒此香，魍魅、精祇皆畏避。"[11]

【飛氣香】[12]《三洞珠囊隱訣》云："真檀之香、夜泉、玄脂[13]、朱陵、飛氣之香[14]、返生之香，皆真人所燒之香也[15]。"

---

1 鋒按："昇霄靈香"條，《說郛》弘治本、《說郛》萬曆本皆無。《香乘》卷七"宮掖諸香"部有之。

2 "《杜陽編》"，陳譜煙雲本作"《杜陽雜編》云"。《香乘》無。《香乘》末尾小字注"同上"。

3 "同昌"，《香乘》脫。

4 "主哀痛"，格致本、百川明末本、學津本、陳譜煙雲本皆作"上哀痛"。《香乘》作"帝哀痛"。

5 "常"，《香乘》無。

6 "女道冠"，陳譜煙雲本作"女道士"。

7 "昇霄靈之香"，陳譜煙雲本作"昇霄靈香"，無"之"字。

8 "昇"百川咸淳本、格致本、百川明末本、學津本、洪譜四庫本、《香乘》皆作"昇"，形近而訛。陳譜煙雲本作"羿"，亦形近而訛。

9 鋒按："祇精香"條，《說郛》弘治本、《說郛》萬曆本皆無。《香乘》卷八"香異"部有之，且混入"沉光香"條，條文僅作"亦出塗魂國，燒之，魍魅畏避。"

10 "《洞冥記》"，陳譜煙雲本作"《洞冥記》云"，多"云"字。

11 "祇"，百川咸淳本、格致本、百川明末本、陳譜煙雲本皆作"祇"。

12 鋒按："飛氣香"條，《說郛》弘治本、《說郛》萬曆本皆無。《香乘》卷八"香異"部有之，條文作"飛氣之香，玄脂、朱陵、返生之香，真檀之香，皆真人所燒之香。(《三洞珠囊隱訣》)"

13 "玄脂"，學津本作"元脂"，"元"字避清帝玄燁諱。陳譜煙雲本"玄"字缺點，亦避玄燁諱。

14 "飛氣之香"百川咸淳本、格致本、百川明末本、學津本、洪譜四庫本皆脫"氣"字，據條目、陳譜煙雲本補。

15 "也"，陳譜煙雲本無。

【金碑香】[1]《洞冥記》[2]："金日磾既入侍，欲衣服香潔，變胡虜之氣[3]，自合此香[4]，帝果悅之[5]。日磾嘗以自薰[6]，宮人以見者[7]，以增其媚[8]。"[9]

【五香】[10]《三洞珠囊》曰[11]："五香[12]，一株五根，一莖五枝，一枝五葉，一葉間五節，五五相對，故先賢名之五香之木。燒之十日，上徹九星之天[13]，即青木香也。"

《雜修養方》云[14]："正月[15]一日，取五木煮湯浴，令人至老鬢髮黑。徐鍇注云：道家以青木香[16]爲五香，亦名五木。"

1　鋒按："金碑香"條，《香乘》卷八"香異"部有之。

2　"《洞冥記》"，《說郛》弘治本作"《洞真記》"，"真"字訛。《說郛》萬曆本作"《洞宴記》"，"宴"字訛。陳譜煙雲本作"《洞冥記》云"，多"云"字。《香乘》作條文末尾小字注。

3　"變胡虜之氣"，洪譜四庫本作"得氤氳之氣"，陳譜煙雲本作"變羶酪之氣"，皆避清廷諱。

4　"自合此香"，《說郛》弘治本作"自合此者"，"者"字訛。《說郛》萬曆本作"自此者"，訛。陳譜煙雲本作"乃合一香以自熏"。

5　"帝果悅之"，陳譜煙雲本作"武帝亦悅之"。

6　"嘗以自薰"，學津本作"嘗以自熏"，"薰"作"熏"。

7　"宮人以見者"，《香乘》作"宮人見者"，無"以"字。

8　"以增其媚"，洪譜四庫本作"每增其媚"。

9　"帝果悅之……以增其媚"凡十九字，《說郛》弘治本、《說郛》萬曆本皆脫。"日磾……以增其媚"凡十五字，陳譜煙雲本脫。

10　鋒按："五香"條，《說郛》弘治本、《說郛》萬曆本皆無。《香乘》卷四"香品"部有之，然混入"木香"條："五香者，即青木香也。一株五根，一莖五枝，一枝五葉，一葉間五節，五五相對，故名五香。燒之，能上徹九星之天也。(《三洞珠囊》)"

11　"《三洞珠囊》曰"，陳譜煙雲本作"《三洞珠囊》云"。

12　"五香"，陳譜煙雲本作"五香樹"，多"樹"字。

13　"九星之天"，陳譜煙雲本作"九皇之天"，"皇"字訛。

14　"《雜修養方》云"以下一段，百川咸淳本無，《類說》卷四十九《香後譜》有之，據輯。陳譜煙雲本卷一"香異"部亦有之，據校。

15　"正月"，陳譜煙雲本作"五月"。

16　"青木香"，陳譜煙雲本作"青木"，無"香"字。

【千和香】[1]《三洞珠囊》[2]："峨嵋山孫真人，然千和之香。"

【兜婁婆香】[3]《楞嚴經》[4]："壇前別安一小爐，以此香煎取香水，沐浴其炭，然令猛熾。"[5]

【多伽羅香】[6]《釋氏會要》[7]曰[8]："多伽羅香，此云根香。多摩羅跋香，此云藿

1　鋒按："千和香"條，《説郛》弘治本、《説郛》萬曆本皆無。《香乘》卷十一"香事別録"部有之。百川明末本缺條目，據明佚名重編《百川學海》（嘉靖十五年1536刊本，中國國家圖書館藏）所收《香譜》補。

2　"《三洞珠囊》"，學津本作"《三洞珠囊》曰"，多"曰"字。陳譜煙雲本作"《三洞珠囊》云"，多"云"字。《香乘》作條文末尾小字注。

3　鋒按："兜婁婆香"條，《説郛》弘治本、《説郛》萬曆本、《香乘》皆無。"兜婁婆"，《首楞嚴經》作"兜樓婆"。

4　"《楞嚴經》"，陳譜煙雲本作"《楞嚴經》云"，多"云"字。

5　初唐·般刺蜜帝譯《首楞嚴經》卷七："佛告阿難：若末世人，願立道場，先取雪山，大力白牛，食其山中，肥膩香草，此牛唯飲，雪山清水，其糞微細，可取其糞，和合栴檀，以泥其地……穿去地皮，五尺已下，取其黃土，和上栴檀、沉水、蘇合、薰陸、欝金、白膠、青木、零陵、甘松及雞舌香。以此十種，細羅爲粉，合土成泥，以塗場地。方圓丈六，爲八角壇。壇心置一，金銀銅木，所造蓮華。華中安鉢，鉢中先盛，八月露水，水中隨安，所有華葉，取八圓鏡，各安其方。圍繞花鉢，鏡外建立，十六蓮華，十六香鑪，間花鋪設，莊嚴香鑪，純燒沉水，無令見火。取白牛乳，置十六器，乳爲煎餅，并諸沙糖、油餅乳糜、酥合蜜薑、純酥純蜜，及諸菓子，飲食葡萄、石蜜種種，上妙等食，於蓮華外，各各十六，圍繞華外，以奉諸佛，及大菩薩。每以食時，若在中夜，取蜜半升，用酥三合。壇前別安，一小火鑪。以兜樓婆香，煎取香水，沐浴其炭，然令猛熾。投是酥蜜，於炎爐內，燒令煙盡，饗佛菩薩。"

6　鋒按："多伽羅香"條，《説郛》弘治本、《説郛》萬曆本、《香乘》皆無。

7　北宋·仁贊《釋氏會要》今佚。南宋·志磐《佛祖統紀》卷四十四："益州守臣李士衡，進大慈寺沙門仁贊編修《釋氏會要》四十卷。"

8　"曰"，陳譜煙雲本作"云"。

香。”[1] “旃檀，釋云[2]與樂，即白檀也，能治熱病。赤檀，能治風腫。”[3]

【大象藏香】[4]《釋氏會要》曰[5]：“因龍鬭而生[6]。若燒其一丸[7]，興大光明，細雲覆上，味如甘露，七晝夜降其甘雨。”

【牛頭旃檀香】[8]《華嚴經》云：“從離垢出，若以塗身[9]，火不能燒。”

【羯布羅香】[10]《西域記》[11]云：“其樹松身異葉，花果亦別。初採既濕[12]，尚未有

1　唐·慧琳《一切經音義》卷十七：“多伽羅香，此云根香。多摩羅跋香，此云藿香。”後秦·鳩摩羅什譯《妙法蓮華經》卷六：“復次常精進，若善男子、善女人，受持是經，若讀若誦，若解説，若書寫，成就八百鼻功德。以是清淨鼻根，聞於三千大千世界，上下內外，種種諸香：須曼那華香、闍提華香、末利華香、瞻蔔華香、波羅羅華香、赤蓮華香、青蓮華香、白蓮華香、華樹香、菓樹香、栴檀香、沈水香、多摩羅跋香、多伽羅香，及千萬種和香，若末，若丸，若塗香。持是經者，於此間住，悉能分別……雖聞此香，然於鼻根，不壞不錯。”

2　“釋云”，陳譜煙雲本作“譯云”。

3　唐·慧琳《一切經音義》卷二十一：“栴檀，此云與樂，謂白檀能治熱病，赤檀能去風腫，皆是除疾身安之藥，故名與樂也。”

4　鋒按：“大象藏香”條，《説郛》弘治本、《説郛》萬曆本皆無。《香乘》卷六“佛藏諸香”部有之，然條目作”象藏香”，無“大”字。

5　“《釋氏會要》曰”，陳譜煙雲本作“《釋氏會要》云”。《香乘》作條文末尾小字注“《釋氏會要》”。

6　“因龍鬭而生”，《香乘》作“因龍鬭生”，無“而”字。

7　“若燒其一丸”，《香乘》作“又云，若燒一丸”。

8　鋒按：“牛頭旃檀香”條，《説郛》弘治本、《説郛》萬曆本、《香乘》皆無。陳譜煙雲本條目作“牛頭栴檀香”，“旃”作“栴”。

9　“若以塗身”，陳譜煙雲本作“如以塗身”。

10　鋒按：“羯布羅香”條，《説郛》弘治本、《説郛》萬曆本皆無。《香乘》卷三“香品”部有之，然混入“龍腦香”條，作“羯婆羅香”：“樹松身異葉，花果斯別。初采既濕，尚未有香。木乾之後，循理而析，其中有香。狀如雲母，色如冰雪，此所謂龍腦香也。（《大唐西域記》）”

11　初唐·玄奘《大唐西域記》：“羯布羅香樹，松身異葉，花果斯別，初采既濕，尚未有香，木乾之後，修理而析，其中有香，狀若雲母，色如冰雪，此所謂龍腦香也。”

12　“初採既濕”，陳譜煙雲本作“初採既濕”，“採”作“采”。

香[1]。木乾之後，循理而折之，其中有香。狀如雲母[2]，色如冰雪，亦龍腦香[3]。"

【蒼蔔花香】[4]《法華經》云："須曼那華香、闍提華香、末利花香[5]、羅羅華香[6]、青赤白蓮華香[7]、華樹香[8]、果樹香、旃檀香[9]、沉水香、多摩羅跋香、多伽羅香、象香、馬香、男香、女香、拘鞞陀羅樹香、曼陀羅花香[10]、殊沙華香[11]。"

【辟寒香】[12]丹丹國所出，漢武帝時入貢。每至大寒，於室焚之，煖氣翕然自外而入，人皆減衣。（任昉《述異記》）

【迎駕香】[13]戚夫人有迎駕香[14]。

1　"尚未有香"，陳譜煙雲本作"尚未香"，"有"字脫。

2　"狀如雲母"，百川咸淳本、格致本、百川明末本、學津本、洪譜四庫本皆作"木乾之後"，據陳譜煙雲本、《香乘》改。《大唐西域記》作"狀若雲母"。

3　"亦龍腦香"，陳譜煙雲本作"亦名龍腦香"，多"名"字。

4　鋒按："蒼蔔花香"條，《說郛》弘治本、《說郛》萬曆本、《香乘》皆無。陳譜煙雲本條目作"法華諸香"。

5　"末利花香"，學津本作"末利華香"，"花"作"華"。

6　"羅羅華香"，陳譜煙雲本作"波羅花香"。

7　"青赤白蓮華香"，陳譜煙雲本作"青赤白蓮花香"，"華"作"花"。

8　"華樹香"，陳譜煙雲本作"花樹香"，"華"作"花"。

9　"旃檀香"，陳譜煙雲本作"栴檀香"，"旃"作"栴"。

10　"曼陀羅花香"，學津本作"曼陀羅華香"，"曼"作"曼"，"花"作"華"。洪譜四庫本作"曼陀羅花香"。陳譜煙雲本作"曼院羅花香"，"院"字訛，前多"曼陀羅樹香"五字。

11　"殊沙華香"，陳譜煙雲本作"殊妙花香"，後多"曼殊妙花香"五字。

12　鋒按："辟寒香"條，百川咸淳本、格致本、百川明末本、《說郛》弘治本、《說郛》萬曆本、洪譜四庫本、陳譜煙雲本皆無。張海鵬《學津討原》本洪譜，似據《香乘》補入，然有脫漏。沈譜亦有"辟寒香"條，略簡，作"漢武時，外國貢辟寒香，室中焚之，雖大寒，人必減衣"。《香乘》卷八"香異部"有之，據輯。

13　鋒按："迎駕香"條，百川咸淳本、格致本、百川明末本、學津本、《說郛》弘治本、《說郛》萬曆本、洪譜四庫本、陳譜煙雲本皆無。《郡齋讀書志》："右，皇朝洪芻駒父撰。集古今香法，有鄭康成漢宮香，《南史》小宗香，《真誥》嬰香，戚夫人迎駕香，唐員半千香，所記甚該博。然《通典》載歷代祀天用水沉香獨遺之，何哉？"是洪譜原有"迎駕香"條之明證。《香乘》卷七"宮掖諸香"部有之，惟條目作"迎駕香"，據輯。

14　《香乘》條目、條文皆作"迎駕香"，"迎"字形近而訛。"迎"字是，據《郡齋讀書志》改。

【文石】[1] 卞山在湖州[2]，山下有無價香[3]。有老母拾得一文石[4]，光彩[5]可翫[6]。偶墜[7]火中，異香聞於遠近，收而寶之。每投火中，异香如初。

【返魂香】[8]司天主簿徐肇[9]，遇蘇氏子德哥者，自言善合[10]返魂香，手持香爐，懷中取一貼，如白檀香末[11]，撮於爐中，煙氣裊裊直上，甚於龍腦。德哥微吟曰：“東海徐肇，欲見先靈[12]，願此香煙，用爲引導[13]，盡見其父、母、曾、高。”德哥曰：“但死經八十年已上[14]，則不可返矣。”

1　鋒按：“文石”條，《類説》卷四十九《香後譜》有之，據輯。陳譜煙雲本卷二“香異”部亦有之，據校，條目作“文石香”，條文首有“洪氏云”三字。《香乘》卷九“香事分類上”部亦有之，條目作“香石”，據校，條文末尾注小字“洪譜”。

2　“卞山在湖州”，陳譜煙雲本作“亡山在湖州”，“亡”字形近而訛。

3　“山下有無價香”，陳譜煙雲本作“山下產無價香”。

4　“有老母拾得一文石”，《類説》作“有老母拾得一枚石”，“枚”字訛。陳譜煙雲本作“有老姆拾得文石”。據《香乘》改。

5　“光彩”，陳譜煙雲本作“光采”，“采”字訛。

6　“可翫”，《香乘》作“可愛”。

7　“墜”，《香乘》作“墮”。

8　鋒按：“返魂香”條，《類説》卷四十九《香後譜》有之，據輯。陳譜煙雲本卷一“香異”部亦有之，據校，條文首有“洪氏云”三字。《香乘》卷八“香异”部亦有之，條目作“返魂香引見先靈”，據校，條文末尾小字注“洪芻香譜”。

9　“司天主簿徐肇”，《香乘》作“同天主簿徐肇”，“同”字形近而訛。

10　“善合”，《香乘》作“善爲”。

11　“懷中取一貼，如白檀香末”，陳譜煙雲本作“懷中取如白檀末”。《香乘》作“懷中以一貼，如白檀香末”。

12　“先靈”，《香乘》作“生靈”，形近而訛。

13　“願此香煙，用爲引導”，陳譜煙雲本“願此先香煙，用爲導引”，“先”字衍。

14　“但死經八十年已上”，陳譜煙雲本作“但死八十年已前”。《香乘》作“但死八十年以上者”，“已”作“以”。

【聞思香】[1]

三、香之法

【蜀王薰御衣法】[2]丁香、馢香、沉香、檀香、麝香（已上[3]各一兩），甲香（三兩，製如常法）。

右件香，搗爲末，用白沙蜜輕煉過，不得熱用，合和令勻，入用之。

1　鋒按："聞思香"條，條文已佚。蘇軾詩《和黃魯直燒香》（二首其一）云："四句燒香偈子，隨香遍滿東南。不是聞思所及，且令鼻觀先參。"清·查慎行《蘇詩補注》："洪氏《香譜》有'聞思香'。"南宋孝宗朝佚名編《錦繡萬花谷》有"聞思香"條，云："山谷論香有謂'聞思香'，取《楞嚴經》觀音所言'從聞思修，入三摩地'，因以名香。"據補條目。《香乘》"香事別錄"部有"聞思香"條，載其典據："黃涪翁所取有聞思香，蓋指內典中從聞思修之義。"陳譜煙雲本"凝和諸香"部、《香乘》"法和衆妙香"部，各有"聞思香"方兩則，內容略同。

2　鋒按："蜀王薰御衣法"條，《說郛》弘治本條目作"蜀王薰衣牙香法"，條文訛脫其多："丁香、馢香、沉香、檀香、龍腦、麝香、鬱金各一兩，甲煎三兩，製如常法。右件，各細搗，不羅，用紗密，不得熟，和燒之。"《說郛》萬曆本條目作"蜀王黃御衣牙香法"，"黃"字訛，條文亦訛脫其多："丁香、馢香、沉香、檀香、龍腦、麝香、鬱金各一兩，田煎三兩，製如常法。右件各細搗，不羅，用白沙蜜，不得熟，和燒之。"陳譜煙雲本條目作"蜀主薰御衣香"，後注小字"洪"。然條文大异："丁香、馢香、沉香、檀香、麝香各一兩，製甲香三兩。右爲末，煉蜜放冷，濕令勻，入窨月餘，用如前。"《香乘》卷十九"薰佩之香"部有之，條目亦作"蜀主薰御衣香"，後注小字"洪"，然條文大异："丁香一兩，馢香一兩，沉香一兩，檀香一兩，麝香二錢，甲香一兩製。右爲末，煉蜜放冷，溫令勻，入窨月餘用。"

3　"已上"，格致本、百川明末本皆作"以上"。

76

【江南李王帳中香法】[1] 右件，用沉香一両，細剉。[2] 加以鵝梨十枚，研取汁。[3] 於銀罌内盛却[4]，蒸三次，梨汁乾，即用之[5]。

【唐化度寺牙香法】[6] 沉香（一両半[7]），白檀香（五両），蘇合香（一両），[8] 甲香（一両，煮[9]），龍腦（半両），麝香（半両）[10]。

右件[11]，細剉，擣爲末[12]，用馬尾篩羅[13]，煉蜜溲和得所，用之[14]。

1　鋒按："江南李王帳中香法"條，《説郛》弘治本混入"蜀王薫衣牙香法"，爲其後半部分，且條文訛脱甚多："右，用沉香一両，細剉。以鵝黎十個，研汁。銀罌中盛，蒸，曝乾，閁之。"《説郛》萬曆本條文亦訛脱甚多："右，用沉香一両，細剉。以鵝梨十個，研汁。艮器中盛，蒸，曝乾，閁之。"陳譜煙雲本條目作"江南李王帳中香"，無"法"字，後注小字"洪"。《香乘》卷十四"法和衆妙香"部有之。黃庭堅著，任淵注，《山谷詩集注》卷三《有惠江南帳中香者戲答六言二首》，題下注："洪駒父《香譜》有江南李主帳中香法，以鵝梨汁蒸沉香，用之。"

2　"右件，用沉香一両，細剉。"陳譜煙雲本作"沉香一両，剉如炷"，前多"又方"二字。《香乘》作"沉香一両，剉如炷大"，前多"又方一"三字。

3　"加以鵝梨十枚，研取汁"，陳譜煙雲本作"鵝梨十枚，切，研取汁"，《香乘》作"鵝梨一個，切碎，取汁"。

4　"於銀罌内盛却"，陳譜煙雲本、《香乘》皆作"右，用銀罌盛"。

5　"即用之"，陳譜煙雲本作"即可爇"，《香乘》作"即可爇"。

6　鋒按："唐化度寺牙香法"條，《説郛》弘治本、《説郛》萬曆本皆無。陳譜煙雲本條目作"唐化度寺衙香"。《香乘》卷十四"法和衆妙香"部有之，條目亦作"唐化度寺衙香"，後注小字"洪譜"。蘇軾《王狀元集百家注分類東坡先生詩》卷十八《次韻和王鞏六首》（其六）："薫衣漸歎衙香少，擁髻遥憐夜語清。共父：《香譜》載唐化度寺及雍文徹郎中二衙香法。"南宋·劉珙，字共父，孝宗朝參知政事，王十朋同僚。

7　"一両半"，格致本、百川明末本皆作"一両五錢"。

8　"沉香一両半，白檀香五両，蘇合香一両"，陳譜煙雲本作"白檀香五両，蘇合香二両，沉香一両半"。

9　"煮"，陳譜煙雲本作"煮製"，多"製"字。

10　"麝香半両"，陳譜煙雲本後多小字注"另研"二字。

11　"右件"，陳譜煙雲本、《香乘》皆作"右"，無"件"字。

12　"擣爲末"，陳譜煙雲本作"搗末"，"擣"作"搗"，無"爲"字。

13　"用馬尾篩羅"，陳譜煙雲本作"馬尾羅篩過"。

14　"用之"，陳譜煙雲本作"爇之"。

【雍文徹郎中牙香法】[1]沉香、檀香、甲香、馢香（各一兩）[2]，黃熟香（一兩[3]），龍、麝[4]（各半兩）。

右件，擣羅爲末[5]，煉蜜拌和[6]，勻入新瓷罌中貯之[7]，密封埋地中[8]一月，取出用[9]。

【延安郡公[10]蘂香法】[11]玄參[12]（半斤[13]，淨洗去塵土[14]，於銀器中以[15]水煮，令熟，控乾，切入銚中，慢火炒，令微煙出[16]），甘松（四兩，擇去雜草、塵土，方秤定，細剉之[17]），白檀香[18]（剉[19]）、

1　鋒按："雍文徹郎中牙香法"條，《説郛》弘治本、《説郛》萬曆本皆無。陳譜煙雲本條目作"雍文徹郎中衙香"。《香乘》卷十四"法和衆妙香"部有之，條目亦作"雍文徹郎中衙香"，後注小字"洪譜"。

2　"沉香、檀香、甲香、馢香各一兩"，陳譜煙雲本作"沉香一両，檀香一両，馢香一両，甲香一両"。

3　"一両"，《香乘》作"一両半"，多"半"字。

4　"龍、麝"，《香乘》作"龍脑、麝香"。

5　"右件，擣羅爲末"，陳譜煙雲本作"右，杵羅爲末"。

6　"煉蜜拌和"，陳譜煙雲本作"煉蜜和"，無"拌"字。

7　"勻入新瓷罌中貯之"，陳譜煙雲本作"勻入瓷罌"。

8　"密封埋地中"，《香乘》作"密封地中"，無"埋"字。

9　"取出用"，陳譜煙雲本無。

10　北宋·趙允升，宋太宗之孫，宋真宗賜名"允升"。宋仁宗天聖三年（1025），封延安郡公。

11　鋒按："延安郡公蘂香法"條，《説郛》弘治本、《説郛》萬曆本條目皆作"延安郡公蘂香法"，"蘂"字訛。陳譜煙雲本條目作"延安郡公蘂香"，後注小字"洪"。《香乘》卷十四"法和衆妙香"部有之，條目亦作"延安郡公蘂香"，後注小字"洪譜"。洪譜"延安郡公蘂香法"條，本自沈譜"蘂香法"條而增益之。

12　"玄參"，學津本作"元參"，"元"字避清帝玄燁諱。

13　"半斤"，《香乘》作"半觔"。

14　"塵土"，陳譜煙雲本作"土"，無"塵"字。

15　"以"，《香乘》無。

16　"淨洗……煙出"，《説郛》弘治本作"去塵土，根器中水煮，熟，控乾，薄切，微炒，煙出"，"根"字訛。《説郛》萬曆本作"去塵土，艮器中水煮，熟，控乾，薄切，微，相出"，"艮""相"字訛。

17　"擇去……細剉之"，《説郛》弘治本作"土土，細剉"，前一"土"字訛。《説郛》萬曆本作"去土，細制"。陳譜煙雲本作"細剉，去雜草，并上"。《香乘》作"細剉，揀去雜草、塵土秤"。

18　"白檀香"，陳譜煙雲本後多"二錢"。

19　"剉"，《香乘》作"二両剉"，多"二両"。

麝香[1]（顆者[2]，俟[3]别藥成末，方入研[4]），的乳香[5]（細研，同麝香入[6]）（上三味各二錢[7]）。[8]

右，并新好者[9]，杵羅爲末，煉蜜和匀，丸如雞頭[10]大，[11]每藥末[12]一两，使[13]熟蜜一两。未丸前，再入臼，杵百餘下[14]。油單[15]密封貯瓷罌中[16]，旋取燒之[17]。[18]

【供佛濕香法】[19]檀香（二两），零陵香、馢香、藿香、白芷、丁香皮、甜參（各一两），[20]甘松、乳香（各半两），[21]消石[22]（一分）。

---

1 "麝香"，陳譜煙雲本後多"二錢"。

2 "顆者"，《香乘》前多"二錢"。

3 "俟"，《香乘》無。

4 "顆者，俟别藥成末，方入研"，陳譜煙雲本作"俟别藥成，方入研"。

5 "的乳香"，陳譜煙雲本作"乳香"，無"的"字。《香乘》作"滴乳香"。

6 "細研，同麝香入"，《香乘》作"二錢，細研，同麝入"。

7 "上三味各二錢"，陳譜煙雲本、《香乘》皆無。

8 "白檀香……各二錢"，《説郛》弘治本作"乳香二錢，同麝細研，别藥成末後入。麝香三錢，白檀二錢，沉香半两"，《説郛》萬曆本作"乳香二錢，同麝細併，别藥成末後入。麝香二錢，白檀二錢，沉香半两"，"併"字訛。

9 "右，并新好者"，陳譜煙雲本、《香乘》皆作"右，并用新好者"，多"用"字。

10 "雞頭"，百川明末本作"雞豆"。

11 "右……雞頭大"，《説郛》弘治本作"右爲末，練密爲丸，如雞頭大"，"練"、"密"二字訛。《説郛》萬曆本作"右爲末，煉蜜爲丸，如雞子大"，"鍊"字訛。

12 "藥末"，《香乘》作"香末"。

13 "使"，陳譜煙雲本、《香乘》皆作"入"。

14 "再入臼，杵百餘下"，百川咸淳本、格致本、百川明末本、洪譜四庫本皆作"再入杵，臼百餘下"，倒。據學津本、陳譜煙雲本、《香乘》改。

15 "油單"，陳譜煙雲本、《香乘》皆作"油紙"。

16 "密封貯瓷罌中"，《香乘》作"封貯磁罌中"，無"密"字，"瓷"作"磁"。

17 "旋取燒之"，陳譜煙雲本後多"作花氣"三字，《香乘》後多"作花香"三字。

18 "未丸前……燒之"，《説郛》弘治本、《説郛》萬曆本皆脱。

19 鋒按："供佛濕香法"條，《説郛》弘治本、《説郛》萬曆本皆無。陳譜煙雲本、《香乘》條目皆作"供佛濕香"，無"法"字。《香乘》卷十四"法和衆妙香"部有之。

20 "零陵香、馢香、藿香、白芷、丁香皮、甜參各一两"，陳譜煙雲本、《香乘》皆作"棧香一两，藿香一两，白芷一两，丁香皮一两，甜參一两，零陵香一两"。

21 "甘松、乳香各半两"，陳譜煙雲本、《香乘》皆作"甘松半两，乳香半两"。

22 "消石"，格致本、百川明末本、《香乘》皆作"硝石"，二者同。

右件，依常法事[1]，治、碎、剉、焙乾，[2]搗爲細末。別用白茅香八兩，碎擘[3]，去泥，焙乾，用火燒[4]。候火焰欲絕[5]，急以盆蓋，手巾圍盆口[6]，勿令通氣[7]，放冷。取茅香灰，搗爲末[8]，與前香一處，逐旋入，經煉好蜜相和[9]，重入藥臼[10]。搗，令軟硬得所[11]。貯不津器中，旋取燒之。

　　【牙香法】[12]沉香、白檀香、乳香、青桂香、降真香、甲香[13]（灰汁煮少時，取出放冷，用甘水浸一宿，取出令焙乾[14]）、龍腦[15]、麝香（已上八味各半兩，搗羅爲末，煉蜜拌，令勻[16]）。

　　右，別將龍腦、麝香於淨噐中研細入，令勻，用之。[17]

1　"右件，依常法事"，《香乘》作"右件，依常法誤"，"誤"字訛。
2　"右件，依常法事，治、碎、剉、焙乾"，陳譜煙雲本作"右件，剉碎、焙乾"。
3　"擘"，陳譜煙雲本、《香乘》皆作"劈"。
4　"用火燒"，陳譜煙雲本、《香乘》皆作"火燒之"。
5　"候火焰欲絕"，陳譜煙雲本、《香乘》皆作"焰將絕"。
6　"盆口"，陳譜煙雲本作"口"，無"盆"字。
7　"通氣"，陳譜煙雲本作"泄氣"，《香乘》作"洩氣"。
8　"搗爲末"，陳譜煙雲本作"杵末"，《香乘》作"搗末"。
9　"逐旋入，經煉好蜜相和"，陳譜煙雲本作"遂旋入，煉蜜相和"。
10　"藥臼"，陳譜煙雲本、《香乘》皆作"臼"，無"藥"字。
11　"搗，令軟硬得所"，陳譜煙雲本作"杵，軟硬得所"，《香乘》作"搗，軟硬得所"。
12　鋒按："牙香法"條，《說郛》弘治本、《說郛》萬曆本皆無。陳譜煙雲本條目作"衙香"。《香乘》卷十四"法和衆妙香"部有之，條目作"衙香一"。
13　"沉香、白檀香、乳香、青桂香、降真香、甲香"，陳譜煙雲本作"沉香半兩，白檀半兩，乳香半兩，青桂香半兩，降真香半兩，甲香半兩"，"白檀"後"香"字無。《香乘》作"沉香半兩，白檀香半兩，乳香半兩，青桂香半兩，降真香半兩，甲香半兩。"
14　"灰汁煮少時……取出令焙乾"，陳譜煙雲本、《香乘》皆作"製過"。
15　"龍腦"，格致本、百川明末本皆在"甲香"二字前。陳譜煙雲本後多"半兩，另研"四字。《香乘》作"龍腦香一錢，另研"。
16　"已上八味……煉蜜拌令勻"，陳譜煙雲本僅作"半兩，另研"。《香乘》作"一錢，另研"。
17　"右……用之。"陳譜煙雲本作"右，杵羅細末，煉蜜拌勻。次入腦、麝，搜和得所，如常炳之"。《香乘》作"右，搗羅細末，煉蜜拌勻。次入龍腦、麝香，搜和得所，如常爇之"。

【又牙香法】[1]黃熟香、馝香、沉香（各五両）[2]，檀香、零陵香、藿香、甘松、丁香皮（各三両）[3]，麝香、甲香（三両，黃泥漿煮一日後，用酒煮一日），硝石、龍腦（各三分[4]）、乳香（半両）[5]。

右件，除硝石、龍腦、乳、麝同研細外[6]，將諸香擣羅爲散[7]，先用蘇合油一茶脚許[8]，更入煉過蜜二斤，攪和令勻[9]，以瓷合貯之[10]，埋地中一月，取出用之[11]。

【又牙香法】[12]沉香（四両），檀香（五両）[13]、結香[14]、藿香、零陵香、甘松（已上各四

1　鋒按："又牙香法"條，《説郛》弘治本、《説郛》萬曆本皆無。陳譜煙雲本條目作"衙香"。《香乘》卷十四"法和衆妙香"部有之，條目作"衙香二"。

2　"黃熟香、馝香、沉香各五両"，陳譜煙雲本、《香乘》皆作"黃熟香五両，棧香五両、沉香五両"。

3　"檀香、零陵香、藿香、甘松、丁香皮各三両"，陳譜煙雲本作"檀香三両，藿香三両，零陵香三両，甘松三両，丁皮三両，丁香一両"，《香乘》作"檀香三両，藿香三両，零陵香三両，甘松三両，丁皮三両，丁香一両半"。

4　"三分"，格致本、百川明末本皆作"三両"。

5　"麝香……乳香半両"，陳譜煙雲本作"甲香三両，製過，乳香半両，硝石三分，龍腦三分，麝香一両"，《香乘》作"甲香三両，製，乳香半両，硝石三分，龍腦三錢，麝香一両"。

6　"右件，除硝石、龍腦、乳、麝同研細外"，陳譜煙雲本作"右，除硝石、龍、射、乳香同研細外"，"射"字訛。"右件"，《香乘》作"右"，無"件"字。

7　"將諸香擣羅爲散"，陳譜煙雲本作"將諸藥杵羅爲散"。

8　"先用蘇合油一茶脚許"，陳譜煙雲本、《香乘》皆作"先量用蘇合香油"。

9　"更入煉過蜜二斤，攪和令勻"，陳譜煙雲本作"并煉過好蜜二斤，和勻"。《香乘》作"并煉過好蜜二觔，和勻"，"斤"作"觔"。

10　"以瓷合出貯之"，陳譜煙雲本作"貯瓷罌"，《香乘》作"貯甆器"。

11　"取出用之"，陳譜煙雲本作"取焫"，《香乘》作"取爇"。

12　鋒按："又牙香法"條，《説郛》弘治本條目作"牙香法"，條文訛脱甚多："沉香、檀香、結香、藿香、零陵、甘松、茅香各四両，白膠香一両，龍、麝二錢。右，蜜和燒之。"《説郛》萬曆本條目作"牙香"，"法"字脱，條文亦訛脱甚多："沉香、檀香、結香、蘆香、零陵香、甘松、弟香各四両，白膠香一両，龍、麝二錢。右，蜜和燒之。""蘆""弟"二字訛。陳譜煙雲本條目作"衙香"。《香乘》卷十四"法和衆妙香"部有之，條目作"衙香三"。

13　"沉香四両、檀香五両"，陳譜煙雲本、《香乘》皆作"檀香五両，沉香四両"。

14　"結香"，陳譜煙雲本、《香乘》皆作"結香四両"。

81

兩）[1]，丁香皮、甲香（各二分）[2]，麝香、龍腦（各三分），茅香（四兩，燒灰）[3]。

右件，爲細末[4]，煉蜜和勻，用之[5]。

【又牙香法】[6]生結香、馢香、零陵香、甘松（各三兩）[7]，藿香、丁香皮、甲香（各一兩）[8]，麝香（一錢）。

右，爲麁末[9]，煉蜜放冷和勻，依常法窨過，爇之[10]。

---

1 “藿香、零陵香、甘松，已上各四兩”，陳譜煙雲本、《香乘》皆作“藿香四兩，零陵香四兩，甘松四兩”。

2 “丁香皮、甲香各二分”，陳譜煙雲本作“丁香皮二分，甲香二分”，《香乘》作“丁香皮一兩，甲香二錢”。

3 “麝香、龍腦各三分，茅香四兩，燒灰”，陳譜煙雲本作“茅香四兩，燒灰，腦、麝，各三分”，《香乘》作“茅香四兩，燒灰，腦、麝，各五分”。

4 “右件，爲細末”，陳譜煙雲本作“右細末”，《香乘》作“右，爲細末”。

5 “用之”，陳譜煙雲本、《香乘》皆作“燒如常法”。

6 鋒按：“又牙香法”條，《說郛》弘治本、《說郛》萬曆本皆無，陳譜煙雲本條目作“衙香”，《香乘》卷十四“法和眾妙香”部有之，條目作“衙香四”。

7 “生結香、馢香、零陵香、甘松各三兩”，陳譜煙雲本、《香乘》皆作“生結香三兩，棧香三兩，零陵香三兩，甘松三兩”。

8 “藿香、丁香皮、甲香各一兩”，陳譜煙雲本、《香乘》皆作“藿香葉一兩，丁香皮一兩，甲香一兩，製過”。

9 “右，爲麁末”，陳譜煙雲本作“右，粗末”，《香乘》作“右，爲粗末”。

10 “爇之”，陳譜煙雲本作“焫之”，“爇”作“焫”。

【又牙香法】[1]檀香、玄蔘（各三両）[2]，甘松（二両），乳香、龍麝（各半両，另研）[3]。

右，先將檀香、玄蔘[4]剉細，盛於[5]銀器内，以[6]水浸，慢火煑[7]水盡，取出焙乾，與甘松同擣[8]，羅爲末，次入乳香末等，一處用生蜜和勻，久窨然後用[9]之。

【又牙香法】[10]白檀香[11]（八両，細劈作片子[12]，以[13]臈茶[14]清浸一宿，控出焙，令[15]乾，用蜜、酒中拌，令得所，再浸一宿[16]，慢火焙[17]乾），沉香（三両），生結香（四両），龍脳、麝香（各半

---

1 鋒按："又牙香法"條，《説郛》弘治本、《説郛》萬曆本條目皆作"又法"，條文訛脱甚多，前者作："檀香、玄參、甘松各三両，乳香半両，龍脳、麝香各半錢。右，先將檀、玄於銀石器内水煮，乾盡爲度，焙乾，與諸香同爲末，用生蜜和，窨八日，然後燒之。"後者作："檀香、玄參、甘松各三両，乳香半両，龍脳、麝香各半両。右，先將檀、玄於銀石器内水煮，乾盡爲度，焙乾，與諸香同爲末，用生蜜和，窨八日，然授燒之。""授"字訛。陳譜煙雲本條目作"衙香"。《香乘》卷十四"法和衆妙香"部有之。

2 "玄蔘"，格致本、百川明末本、洪譜四庫本皆作"玄參"，"蔘"作"參"。學津本作"元蔘"，"元"字避清帝玄燁諱。"檀香、玄參各三両"，陳譜煙雲本、《香乘》皆作"檀香三両，玄參三両"。

3 "另研"，百川咸淳本、學津本、洪譜四庫本皆作"令研"，音近而訛，據上下文改。"乳香、龍麝各半両，另研"，陳譜煙雲本作"乳香半両，另研，麝各半両，另研"，《香乘》作"乳香半觔，另研，龍脳，半両另研，麝香，半両另研"。

4 "玄蔘"，格致本、百川明末本、洪譜四庫本皆作"玄參"，"蔘"作"參"。學津本作"元蔘"，"元"字避清帝玄燁諱。"檀香、玄蔘"，陳譜煙雲本、《香乘》皆作"檀、參"。

5 "於"，陳譜煙雲本、《香乘》皆無。

6 "以"，陳譜煙雲本、《香乘》皆無。

7 "慢火煑"，陳譜煙雲本作"慢火煎"，《香乘》作"火煎"。

8 "擣"，陳譜煙雲本作"杵"。

9 "用"，陳譜煙雲本作"焫"，《香乘》作"爇"。

10 鋒按："又牙香法"條，《説郛》弘治本、《説郛》萬曆本皆無。陳譜煙雲本條目作"宫中香"。《香乘》卷十四"法和衆妙香"部有之，條目作"衙香八"。

11 "白檀香"，陳譜煙雲本作"檀香"。

12 "細劈作片子"，陳譜煙雲本作"劈作小片"。

13 "以"，陳譜煙雲本無。

14 "臈茶"，學津本作"臘茶"，"臈"作"臘"。

15 "令"，陳譜煙雲本無。

16 "用蜜酒中拌，令得所，再浸一宿"，陳譜煙雲本作"再酒蜜浸一宿"。

17 "焙"，陳譜煙雲本作"炙"。

兩 ）, 甲香 （ 一兩, 先用灰煮, 次用一生土煮, 次用酒、蜜煮, 漉出用 ） [1]。

右, 另將龍、麝別研 [2], 外諸香同擣羅, 入生蜜, 拌勻, 以瓷罐貯, 窨地中, 月餘出。[3]

【印香法】[4]夾馢香、白檀香（ 各半兩 ）[5], 白茅香（ 貳兩 [6]）, 藿香（ 壹分 [7]）, 甘松、甘草、乳香（ 各半兩 ）[8], 馢香（ 貳兩 ）[9], 麝香（ 四錢 ）, 甲香（ 壹分 [10]）, 龍腦（ 壹錢 [11]）, 沉香（ 半兩 ）。

右, 除龍、麝、乳香別研, 外都擣羅爲末 [12], 拌和令勻, 用之 [13]。

---

1 "龍腦、麝香各半兩, 甲香一兩, 先用灰煮, 次用一生土煮, 次用酒、蜜煮, 漉出用", 陳譜煙雲本作 "甲香一兩, 龍、麝各半兩, 另研", 《香乘》作 "甲香一兩, 先用灰煮, 次用一生土煮, 次用酒、蜜煮, 濾出用。龍腦半兩, 麝香半兩"。

2 "右, 另將龍、麝別研", 百川咸淳本、學津本皆作 "右, 令將龍、麝別研", 音近而訛, 據上下文徑改。《香乘》作 "右, 將龍、麝另研"。

3 "右……月餘出", 陳譜煙雲本作 "右, 爲細末, 生蜜和勻, 貯磁罌, 地窨一月, 旋丸焫之"。"月餘出", 《香乘》作 "月餘, 取出用"。

4 鋒按: "印香法" 條, 《説郛》弘治本、《説郛》萬曆本皆無。陳譜煙雲本於 "龍麝印香" 條後, 條目作 "又方", 後注小字 "沈譜"。《香乘》同, 卷二十一 "印篆諸香" 部有之。

5 "夾馢香、白檀香各半兩", 陳譜煙雲本、《香乘》皆作 "夾棧香半兩, 白檀香半兩"。

6 "貳兩", 百川咸淳本作 "貳兩"。中國國家圖書館藏格致本此處墨丁, 臺灣省圖書館藏格致本作 "二両"。

7 "壹分", 百川咸淳本作 "壹分", 《香乘》作 "二錢"。

8 "甘松、甘草、乳香各半兩", 陳譜煙雲本、《香乘》皆作 "甘松半兩, 去土, 甘草半兩, 乳香半兩"。

9 "馢香貳兩", 百川咸淳本作 "馢香貳兩", 《香乘》作 "丁香半兩"。

10 "壹分", 百川咸淳本作 "壹分", 《香乘》作 "三分"。

11 "壹錢", 百川咸淳本作 "壹錢"。

12 "外都擣羅爲末", 陳譜煙雲本、《香乘》皆作 "餘皆擣羅細末"。

13 "用之", 陳譜煙雲本、《香乘》皆作 "用如常法"。

【又印香法】¹黃熟香（六斤），香附子、丁香皮（五両）²，藿香、零陵香、檀香、白芷（各四両）³，棗（半斤，焙），茅香（二斤），茴香（二両），甘松（半斤），乳香（一両，細研⁴），生結香（四両）。

右，擣羅爲末⁵，如常法用之。

【傅身香粉法】⁶英粉（另研）⁷，青木香、麻黄根、附子（炮⁸）、甘松、藿香、零陵香⁹（已上各等分¹⁰）。

右件¹¹，除英粉外，同擣羅¹²爲細末，用夾絹袋盛，浴了傅之¹³。

1　鋒按："又印香法"條，《説郛》弘治本、《説郛》萬曆本皆無，陳譜煙雲本、《香乘》條目皆作"乳檀印香"，《香乘》卷二十一"印篆諸香"部有之。

2　"香附子、丁香皮五両"，陳譜煙雲本作"香附子五両，丁香皮五両"，《香乘》作"香附子五両，丁皮五両"，"香"字脱。

3　"藿香、零陵香、檀香、白芷各四両"，陳譜煙雲本、《香乘》皆作"藿香四両，零陵香四両，檀香四両，白芷四両"。

4　"細研"，洪譜四庫本脱。

5　"右，擣羅爲末"，陳譜煙雲本、《香乘》皆作"右，擣羅細末"。

6　鋒按："傅身香粉法"條，《説郛》弘治本、《説郛》萬曆本皆無。陳譜煙雲本條目作"傅身香粉"，後注小字"洪"。《香乘》同，卷十九"熏佩之香"部有之。

7　"英粉另研"，百川咸淳本、學津本皆作"令"，音近而訛，據上下文改。"另研"，洪譜四庫本脱。

8　"炮"，百川明末本、洪譜四庫本皆脱。

9　"零陵香"，陳譜煙雲本作"零陵"，無"香"字。

10　"已上各等分"，陳譜煙雲本、《香乘》皆作"各等分"。

11　"右件"，陳譜煙雲本作"右"，無"件"字。

12　"擣羅"，百川咸淳本作"搗羅"，格致本、百川明末本、洪譜四庫本、學津本皆作"擣羅"，據改。

13　"同擣羅爲細末，用夾絹袋盛，浴了傅之"，陳譜煙雲本作"同搗羅細末，以生絹夾帶盛之，浴罷傅身上"，《香乘》作"同擣羅爲末，以生絹袋盛，浴罷傅身"。

【梅花香法】[1]甘松、零陵香[2]（各一両）[3]，檀香、茴香（各半両）[4]，丁香（一百枚[5]），龍腦（少許，別研[6]）。

右，爲細末，煉蜜令合和之，乾濕得中用[7]。

【衣香法】[8]零陵香[9]（壹斤[10]），甘松、檀香（各拾両）[11]，丁香皮（半両），辛夷（半両）[12]，茴香（壹分）[13]。

右，擣羅爲末[14]，入龍、麝少許，用之[15]。

【窨酒龍腦丸法】[16]龍、麝（貳味同研）[17]，丁香、木香、官桂、胡椒、紅豆、縮砂、

1　鋒按："梅花香法"條，《説郛》弘治本、《説郛》萬曆本皆無。陳譜煙雲本條目作"梅花香"，後注小字"沈"。《香乘》卷十八"凝合花香"部有之，條目作"梅花香二"。

2　"零陵香"，陳譜煙雲本作"零陵"，無"香"字。

3　"甘松、零陵香各一両"，《香乘》作"甘松一両，零陵香一両"。

4　"檀香、茴香各半両"，《香乘》作"檀香半両，茴香半両"。

5　"一百枚"，陳譜煙雲本作"百枚"，無"一"字。

6　"別研"，百川明末本、洪譜四庫本皆脱，陳譜煙雲本、《香乘》皆作"另研"。

7　"煉蜜令合和之，乾濕得中用"，陳譜煙雲本作"煉蜜合和，乾濕皆可，焫之"，《香乘》作"煉蜜合和，乾濕皆可，焚"。

8　鋒按："衣香法"條，《説郛》弘治本、《説郛》萬曆本皆無，陳譜煙雲本條目作"衣香"，《香乘》卷十九"熏佩之香"部有之，條目亦作"衣香"，後注小字"洪"。

9　"零陵香"，陳譜煙雲本作"零陵"，無"香"字。

10　"壹斤"，百川咸淳本作"壹斤"。

11　"拾両"，百川咸淳本、學津本皆作"拾両"。"甘松、檀香各十両"，《香乘》作"甘松十両，檀香十両"。

12　"丁香皮半両，辛夷半両"，陳譜煙雲本作"丁香皮、辛夷各半両"，《香乘》作"丁香皮五両，辛夷二両"。

13　"壹分"，百川咸淳本作"壹分"。"茴香一分"，《香乘》作"茴香二錢，炒"。

14　"右，擣羅爲末"，陳譜煙雲本、《香乘》皆作"右，搗粗末"。

15　"用之"，陳譜煙雲本、《香乘》皆作"貯囊佩之"。

16　鋒按："窨酒龍腦丸法"條，學津本條目作"窨酒龍腦丸服"，"服"字訛。《説郛》弘治本、《説郛》萬曆本、陳譜煙雲本皆無。《香乘》卷二十五"獵香新譜"部有之，條目作"窨酒香丸"。

17　"龍、麝貳味同研"，百川咸淳本、格致本、學津本、洪譜四庫本皆作"用研"，"用"字訛。《香乘》作"腦、麝二味同研"，據改。

白芷（已上各壹分¹），馬勃²（少許）。

右，除龍、麝另研外³，同擣羅爲細末⁴，蜜爲丸，和如櫻桃大。一斗酒置一丸於其中，却封繫，令密三五日。開飲之，其味特香美。

【毬子香法】⁵艾蒳（壹両⁶，松樹上青衣是也⁷），酸棗（壹升⁸，入水少許研，取汁壹椀⁹，日煎，成膏用¹⁰），丁香皮¹¹、檀香、茅香、香附子、白芷（五味，各半両）¹²，¹³草荳蔻（壹枚，去皮¹⁴），龍腦（少許，另研）¹⁵。

---

1 "壹分"，百川咸淳本作"壹分"。

2 "馬勃"，百川咸淳本、格致本、百川明末本、洪譜四庫本皆作"馬哱"，據學津本改。《香乘》作"馬崍"，"崍"字訛。《名醫別錄》："馬勃，主治惡瘡、馬疥。"馬勃：灰包科。其子實體，球形。幼時内外純白色。内部肉質，稍帶粘性。成熟後，内部組織全部崩解，最後全體乾燥，化作灰褐色灰包。子實體，易破裂。中醫以乾燥子實體入藥。（《〈兼名苑〉輯注》）

3 "右，除龍、麝另研外"，學津本作"右，除龍、麝令研外"，"令"字訛。

4 "同擣羅爲細末"，《香乘》作"餘藥同搗爲細末"。

5 鋒按："毬子香法"條，《説郛》弘治本、《説郛》萬曆本皆無。陳譜煙雲本條目作"寶球香"，後注小字"洪"。《香乘》卷十六"法和衆妙香"部有之，條目作"寶毬香"，後亦注小字"洪"。

6 "壹両"，百川咸淳本作"壹両"。

7 "松樹上青衣是也"，陳譜煙雲本作"即松上青衣"，《香乘》作"松上青衣是"。

8 "壹升"，百川咸淳本作"壹升"。

9 "壹椀"，百川咸淳本作"壹椀"，洪譜四庫本作"一碗"。

10 "取汁壹椀，日煎，成膏用"，陳譜煙雲本作"汁日煎成膏"，《香乘》作"汁煎成"。

11 "丁香皮"，百川咸淳本、格致本、百川明末本、學津本、洪譜四庫本皆作"丁香"，"皮"字脱，據陳譜煙雲本、《香乘》改。

12 "丁香皮、檀香、茅香、香附子、白芷五味，各半両"，陳譜煙雲本作"丁香皮、檀香、茅香、香附、白芷、棧香各半両"，"子"字脱，多"棧香"。《香乘》作"丁香皮半両，檀香半両，茅香半両，香附子半両，白芷半両，棧香半両"，亦多"棧香"。

13 "艾蒳……各半両"，格致本、百川明末本皆作"艾蒳……丁香半両，酸棗……檀香半両，茅香半両，香附子半両，白芷半両"。

14 "壹枚"，百川咸淳本作"壹枚"。"一枚，去皮"，洪譜四庫本脱。

15 "另研"，百川咸淳本、學津本皆作"令研"，音近而訛，據上下文改。洪譜四庫本脱此二字。"龍腦少許，另研"，陳譜煙雲本作"片腦、麝香各少許，另研"，《香乘》作"梅花龍腦、麝香各少許"。

右，除龍腦另研[1]外，都擣羅，以棗膏與熟蜜合和得中，入臼杵，令不粘杵即止。丸如梧桐子大。每燒一丸，欲盡，其煙直上，如一毬子，移時不散。[2]

【窨香法】[3]凡和合香，須入窨，貴其燥濕得宜也。每合香和訖，約多少，用不津器貯之，封之以蠟紙，於静室屋中，入地三五寸瘞之，月餘日取出，逐旋開取然之，則其香尤裔靧也。

【薰衣法】[4]凡薰衣，以沸湯一大甌，置薰籠下，以所薰衣覆之，令潤氣通徹，貴香入衣難散也。然後於湯爐中，燒香餅子一枚，以灰蓋或用薄銀楪子尤妙。置香在上，薰之，常令煙得所。薰訖，疊衣。隔宿衣之，數日不散。

1　"另研"，百川咸淳本、學津本皆作"令研"，音近而訛，據上下文改。

2　"右……移時不散"，陳譜煙雲本作"右，皆炒過，擣取細末，以酸棗膏更加少許熟蜜，同龍、麝合和得中，入臼杵，令不粘即止。丸如桐子。每燒一丸，其煙裊裊直上，如綫，結爲毬狀，經時不散"，《香乘》作"右，除龍腦別研外，餘者皆炒過，擣取細末，以酸棗膏更加少許熟棗，同腦、麝合和得中，入臼杵，令不粘即止。丸如梧桐子大。每燒一丸，其煙裊裊直上，如綫，結爲毬狀，經時不散"。

3　鋒按："窨香法"條，《説郛》弘治本、《説郛》萬曆本皆無。陳譜煙雲本條目作"新和香"，訛，條文大异："必須入窨，貴燥濕浮宜也。每約香多少，貯以不裂磁罌，蠟紙密封，於静室屋中，掘地窨深三五寸，瘞月餘，逐旋取出，其香猶裔靧也。（沈譜）""浮""裂"字訛。《香乘》卷十三"香緒餘"部有之，條目作"窨香"，條文大异，與底本密切相關者如下："新和香，必須入窨，貴其燥濕得宜也。每約香多少，貯以不津磁罌，蠟紙密封，於淨室中，掘地窨深三五寸，瘞月餘，逐旋取出，其香尤裔靧也。（沈譜）。""淨"字訛。

4　鋒按："薰衣法"條，百川咸淳本、格致本、百川明末本、學津本、洪譜四庫本條目皆作"薰香法"，訛，據條文實際内容改。《説郛》弘治本、《説郛》萬曆本皆無。陳譜煙雲本、《香乘》條目皆作"熏香"，條文末尾皆注小字"洪譜"，且條文大异："凡欲薰衣，置熱湯於籠下，衣覆其上，使之霑潤，取去。別以爐爇香，薰畢，疊衣入篋笥。隔宿衣之，餘香數日不歇。"《香乘》同，惟"別以"作"則以"，"篋笥"作"笥篋"。洪譜"薰衣法"條，采自沈譜"薰衣法"條而增益之。

88

【造香餅子法】[1]軟炭（三斤）[2]，蜀葵葉或花（一斤半，貴其粘）[3]。同擣令匀，細如末可丸，更入薄糊少許，每如彈子大，捏作餅子[4]。曬干，貯瓷瓶內，逐旋燒用。[5]如無葵，則以炭中[6]，拌入紅花滓[7]，同擣，用薄糊和之亦可[8]。

【意和香】[9]其法以沉水爲主[10]，斫如小博骰，取楟櫨液漬之，過一指。[11]浸三日，

1　鋒按："造香餅子法"條，《説郛》弘治本、《説郛》萬曆本皆無。陳譜煙雲本條目作"香餅"。《香乘》卷二十"香屬"部有之，條目亦作"香餅"，後注小字"沈"。

2　"軟炭"，百川咸淳本、格致本、百川明末本、學津本、洪譜四庫本皆作"軟灰"，"灰"字訛，據陳譜煙雲本、《香乘》改。"軟炭三斤"，陳譜煙雲本作"軟炭，三斤爲末"，《香乘》作"軟炭，三觔末"。

3　"蜀葵葉或花，一斤半，貴其粘"，陳譜煙雲本作"蜀葵葉，一斤半，花亦可"，《香乘》作"蜀葵葉或花，一觔半"。

4　"捏作餅子"，洪譜四庫本作"捍作餅子"，"捍"字訛。

5　"同擣令匀……逐旋燒用"，陳譜煙雲本作"右，同擣令粘，匀作劑。如乾，入薄麪糊少許，彈子大捻餅。晒乾，貯瓷罌，旋取用"，《香乘》作"右，同擣令粘，匀作劑。如乾，更入薄糊少許，彈子大捻餅。晒乾，貯磁罌內，燒香旋取用"。

6　"則以炭中"，陳譜煙雲本作"炭末中"，《香乘》作"則炭末中"。

7　"拌入紅花滓"，百川咸淳本、格致本、百川明末本、學津本、洪譜四庫本皆作"半入紅花滓"，"半"字訛，據陳譜煙雲本、《香乘》改。陳譜煙雲本作"拌入紅花滓"，無"入"字。

8　"用薄糊和之亦可"，陳譜煙雲本作"薄糊和之亦可"，無"用"字。《香乘》作"以薄糊和之亦可"。

9　鋒按："意和香"條，百川咸淳本、格致本、百川明末本、學津本、《説郛》弘治本、《説郛》萬曆本、洪譜四庫本皆無。南宋·佚名編《類編增廣黃先生大全文集》（南宋乾道刻本，北京大學圖書館藏，卷四十九，頁11a）收《意和香方》，據輯。又按：《類説》北泉本卷四十九《香後譜》有之，條目作"和香"，脫"意"字，條文極簡，作："賈天錫作意和香，清麗閑遠，自然有富貴氣。覺諸人家香，殊寒氣也。"又按：陳譜煙雲本卷三"凝和諸香"部有之，條目作"意和"，即"黃太史四香"其一，後注小字"附跋""沈"。《香乘》卷十七"法和衆妙香四"部有之，條目亦作"意和"，即"黃太史四香"其一。

10　"其法以沉水爲主"，陳譜煙雲本、《香乘》皆作"沉、檀爲主"無"其法"二字，"檀"字訛。

11　"斫如小博骰，取楟櫨液漬之，過一指"，《類編》作"斫如小博投，取冥楂液漬之，過一指"，無"每沉一兩半，檀一兩"八字，是。"投"字形近而訛，當作"骰"。"冥"字形近而訛，當作"楟"。楂、楟，二字通。陳譜煙雲本作"每檀二兩半，檀一兩，斫小博骰，取楟櫨液漬之液過指許"，"每檀二兩半，檀一兩"八字衍，"如"字脫，"過一指"作"液過指許"。《香乘》作"每沉一兩半，檀一兩，斫小博骰體，取楟櫨液漬之液過指許"，"每沉一兩半，檀一兩"八字衍，"如"字脫，多"體"字，"過一指"作"液過指許"。"櫨"字訛，據改。

89

乃煮泣其液，温水沐之¹。紫檀屑之，取小龍茗末一錢²，沃湯和之，漬晬時³。包以濡竹紙數重，炰之⁴。螺甲半兩弱⁵，磨去齟齬，以胡麻膏熬之⁶。色正黃，則以蜜湯邊洗，無膏氣乃已。⁷青木香爲末。⁸以意和四物，稍入婆律膏⁹及麝二物，唯¹⁰少以棗肉合之。作模¹¹，如龍涎香狀¹²，日暵之¹³。¹⁴

1　"浸三日，乃煮泣其液，温水沐之"，《類編》作"三日，乃渚泣其液，温水沐之"，"渚"字形近而訛。陳譜煙雲本作"三日，乃煮泣其液，温水沐之。"《香乘》作"浸三日，及煮泣其液，濕水浴之"，"及""濕"二字皆形近而訛。任淵《内集注》作"三日，乃煮去其液，温水沐之"，"泣"作"去"。

2　"紫檀屑之，取小龍茗末一錢"，陳譜煙雲本作"紫檀為屑，取一小龍茗末一錢"，"屑之"作"為屑"，首"一"字衍。《香乘》作"紫檀為屑，取小龍茗末一錢"，"屑之"亦作"為屑"。

3　"漬晬時"，《香乘》作"漬碎時"，"碎"字訛。"晬時"，週時，即一整天。北魏·賈思勰著《齊民要術·煮膠》："經宿，晬時，勿令絕火。"

4　"炰之"，陳譜煙雲本作"炮之"。

5　"螺甲半兩弱"，《類編》作"螺申"，"申"字形近而訛，"半兩弱"三字脱。陳譜煙雲本作"螺甲半兩弱"，據補。《香乘》作"螺甲半弱"，"兩"字脱。

6　"以胡麻膏熬之"，《香乘》作"以胡麻熬之"，"膏"字脱。陳譜煙雲本、任注皆作"以胡麻膏熬之"，據補。

7　"無膏氣乃已"，陳譜煙雲本、《香乘》皆作"無膏氣乃以"，"以"字音近而訛。

8　"青木香為末"，《類編》作"香皆末之"，文意模糊，且與下文不合。陳譜煙雲本、《香乘》皆作"青木香為末"，據改。

9　"婆律膏"，《香乘》作"婆津膏"，形近而訛。

10　"唯"，陳譜煙雲本、《香乘》皆作"惟"。

11　"作模"，《類編》作"作摹"，"摹"字形近而訛。陳譜煙雲本、《香乘》皆作"作模"，據改。

12　"龍涎香狀"，《香乘》作"龍涎香樣"。

13　"日暵之"，《香乘》作"日熏之"。

14　鋒按：任淵爲山谷詩《賈天錫惠寶薰，乞詩，予以"兵衛森畫戟，燕寢凝清香"十字作詩報之》（其三）所作注，即節引自《意和香方》，文字頗有異同，作"賈天錫意和香，其法：斫沉水，如小博投以椶櫚液漬之。三日，乃煮去其液，温水沐之。螺甲磨去齟齬，以胡麻膏熬之，色正黃，則以蜜湯劇洗。又屑紫檀、青木香，稍入婆律膏及麝，以棗肉合之。作摹，如龍涎香狀"。［《山谷詩集注》，室町時代覆南宋紹定五年（1323）刻本，楊守敬舊藏，臺北圖書館今藏，卷五，頁15a。］

右[1]，賈天錫宣事[2]作意和香，清麗閑遠[3]，自然有富貴氣。覺諸人家和香[4]，殊寒乞[5]。天錫屢惠此香，惟要[6]作詩。因以"兵衛森畫戟，燕寢凝清香"作十小詩[7]贈之，猶恨詩語未工[8]，未稱此香爾。然，余甚寶此香，未嘗妄以與人[9]。城西張仲謀[10]為我作寒計，惠送騏驥院馬通薪二百。因以香二十餅，報之。或笑曰：不與公詩，為地邪[11]？應之曰：詩或能為人作祟[12]，豈若馬通薪，使冰雪之辰，鈴下馬走，皆有挾纊之

1　"右"，《豫章黃先生文集》無此字，據《類編》補。

2　"宣事"，《類說》北泉本無。

3　"清麗閑遠"，《類編》作"清嚴閑遠"，"麗"作"嚴"。鋒按：清嚴意為清正嚴肅，清麗意為清新華美，形容香之品格風味，"清麗"意勝。

4　"和香"，《類說》北泉本、《類編》皆脱"和"字。

5　"寒乞"，《類說》北泉本作"寒氣也"，"氣"字訛。《類編》作"寒乞也"，多"也"字。

6　"惟要"，類編本作"唯要"。

7　"十小詩"，《類編》作"十詩"，無"小"字。鋒按：玩味辭氣，以有"小"字意勝。

8　"詩語未工"，《類編》作"未工"，無"詩語"二字。

9　"妄以與人"，《類編》作"妄與人"，無"以"字。

10　張詢，字仲謀。鋒按：元祐元年，黃庭堅有《次韻張詢齋中春晚》詩。

11　"邪"，《豫章黃先生文集》作"耶"，據《類編》改。

12　"為人作祟"，《類編》作"為祟"，無"為人"二字。

温邪？學詩三十年，今乃大覺。然[1]，見事亦太晚也！[2]

【意可香】[3]海南沉水香三兩[4]，得火不作柴桂[5]烟氣者。麝香、檀香[6]一兩，切焙[7]。

---

1 “然”，《類編》無此字。

2 鋒按：元祐元年，黃庭堅曾爲上述“意和香方”題寫十首“意和香方詩”，即《賈天錫惠寶薰，乞詩，予以“兵衛森畫戟，燕寢凝清香”十字作詩報之》，載《山谷詩集注》卷五。詩云：

險心游萬仞，躁欲生五兵。隱几香一炷，靈臺湛空明。（其一）
晝食鳥窺臺，宴坐日過砌。俗氛無因來，煙霏作輿衛。（其二）
石蜜化螺甲，榠樝煮水沉。博山孤煙起，對此作森森。（其三）
輪囷香事已，鬱鬱著書畫。誰能入吾室？脫汝世俗械。（其四）
賈侯懷六韜，家有十二戟。天資喜文事，如我有香癖。（其五）
林花飛片片，香歸銜泥燕。閉合和春風，還尋蔚宗傳。（其六）
公虛采蘋宮，行樂在小寢。香光當發聞，色敗不可稔。（其七）
床帷夜氣馥，衣桁晚煙凝。瓦溝鳴急雪，睡鴨照華燈。（其八）
雉尾映鞭聲，金爐拂太清。班近聞香早，歸來學得成。（其九）
衣篝麗紈綺，有待乃芬芳。當念真富貴，自薰知見香。（其十）

“賈天錫宣事作意和香”一段，即黃庭堅爲十首“意和香方詩”所題跋文。洪炎編，《豫章黃先生文集》（南宋孝宗朝刊，寧宗朝修補，臺灣省圖書館藏，卷二十五“題跋”，頁 8b-9b）所收《跋自書所爲香詩後》，即此“意和香方詩跋”，據輯。《類編》於“意和香方”後，亦載此跋，文字間有脫漏，據校。又按：類説本條目有“和香”，脫“意”字，應作“意和香”，亦此“意和香方詩跋”。惟《類説》本條文極簡，作“賈天錫作意和香，清麗閑遠，自然有富貴氣，覺諸人家香殊寒氣也”（曾慥，《類説》，卷四十九，頁 21b、22a），實即該跋首句。

3 鋒按：“意可香”條，百川咸淳本、格致本、百川明末本、學津本、《説郛》弘治本、《説郛》萬曆本、洪譜四庫本皆無。《類編增廣黃先生大全文集》收《意可香方》《意可香方跋》，據輯。又按：《類説》北泉本卷四十九《香後譜》有之，條文略簡，作：“意可香，初名宜愛。或云：此江南宮中香，有美人字曰宜，愛製此香，故名宜愛。山谷曰：香殊不凡，而名乃有脂粉氣，易名曰意可。”陳譜煙雲本卷三“凝和諸香”部有之，條目作“意可”，即“黃太史四香”其二。《香乘》卷十七“法和衆妙香”部有之，條目亦作“意可”，即“黃太史四香”其二。據陳譜煙雲本、《香乘》校勘。

4 “海南沉水香三兩”，《類編》作“次香三兩，須海南沉水”。陳譜煙雲本作“海南沉香三兩”，無“水”字。《香乘》作“海南沉水香三兩”，據改。

5 “柴桂”，陳譜煙雲本作“紫麝”。《香乘》作“柴柱”，形近而訛。

6 “麝香、檀香”，《類編》作“膺香、檀香”，“膺”字形近而訛。陳譜煙雲本、《香乘》皆作“麝檀香”，“麝香”之“香”字脫。

7 “切焙”，《類編》無，據陳譜煙雲本、《香乘》補。

衡山¹亦有之，遠²不及海南來者。木香四錢，極新者中焙³。玄參半兩，剉，燼炙。甘草末半錢⁴。焰硝末半錢⁵。甲香一分，浮油煎，令黃色。以蜜洗去油，復以湯洗去蜜⁶，如前法治而末之⁷。入婆律膏及麝⁸，各三錢，別研⁹，香成，旋入¹⁰。

右，皆末之，用白蜜六兩，熬去沫。取五兩，和香末勻。¹¹入瓷合¹²，蔭如常法¹³。

山谷道人得之東溪老¹⁴，東溪老得之¹⁵歷陽公，歷陽公多方不知其所自也¹⁶。初¹⁷名"宜愛"，或云¹⁸：此江南宮中香，有美人字曰"宜"¹⁹，甚愛此香，故名宜愛。不知其

---

1 "衡山"，《類編》作"衡之"，"之"字形近而訛，據陳譜煙雲本、《香乘》改。

2 "遠"，陳譜煙雲本、《香乘》皆作"宛"。鋒按："遠"字意勝，故從《類編》。

3 "中焙"，陳譜煙雲本、《香乘》皆作"不焙"。

4 "半錢"，陳譜煙雲本、《香乘》皆作"二錢"。

5 "焰硝末半錢"，《類編》作"燄消末半錢"，燄、焰相通，"消"字形近而訛。陳譜煙雲本、《香乘》皆作"焰硝末一錢"，"半"作"一"。

6 "浮油煎，令黃色。以蜜洗去油，復以湯洗去蜜"，此段文字，《類編》無，據陳譜煙雲本、《香乘》補。

7 "如前法治而末之"，陳譜煙雲本作"如前治法而末之"，"法""治"二字倒。《香乘》作"如前治法為末"，"法""治"二字亦倒，"而末之"作"為末"。

8 "入婆律膏及麝"，《類編》、陳譜煙雲本皆作"婆律膏及麝"，無"入"字，據《香乘》補。

9 "別研"，陳譜煙雲本、《香乘》皆作"另研"。

10 "香成，旋入"四字，《類編》無，據陳譜煙雲本、《香乘》補。

11 "和香末勻"，《類編》作"和勻"，無"香末"二字，據陳譜煙雲本、《香乘》補。

12 "入瓷合"，陳譜煙雲本作"置瓷盒"，《香乘》作"置磁盒"。

13 "蔭如常法"，《類編》作"蔭如常法"，陳譜煙雲本、《香乘》皆作"窨如常法"。鋒按：蔭、窨二字通。《類編》本條末，一句冗餘："出蔭，乃和入婆律膏與麝。"據陳譜、《香乘》刪。

14 "東溪老"，陳譜煙雲本作"于東溪老"，《香乘》作"於東溪老"，皆多介詞。

15 "得之"，《類編》作"得"，陳譜煙雲本作"得之于"，《香乘》作"得之於"，順上句，改為"得之"。

16 "歷陽公多方不知其所自也"，陳譜煙雲本作"多方初不知其所自"，脫"歷陽公"。《香乘》作"其方初不知得其所自"，脫"歷陽公"，"多"作"其"，又衍"得"字。

17 "初"，陳譜煙雲本、《香乘》皆作"始"。

18 "或云"，陳譜煙雲本作"或曰"。

19 "有美人字曰宜"，《香乘》作"有美人曰宜娘"。

在中主、後主時也[1]。山谷曰[2]：香殊不凡[3]，而名乃有脂粉氣[4]，因易名"意可"[5]。東溪詰所以名。山谷曰[6]：使衆生業力無度量之意[7]。鼻孔繞二十五，有求覓[8]增上，必以此香爲可。何況酒炊[9]玄參，茗熬紫檀，鼻端已需然者乎[10]？直是得無生意者[11]，觀[12]此香莫，處處穿透，亦必以爲[13]可耳。[14]

1　"不知其在中主、後主時也"，陳譜煙雲本、《香乘》皆作"不知其在中主、後主時耶"，"耶"字音近而訛。

2　"山谷曰"，陳譜煙雲本、《香乘》皆無。

3　《類説》北泉本、陳譜煙雲本、《香乘》皆作"凡"。

4　"而名乃有脂粉氣"，《類編》、陳譜煙雲本、《香乘》皆無。《類説》北泉本，及南宋·葉廷珪《海録碎事》卷六"飲食器用部"之"香門"，"意可香"條，皆多此七字，據補。

5　"因易名意可"，陳譜煙雲本、《香乘》皆作"故易名意可"。

6　"東溪詰所以名山谷曰"，此九字，陳譜煙雲本、《香乘》皆無。

7　"使衆生業力無度量之意"，陳譜煙雲本作"使惡業力無度量之意"，"衆生"作"惡"。《香乘》作"使衆不業力無度量之意"，"不"字訛。

8　"覓"，《香乘》作"覓"，二字通。

9　"酒炊"，陳譜煙雲本作"泊款"，《香乘》作"酒款"，皆形近而訛。

10　"鼻端已需然者乎"，陳譜煙雲本作"鼻端已需然乎"，無"者"字。《香乘》作"鼻端以濡然乎"，"以""濡"二字訛，亦無"者"字。

11　"直是得無生意者"，《香乘》作"且是得無主意者"，"且""主"二字訛。

12　"觀"，陳譜煙雲本作"覿"。

13　"以爲"，陳譜煙雲本、《香乘》皆作"爲"，脱"以"字。

14　鋒按：類説本"意可香"條，即《意可香方跋》撮要，作"初名宜愛。或云：此江南宮中香，有美人字曰宜，愛製此香，故名宜愛。山谷曰：香殊不凡，而名乃有脂粉氣，易名曰意可"。又按：黄庭堅曾爲"意可香方"題有《意可詩》，惜佚。然"意可香方詩跋"仍存，即文學批評史之名文《題〈意可詩〉後》："寧律不諧，而不使句弱；用字不工，不使語俗：此庾開府之所長也。然，有意於爲詩也。至於淵明，則所謂不煩繩削而自合者。雖然，巧於斧斤者，多疑其拙；窘於檢括者，輒病其放。孔子曰：審武子，其智可及也，其愚不可及也！淵明之拙與放，豈可爲不知者道哉？道人曰：如我按指，海印發光。汝暫舉心，塵勞先起。説者曰：若以法眼觀，無俗不真；若以世眼觀，無真不俗。淵明之詩，要當與一丘一壑者共之耳。"載《豫章黄先生文集》（南宋孝宗朝刊，寧宗朝修補，臺灣省圖書館藏），卷二十六"題跋"，頁11b–12a。

【清真香】[1]丁晉公《清真香歌》云[2]："四両玄參[3]二両松，麝香半分蜜和同。丸如彈子金爐爇[4]，還似花心噴曉風[5]。"

【漢宮香】[6]其法：以沉水二十四銖[7]，著石蜜，複湯鬻（銅鐵輩皆病香），以指嘗試，能飲甲則已。（南海賈胡貴一種香木，如蜜房[8]，銳澤正黃，可減甲）以寒水炭四，焙之[9]。合擣如麋[10]，投初鬻蜜中[11]，媒使相說。（沉水得羮蜜，煙黃而氣鬱[12]）青木香十二之一，可酌損之。雞舌香十，勿以母，以其子。[13]閟以黃埊，蜜隙，擇不津地坎霾之[14]，一月中許出之[15]。投龍腦六銖，麝損半。一爐炷，如茨子，薰鬱鬱略聞，百步中人也（今太官加蜜鬻，

1　鋒按："清真香"條，百川咸淳本、格致本、百川明末本、學津本、《説郛》弘治本、《説郛》萬曆本、洪譜四庫本皆無。《類説》北泉本卷四十九《香後譜》有之，據輯。陳譜煙雲本卷二"凝和諸香"部亦有之，條目作"丁晉公清真香"，後注小字"武"。《香乘》卷十五"法和衆妙香二"部亦有之，條目後亦注小字"武"。
2　"丁晉公清真香歌云"，陳譜煙雲本、《香乘》皆作"歌曰"。
3　"玄參"，陳譜煙雲本"玄"字缺點，避清帝玄燁諱。
4　"丸如彈子金爐爇"，陳譜煙雲本作"圓如茨子金爐炳"，《香乘》作"圓如彈子金爐爇"。
5　"還似花心噴曉風"，陳譜煙雲本、《香乘》皆作"還似千花噴曉風"。
6　鋒按："漢宮香"條，百川咸淳本、格致本、百川明末本、學津本、《説郛》弘治本、《説郛》萬曆本、洪譜四庫本皆無。南宋黃銖，山谷裔孫，所編《豫章先生遺文》[南宋寧宗嘉定元年（1208）後序，清抄影宋本，善本書號03577，中國國家圖書館藏，卷五"雜著"，頁26b、27a]有《漢宮香》，據輯。兩宋之際張邦基《墨莊漫録》有《漢宮香方》，據校；又有《漢宮香方跋》，據輯。晁公武《郡齋讀書志》有云："《香譜》一卷：右，皇朝洪芻駒父撰。集古今香法，有鄭康成漢宮香。"即洪譜原有"漢宮香"條之明證。
7　"其法以沉水二十四銖"，《墨莊漫録》作"鄭康成注：沉水香二十四銖"。
8　"如蜜房"，《墨莊漫録》作"末如蜜房"，多"末"字。
9　"以寒水炭四焙之"，《豫章先生遺文》作"沐以寒水炭四倍之"，"沐"字衍，"倍"字訛，據《墨莊漫録》改。
10　"如麋"，《墨莊漫録》作"爲麋"。
11　"投初鬻蜜中"，《豫章先生遺文》脱"投"字，據《墨莊漫録》補。
12　"沉水得羮蜜，煙黃而氣鬱"十小字，《墨莊漫録》在"合擣為麋"後。又，"得"字，《豫章先生遺文》原作"其"，《墨莊漫録》作"得"，意勝，據改。
13　"合擣……以其子"，《墨莊漫録》作"青木香十二之一，可酌損之。雞舌香以其子，勿以其母。青木香用二錢。合擣為麋，沉水得鬻蜜，煙黃而氣鬱。投初鬻蜜中，媒使相悅"。
14　"擇不津地坎霾之"，《墨莊漫録》作"塭不津地霾之"。
15　"一月中許出之"，《豫章先生遺文》作"火再中許出之"，訛，據《墨莊漫録》改。

紅螺如麝許¹。外家効之，以爲殊勝。）

此方，魏泰道輔強記，面疏以示洪炎玉父，意其實古語。其後於相國寺庭中，買得古葉子書，雜抄有此法，改正十餘字。又一貴人家見一編，號《古粧臺記》，證數字，甚妙。予恐失之，因附於此。²

【小宗香】³沈水香海南者一分⁴，剉。箋香半両，剉。紫檀三分半⁵。生拌，以銀䥫炒⁶，令紫色。三物皆⁷令如鋸屑。蘇合油二錢。治甲香⁸一錢，末之。麝⁹一錢半，研¹⁰。玄參半錢¹¹，末之。鵝梨二枚，取汁。青棗二十枚。水二盌¹²，煮取小半盞¹³，同梨汁

1　"紅螺如麝許"，《墨莊漫録》作"紅螺如射"，無"紅""許"二字，"麝"作"射"。

2　鋒按：此段即《漢宮香方跋》，《豫章先生遺文》無，據《墨莊漫録》輯。

3　鋒按："小宗香"條，百川咸淳本、格致本、百川明末本、學津本、《説郛》弘治本、《説郛》萬曆本、洪譜四庫本皆無。《類編增廣黃先生大全文集》收《小宗香》，據輯。陳譜煙雲本卷三"凝和諸香"部有之，條目作"小宗"，即"黃太史四香"其四。《香乘》卷十七"法和衆妙香四"部有之，條目作"小宗香"，亦即"黃太史四香"其四。晁公武《郡齋讀書志》有云：《香譜》一卷：右，皇朝洪芻駒父撰。集古今香法，有……《南史》小宗香。"即洪譜原有"小宗香"條之明證。

4　"沉水香海南者一分"，陳譜煙雲本作"海南沉水香一分"，《香乘》作"海南沉水一兩"。

5　"紫檀三分半"，《香乘》作"紫檀二兩半"。

6　"生拌，以銀䥫炒"，《類編》作"生半，以銀䥫炒"，陳譜煙雲本、《香乘》皆作"生半，用銀石器炒"，"半"字訛，"以"作"用"，"石"字衍。

7　"三物皆"，《類編》無"三物"二字，據陳譜煙雲本、《香乘》補。"皆"字，《香乘》作"俱"。

8　"治甲香"，《香乘》作"製甲香"。

9　"麝"，陳譜煙雲本作"麝香"，多"香"字。

10　"研"，《類編》作"斫"，形近而訛，據陳譜煙雲本、《香乘》改。

11　"半錢"，《香乘》作"五分"。

12　"盌"，陳譜煙雲本作"碗"。

13　"煮取小半盞"，《類編》作"者取半盞"，"者"字形近而訛，無"小"字。《香乘》作"煮取小半琖"，"盞"作"琖"，二字音義皆同。

浸沉、箋、檀，晬時[1]。緩火煑，令乾。和入四物、煉蜜[2]，令小冷[3]，溲和得所[4]，入甆合，埋一月[5]。

南陽宗少文，嘉遯[6]江湖之間。援琴作金石弄，遠山皆與之同聲[7]。其文獻足以配古人[8]。孫茂深亦有祖風。當時貴人欲與之游。不得，乃使陸探微畫像，掛壁觀之[9]。聞茂深喜閉閣焚香，作此香餽之[10]。時謂少文"大宗"，茂深"小宗"，故傳"小宗香"云[11]。[12]

1　"同梨汁浸沉、箋、檀，晬時"，陳譜煙雲本作"同梨汁浸沉、箋、檀，煮一伏時。"《香乘》作"用梨汁浸沉、檀、箋，煮一伏時。"

2　"煉蜜"，《類編》《香乘》皆作"鍊蜜"，"鍊"字訛。

3　"令小冷"，《香乘》作"令少冷"。

4　"溲和得所"，《類編》作"令得所"。陳譜煙雲本、《香乘》皆作"搜和得所"，"搜"字形近音近而訛，當作"溲"，據改。

5　"入甆合，埋一月"，陳譜煙雲本作"入磁盒，埋窨一月"，《香乘》作"入磁盒，埋窨一月，用"。

6　"遯"，《香乘》作"遁"，二字同。

7　"同聲"，《香乘》作"同響"。

8　"其文獻足以配古人"，《香乘》作"其文獻足以追配古人"，多"追"字。

9　"不得，乃使陸探微畫像，掛壁觀之"，陳譜煙雲本、《香乘》皆作"不可得，乃使陸探微畫其像，掛壁間觀之"，多"可""其""間"三字。

10　"聞茂深喜閉閣焚香，作此香餽之"，《豫章黃先生文集》作"間茂深喜閉閣焚香，作此香餽之"。鋒按：據文意，"間"字當形近而訛，作"聞"。陳譜煙雲本作"茂深惟喜閉閣焚香，遂作此香餽之"，《香乘》作"茂深惟喜閉閣焚香，遂作此香餽"。

11　"故傳小宗香云"，陳譜煙雲本作"故名小宗香。大宗、小宗，南史有傳"，《香乘》作"故名小宗香云。大宗、小宗，南史有傳"。

12　鋒按：此《小宗香方跋》，即黃庭堅《書小宗香》一文，載黃庭堅著，洪炎編，《豫章黃先生文集》（南宋孝宗朝刊，寧宗朝修補，臺灣省圖書館藏），卷二十五"題跋"，頁22b–23a，據輯。黃庭堅《與徐彥和》（五首其三）："所惠香，非往時意態，恐方不同，或是香材不精，及婆律與麝不足耶？前錄上小宗香法，必已徹几下矣。"（《山谷老人刀筆》，元刻本，卷二，"初仕至館職"三）

【嬰香】[1]沈水香三両末之，丁香四錢末之，治甲香二錢末之[2]，龍脳香七錢研[3]，麝三錢去皮毛研[4]。

右五物，[5]相和令匀[6]。入煉白蜜[7]六両，去沫[8]。入馬牙消[9]末半両，綿濾過[10]，極冷乃和諸香。令稍硬[11]，丸如茨子。扁之[12]，入甇合密封之，窨半月[13]。[14]

1　鋒按："嬰香"條，百川咸淳本、格致本、百川明末本、學津本、《説郛》弘治本、《説郛》萬曆本、洪譜四庫本皆無。《類編增廣黃先生大全文集》"嬰香"即《嬰香方》，據輯。臺北故宮博物院藏黃庭堅手書《嬰香方帖》，云："角沈三両末之，丁香四錢末之，龍脳七錢別研，麝香三錢別研，治了甲香壹錢末之。右都研匀，入牙消半両，再研匀，入煉蜜六両，和匀。蔭一月取出，丸作雞頭大。略記得如此，候檢得冊子，或不同，別録去。"文字較《類編》略簡而多跋文一句。陳譜煙雲本卷二"凝和諸香"部有之，條目後注小字"武"。《香乘》卷十四"法和衆妙香一"部有之，條目後亦註小字"武"。晁公武《郡齋讀書志》有云："《香譜》一卷：右，皇朝洪芻駒父撰。集古今香法，有……《真誥》嬰香。"即洪譜原有"嬰香"條之明證。

2　"沈水香……末之"，《類編》原作"治田香"，"田"字形近而訛，當作"甲"。陳譜煙雲本作"沉水香三両，丁香四錢，製甲香一錢，各末"，《香乘》作"沉水香三両，丁香四錢，製甲香一錢，各末之"。

3　"龍脳香七錢研"，陳譜煙雲本、《香乘》皆作"龍脳七錢研"，無"香"字。

4　"麝三錢去皮毛研"，陳譜煙雲本作"麝香三錢研"，且後多"旃檀半両，一方無"七字。《香乘》作"麝香三錢去皮毛研"，多"麝"字，且後多"旃檀香半両，一方無"八字。

5　"右五物"，《類編》作"和五物"，"和"字誤。陳譜煙雲本、《香乘》皆作"右五味"，多"右"字，據補。

6　《類編》作"令相"，後當遺落文字。陳譜煙雲本、《香乘》皆作"相和令匀"，據改。

7　"煉白蜜"，《類編》作"鍊白蜜"，"鍊"字形近音近而訛。

8　"去沫"，陳譜煙雲本無。《香乘》作"去末"。

9　"馬牙消"，陳譜煙雲本、《香乘》皆作"馬牙硝"，二者同。

10　《類編》作"綿濾半"，"半"字訛，陳譜煙雲本、《香乘》皆作"過"，據改。

11　《類編》作"稍硬"，無"令"字，據陳譜煙雲本、《香乘》補。

12　"扁之"，陳譜煙雲本作"匾之"，音近而訛。

13　"入甇合密封之，窨半月"，陳譜煙雲本作"入瓷盒密封，窨半月"，《香乘》作"磁盒密封，窨半月""窨半月"三字，據補。

14　鋒按："嬰香"條，《類編增廣黃先生大全文集》入"香方"部，陳譜入"凝和諸香"部，《香乘》入"法和衆妙香"部，故洪譜應入"香法"部。

【寶毬香】[1]艾蒳[2]（一両，即松上青衣[3]），酸棗（一升，入水少許，研汁，煎成膏[4]），丁香皮、檀香、茅香、香附、白芷、棧香（各半両），[5]草荳蔻（一枚，去皮）[6]，片腦[7]、麝香（各少許，另研[8]）。

右，皆炒過。[9]搗取細末[10]，以酸棗膏更加少許熟蜜[11]，同腦[12]、麝合和得中，入臼，杵令不粘即止。丸如桐子[13]。每燒一丸，其烟裊裊，直上如綫，結爲毬狀[14]，經時不散。

【清神香】[15]甘松二両，甜參[16]四両，檀香[17]一両，麝香一錢[18]。

右，爲末，煉蜜爲丸，如雞頭，燒之。[19]

1　鋒按："寶毬香"條，百川咸淳本、格致本、百川明末本、學津本、洪譜四庫本皆作"毬子香法"。《説郛》弘治本、《説郛》萬曆本皆無。陳譜煙雲本卷二"凝和諸香"部有之，條目作"寶球香"，後注小字"洪"據輯。然臺灣省圖書館所藏莚圃本《新纂香譜》，條目作"寶毬香"，後亦注小字"洪"。鋒按："毬"字是，據改。《香乘》卷十六"法和衆妙香三"部有之，條目亦作"寶毬香"，後注小字"洪"，據校。

2　"艾蒳"，陳譜煙雲本作"艾納"，"納"字形近音近而訛，據《香乘》改。

3　"即松上青衣"，《香乘》作"松上青衣是"。

4　"研汁，煎成膏"，陳譜煙雲本作"研汁日，煎成膏"，"日"字衍，據《香乘》刪。《香乘》作"研汁，煎成"，脫"膏"字。

5　"丁香皮、檀香、茅香、香附、白芷、棧香各半両"，《香乘》作"丁香皮半両，檀香半両，茅香半両，香附子半両，白芷半両，箋香半両"。

6　"草荳蔻一枚去皮"，陳譜煙雲本訛作"豆"，據《香乘》改。

7　"片腦"，《香乘》作"梅花龍腦"。

8　"各少許另研"，《香乘》作"各少許"，無"另研"。

9　"右，皆炒過"，《香乘》作"右，除腦、麝別研外，餘者皆炒過"。

10　"搗取細末"，《香乘》作"擣取細末"。

11　"熟蜜"，《香乘》作"熟棗"。

12　"腦"，《香乘》作"龍"。

13　"桐子"，《香乘》作"梧桐子大"。

14　"毬狀"，陳譜煙雲本作"球狀"，據陳譜莚圃本、《香乘》改。

15　鋒按："清神香"條，百川咸淳本、格致本、百川明末本、學津本、洪譜四庫本、陳譜煙雲本、《香乘》皆無，據《説郛》弘治本輯，《説郛》萬曆本校。

16　"甜參"，《説郛》萬曆本作"甘參"。

17　"檀香"，《説郛》弘治本作"擅香"，"擅"字形近而訛，據《説郛》萬曆本改。

18　"一錢"，《説郛》萬曆本脫。

19　"右，爲末，煉蜜爲丸，如雞頭，燒之。"一句，《説郛》弘治本無，據萬曆本補。

【金粟衙香】[1] 梅蠟香[2]（一兩），檀香（一兩，臘茶煮五七沸，二香同取末），黃丹（一兩），乳香（三錢），片腦（一錢），麝香（一字，研），杉木炭（二兩半[3]，爲末，秤），淨蜜（二斤半[4]）。

右，將蜜于坩堝密封，重湯煮[5]，滴入水中成珠[6]，方可用。與香末拌勻，入臼，杵千餘[7]，作劑。窨一月，分焫[8]。

【薰衣香】[9] 檀香[10]（拾兩，細剉，用蜜半斤，湯餅拌用一宿[11]。炒，令紫色[12]），箋香（五兩半，細剉），沉香（三兩半，細剉），甲香（二兩，修事了，用），杉木灰（二兩），好臘茶末（二錢，湯点取腳，用）。

右，爲末，煉蜜和勻，入瓶內，窨一月可用。

1　鋒按："金粟衙香"條，百川咸淳本、格致本、百川明末本、學津本、《説郛》弘治本、《説郛》萬曆本、洪譜四庫本皆無。陳譜煙雲本卷二"凝和諸香"部有之，條目後注小字"洪"據輯。《香乘》同，卷十四"法和衆妙香一"部有之，據校。

2　"梅臘香"，陳譜煙雲本作"旃臘香"，"旃"字訛，《香乘》作"梅臘香"，據改。

3　"二兩半"，《香乘》作"五錢"。

4　"二斤半"，《香乘》作"二兩半"。

5　"重湯煮"，陳譜煙雲本作"重湯蒸"，據《香乘》改。

6　"滴入水中成珠"，《香乘》作"滴水中成珠"，無"入"字。

7　"杵千餘"，《香乘》作"杵百餘"。

8　"分焫"，《香乘》作"分爇"。

9　鋒按："薰衣香"條，百川咸淳本及一衆校本皆無，據《説郛》弘治本、《説郛》萬曆本校補。

10　"檀香"，《説郛》弘治本作"擅香"，"擅"字形近而訛，據《説郛》萬曆本改。

11　"湯餅拌用一宿"，《説郛》弘治本作"湯解伴用一宿"，"解""伴"二字形近而訛。《説郛》萬曆本作"湯餅拌一宿"，無"用"字，"解""伴"二字據改。

12　"令紫色"，《説郛》萬曆本作"合紫色"，"合"字形近而訛。

【返魂梅】[1]黑角沉[2]（半兩），丁香（一分[3]），鬱金（半分，小者，麥麩炒，令赤色），膱茶末（一錢），麝香（一字），定粉（一米粒），白蜜（一盞，甑上蒸熟）。[4]

右，各爲末，麝先細研[5]。取膱茶之半，湯點，澄清調麝。次入沉香，次入丁香，次入鬱金，次入餘茶及定粉，共研細，乃入蜜，使[6]稀稠得所。收沙瓶器[7]中，窨月餘，取燒。久，則益佳。燒時，以雲母石或銀葉襯之。

黃太史跋云：余與洪上座同宿潭之碧湘門外舟中[8]。衡岳花光仲仁寄墨梅二枝[9]，扣舷[10]而至，聚觀于燈下[11]。余[12]曰：祗[13]欠香耳。洪咲發谷董囊[14]，取一炷焚之，如嫩寒清曉，行孤山籬落間。怪而問其所得。云，自東坡得于韓忠獻家[15]。知余[16]有香癖而不相授，豈小鞭其後之意乎[17]？洪駒父[18]集古今香方，自謂無以過此。余[19]以其名未顯，

1　鋒按："返魂梅"條，百川咸淳本、格致本、百川明末本、學津本、洪譜四庫本、《說郛》諸本皆無。陳譜煙雲本卷三"凝和諸香"部有之，條目作"韓魏公濃梅香"，據輯。條目後注小字"洪譜又名返魂香"。又，煙雲本條文末句云："余以其名未顯，易之爲返魂梅云。"據此，洪譜條目原作"返魂梅"，而非"返魂香"。《香乘》卷十八"凝和花香"部有之，條目亦作"韓魏公濃梅香"。條目後亦注小字"洪譜又名返魂梅"。條文小異，據校。

2　"黑角沉"，陳譜煙雲本作"墨角沉"，《香乘》作"黑角沉"，似以黑角沉爲是，據改。

3　"一分"，《香乘》作"一錢"。

4　返魂梅香方，《香乘》內容、順序小異，作"黑角沉半兩，丁香一錢，膱茶末一錢，鬱金五分小者麥麩炒赤色，麝香一字，定粉一米粒即韶粉，白蜜一錢"。

5　"麝先細研"，陳譜煙雲本作"射先細研"，"射"字訛。

6　"使"，《香乘》作"令"。

7　"沙瓶器"，《香乘》作"砂瓶器"。

8　"碧湘門外舟中"，《香乘》作"碧廂門外舟"，"廂"字形近音同而訛，"中"字脫。

9　"墨梅二枝"，《香乘》作"墨梅二幅"。

10　"扣舷"，《香乘》作"扣舟"。

11　"聚觀于燈下"，《香乘》作"聚觀於下"，"燈"字脫。

12　"余"，《香乘》作"予"。

13　"祗"，《香乘》作"秖"。

14　"谷董囊"，《香乘》作"囊"。

15　"自東坡得于韓忠獻家"，《香乘》作"東坡得於韓忠獻家"，"自"字脫。

16　"余"，《香乘》作"予"。

17　"豈小鞭其後之意乎"，《香乘》作"豈小鞭其後"。

18　"洪駒父"，《香乘》作"駒父"。

19　"余"，《香乘》作"予"。

易之爲"返魂梅"云[1]。

【笑蘭香】[2]白檀香、丁香、棧香（各一兩）[3]，甘松（半兩[4]），黃熟香（二兩），玄參[5]（一兩），麝香（一分[6]）。

右，除麝香別[7]研外，餘[8]六味同搗爲末，煉蜜溲拌成膏[9]，窨、焫[10]。

吳僧罄宜作《笑蘭香序》曰[11]：豈非韓魏公所謂濃梅[12]，山谷所謂藏春者耶[13]？其法以沉爲君，雞舌爲臣，北苑之麈[14]、柜邕十二葉之英、鉛華之粉、栢麝之臍爲佐，以百花之液爲使。一炷如彈子許[15]，油然鬱然[16]，若粿九畹之蘭，而浥百畝之蕙也[17]。

1　"易之爲'返魂梅'云"，《香乘》作"易之云"。

2　鋒按："笑蘭香"條，百川咸淳本、格致本、百川明末本、學津本、洪譜四庫本、《說郛》諸本皆無。陳譜煙雲本卷三"凝和諸香"部有之，條目後注小字"洪"，據輯。《香乘》卷十八"凝和花香"部有之，同注小字"洪"，據校。

3　"白檀香、丁香、棧香各一兩"，《香乘》作"白檀香一兩，丁香一兩，棧香一兩"。

4　"半兩"，《香乘》作"五錢"。

5　"玄參"，"玄"字，陳譜煙雲本缺末筆。

6　"一分"，《香乘》作"二錢"。

7　"別"，《香乘》作"另"。

8　"餘"，《香乘》作"令"，形近而訛。

9　"溲拌成膏"，陳譜煙雲本、《香乘》皆作"搜拌"，"搜"字形近而訛。"成膏"，《香乘》作"爲膏"。

10　"窨焫"，《香乘》作"蒸、窨如常法"，"蒸、窨"二字倒。

11　鋒按："吳僧罄宜作《笑蘭香序》曰"以下一段，《類說》北泉本卷四十九《香後譜》有之，條目作"笑蘭香"。陳譜煙雲本卷四"序"部亦有之，條目作"笑蘭香序"，後注小字"洪譜"。《香乘》卷十一"香事別錄"部亦有之，條目作"僧作笑蘭香"。陳譜煙雲本作"吳僧罄宜《笑蘭香序》曰"，無"作"字。《香乘》作"吳僧罄宜作《笑蘭香》"，無"序""曰"二字。"《笑蘭香序》"，《類說》北泉本作"笑蘭香予"，"予"字形近而訛。

12　"豈非韓魏公所謂濃梅"，《香乘》作"即韓魏公所謂濃梅"。

13　"山谷所謂藏春者耶"，陳譜煙雲本作"而黃太史所謂藏春者耶"，《香乘》作"山谷所謂藏春香也"，"香"字形近而訛。

14　"麈"，《香乘》作"鹿"，形近而訛。

15　"一炷如彈子許"，陳譜煙雲本、《香乘》皆作"一炷如芡子許"。

16　"油然欎然"，《香乘》前多"焚之"二字。

17　"浥"，《類說》北泉本作"挹"，形近而訛。陳譜煙雲本作"而浥百畝之蕙也"，據改。《香乘》作"百畝之蕙也"無"而浥"二字。

【供佛印香】[1]棧香（一斤），甘松（三両），零陵香（三両），檀香（一両），藿香（一両），白芷（半両），茅香（三分）[2]，甘草（三分）[3]，蒼龍腦[4]（三錢，別研）。

右，爲細末，如常法，點燒[5]。

【寶篆香】[6]沉香（一両），丁香皮（一両），藿香葉（一両），夾棧香（二両），甘松（半両），零陵香（半両），甘草（半両），甲香（半両，製），紫檀（三両）[7]，焰硝（一分）[8]。

右，爲末，和匀。作印時，旋加腦、麝各少許。

【丁晉公文房七寶香餅】[9]青州枣（一斤，和核用）[10]，木炭末（二斤）[11]，黃丹（半両），

---

1 鋒按："供佛印香"條，百川咸淳本、格致本、百川明末本、學津本、洪譜四庫本、《說郛》諸本皆無。陳譜煙雲本卷二有之，條目後注小字"洪"，據輯。《香乘》卷二十一"印篆諸香"部亦有之，條目同，據校。

2 "茅香三分"，《香乘》作"茅香五錢"。

3 "甘草三分"，《香乘》作"甘草五錢"。

4 "蒼龍腦"，《香乘》作"蒼腦"。

5 "如常法點燒"，《香乘》作"焚如常法"。

6 鋒按："寶篆香"條，百川咸淳本、格致本、百川明末本、學津本、洪譜四庫本、《說郛》諸本皆無。陳譜煙雲本卷二有之，條目後注小字"洪"，據輯。《香乘》卷二十一"印篆諸香"部亦有之，條目同，後亦注小字"洪"，據校。《類編》卷四十九"香方"部亦有之，條目作"篆香"，脫"寶"字，條文有異，作："海南水沉香（一兩），夾箋香（二兩），丁香皮（一兩），藿香葉（一兩），紫檀（三兩，炰熟），炙甘草（半兩），零陵香葉（半兩），甘松（半兩，爁），治甲香（半兩）。皆末之，甲乙下入鉢中，研勻，以甆合封半月。入焰硝一分，再研勻。右，薰衣用，白殭蠶湯煑之。作印時，旋入龍腦香，亦可不用，自一種香，可人意。

7 "紫檀三両"，《香乘》作"紫檀三両製"，多"製"字。

8 "焰硝一分"，《香乘》作"焰硝三分"。

9 鋒按："丁晉公文房七寶香餅"條，百川咸淳本、格致本、百川明末本、學津本、洪譜四庫本、《說郛》諸本皆無。陳譜煙雲本卷三"塗傅諸香"部有之，條目後注小字"洪"，據輯。《香乘》卷二十"香屬"部亦有之，條目同，據校。

10 "青州枣一斤和核用"，《香乘》作"青州棗一斤去核"。

11 "木炭末二斤"，《香乘》作"木炭二斤末"。

鉄屑（二両，針家有）[1]，定粉（一両）[2]，細墨（一両），丁香（二十粒）。

右，同擣爲膏[3]。如干[4]，再入枣。以模子脱作餅[5]，如錢許。每一餅，可經晝夜。

四、香之事

【述香】[6]《説文》曰[7]："芳也。[8]篆，從黍從甘。隸，省作香。[9]《春秋傳》曰：黍稷馨香。凡香之屬，皆從香。"香之遠聞，曰馨。香之美者[10]，曰馓（音使）。香之氣，曰馦（火兼反），曰醃（音淹），曰醞（於云反），曰馥（扶福反），曰馧（音愛），曰馪（方減反），曰馪（音繽），曰馢（音賤），曰馛（步末反），曰馝（匹結反），曰馣（滿結反），[11]曰馞（音悖），曰馠（火含反[12]），曰馩（音焚），曰馚（上同），曰䴳（奴昆反），曰馪（音彭，馪，馪大香），曰馟（他胡反），曰馦（音倚），曰馜（音你），曰馎（普沒反），曰馦（滿結反），曰酥（普減反），曰馩（鳥孔反），曰馩（音瓢）。[13]

1　"鉄屑二両針家有"，《香乘》作"鐵屑二両"，無"針家有"三字。
2　"定粉一両"，陳譜煙雲本作"粉一両"，脱"定"字，據《香乘》補。
3　"同擣爲膏"，陳譜煙雲本作"同擣膏"，脱"爲"字，據《香乘》補。然《香乘》作"用擣爲膏"，"用"字形近而訛。
4　"如干"，《香乘》作"如乾時"，多"時"字。
5　"以模子脱作餅"，陳譜煙雲本作"以模之脱作餅"，"之"字訛，據《香乘》改。
6　鋒按："述香"條，《説郛》弘治本、《説郛》萬曆本皆無。陳譜煙雲本卷首《序》有之，然無"述香"之條目。《香乘》卷十三"香緒餘"部有之，條目作"香字義"。
7　"《説文》曰"，陳譜煙雲本作"許氏《説文》云"。
8　"芳也"，陳譜煙雲本作"香，芳也"，《香乘》作"氣芬芳也"。
9　"隸省作香"，《香乘》作"徐鉉曰：稼穡作甘。黍甘作香，隸作香。又，蒭與香同"。
10　"香之美者"，《香乘》作"香之美"，無"者"字。
11　"曰馝，匹結反。曰馣，滿結反"，《香乘》作"曰馣，音弼。曰馝，上同"。
12　"火含反"，《香乘》作"天含反"，"天"字訛。
13　"香之美者……音瓢"，陳譜煙雲本作"香之美者，曰馓，疎上切。香之氣，曰馦，許兼切。曰醃，鳥合切。曰醞，於去切。曰馥，扶福切。曰馧，於蓋切。曰馣，同上。曰馪，匹民切。曰馢，則前切。曰馛，蒲撥切。曰馝，匹結切。曰馣，毗必切。曰馞，蒲沒切。曰馠，火含切。曰馩，符分切。曰馚，同上。曰馪，云蜜切。曰䴳，奴昆切。曰馪，薄唐切。曰馟，陁胡切。曰馦，於綺切。曰馜，女氏切。曰馎，普沒切。曰馣，滿結切。曰酥，普減切。曰馩，鳥孔切。曰馩，符宵切。曰馞，步結切。曰馧，許葛切。曰馡，甫微切"。"音瓢"二字，《香乘》後多"曰馡，甫微切。曰馧，音餒。曰馚，音含。馚，馚香也。曰馩，毗招切。曰馨，魚畏切"。

至治馨香。《尚書》曰："至治馨香，感于神明。"

有飶其香。《毛詩》："有飶其香，邦家之光。"

其香始升。《毛詩》："其香始升，上帝居歆。"

昭其馨香。《國語》："其德足以，昭其馨香。"

國香。《左傳》："蘭有國香。"

久而不聞其香。《國語》："入芝蘭之室，久而不聞其香。"[1]

【香序】[2]宋范曄[3]，字蔚宗，撰《和香方》，其《序》云[4]："麝本多忌，過分必害[5]。沈實易和，盈斤無傷[6]。零藿燥虛[7]，詹糖[8]粘濕。甘松、蘇合、安息、鬱金、棕

---

1 "久而不聞其香"，百川咸淳本、格致本、百川明末本、洪譜四庫本皆作"久而聞其香"，據陳譜煙雲本改。"至治馨香……不聞其香"，陳譜煙雲本爲其《序》之末尾："至治馨香，感於神明。(《書·君陳》) 弗惟德馨香。(《書·酒誥》) 其香始升，上帝居歆。(《詩·生民》) 有飶其香，邦家之光。(《詩·載芟》) 黍稷馨香。(《左傳》) 其德足以，昭其馨香。(《國語》) 如入芝蘭之室，久而不聞其香。(《家語》)"《香乘》無。

2 鋒按："香序"條，百川明末本"香之品"前，卷首有之。《説郛》弘治本、《説郛》萬曆本訛脱甚多，前者條文作："宋范曄，字蔚宗，撰香序云：麝本多妄，過分必害。沉實易和，盈斤無傷。零藿慘虐，詹糖粘濕。甘松、蘇合、安息、鬱金，并被於外國，無取於中華。又棗膏昏蒙，甲煎淺俗，非惟無助於馨烈，乃當稱增於尤疾也。此序所言，悉以比類士：麝本多妄，比庾憬之。棗膏氏蒙，比羊玄保。甲煎淺俗，比徐湛之。"後者條文作："宋范曄，字蔚宗，撰香序云：麝本多妄，分過心害。沉實易和，盈斤無傷。零藿慘虐，詹塘粘温。甘松、蘇合、安息、禦金，并被於外國，無取於中華。又棗膏昏蒙，甲煎淺俗，非惟無助於馨烈，乃當彌增於尤疾也。此序所言，悉以比類朝士：麝本多妄，比庾憬之。棗膏昏蒙，比羊玄保。甲煎漫浴，比徐甚之。"陳譜煙雲本卷四"序"部有之，條目作"和香序"，後注小字"范蔚宗"。《香乘》卷二十八"香文彙"部有之，條目亦作"和香序"，後注"范曄"。

3 "范曄"，洪譜四庫本作"范煜"，"煜"字訛。

4 "宋范曄，字蔚宗，撰《和香方》，其《序》云"十三字，陳譜煙雲本、《香乘》皆無。

5 "過分必害"，《香乘》作"過分即害"。

6 "盈斤無傷"，《香乘》作"過斤無傷"。

7 "燥虛"，百川咸淳本作"慘虐"，形近而訛，據陳譜煙雲本、《香乘》改。

8 "詹糖"，陳譜煙雲本作"詹唐"，"唐"字訛。《香乘》作"蒼糖"。

多[1]、和羅之屬，并被珍於外國[2]，無取於中土。又棗膏昏懞[3]，甲煎淺俗[4]，非惟無助於馨烈，乃當彌增於尤疾也。”

此序所言，悉以比類朝士[5]：麝本多忌[6]，比庾炳之[7]。棗膏昏懞[8]，比羊玄保。甲煎[9]淺俗，比徐湛之[10]。甘松蘇合，比惠休道人。沈實易和，蓋自比也。

【香尉】[11]《述异記》[12]："漢雍仲子[13]進南海香物，拜洛陽尉[14]，人謂之香尉[15]。"

1　"椒多"，陳譜煙雲本、《香乘》皆作"捺多"。

2　"并被珍於外國"，百川咸淳本、格致本、百川明末本、洪譜四庫本、陳譜煙雲本、《香乘》皆脱"珍"字，據學津本補。

3　"昏懞"，陳譜煙雲本、《香乘》皆作"昏蒙"，"懞"作"蒙"。

4　"甲煎淺俗"，百川咸淳本、格致本、百川明末本、學津本、洪譜四庫本、《香乘》皆作"甲餕淺俗"，"餕"字訛。陳譜煙雲本作"比甲棧淺俗"，多"比"字，"棧"字訛。

5　"比類朝士"，《香乘》作"比士類"。

6　"麝本多忌"，陳譜煙雲本作"麝香多忌"。

7　"庾炳之"，百川咸淳本、格致本、百川明末本、學津本、洪譜四庫本、陳譜煙雲本皆作"庾憬之"，"憬"字訛。《香乘》作"庾景之"，"景"字亦訛。

8　"昏懞"，陳譜煙雲本、《香乘》皆作"昏蒙"，"懞"作"蒙"。

9　"甲煎"，百川咸淳本、格致本、百川明末本、學津本、洪譜四庫本、《香乘》皆作"甲餕"，"餕"字訛。陳譜煙雲本作"甲棧"，"棧"字訛。

10　"徐湛之"，陳譜煙雲本作"徐諶之"，"諶"字訛。

11　鋒按："香尉"條，《說郛》萬曆本訛誤甚多："《述异記》曰：漢維仲子遊南海香物，拜語湯尉，時謂之香尉也。"陳譜煙雲本卷四"事類"部有之。《香乘》卷十三"香事別録"部有之。

12　"《述异記》"，《說郛》弘治本後多"曰"字。陳譜煙雲本、《香乘》皆作條文末尾小字注。

13　"雍仲子"，《說郛》弘治本作"維仲子"，"維"字訛。

14　"洛陽尉"，百川咸淳本、格致本、百川明末本、學津本、《說郛》弘治本、《說郛》萬曆本、洪譜四庫本皆作"涪陽尉"，"涪"字訛。《香乘》作"雒陽尉"。據陳譜煙雲本改。

15　"人謂之香尉"，《說郛》弘治本作"時謂之香尉"。

【香市】[1]《述异記》曰[2]："南方[3]有香市，乃商人交易香處[4]。"

【薰爐】[5]應劭《漢官儀》曰[6]："尚書郎入直臺中，給女侍史二人，皆選端正[7]。指使從直，女侍史執香爐，燒薰[8]以從，入臺中，給使護衣。"

【懷香】[9]《漢官典職》曰[10]："尚書郎懷香握蘭[11]，趨走丹墀。"

【香戶】[12]《述异記》曰[13]："南海郡，有採香戶[14]。"

1　鋒按："香市"條，《説郛》弘治本、《説郛》萬曆本皆有之。陳譜煙雲本卷四"事類"部有之。《香乘》卷九"香事分類上"部有之。

2　"《述异記》曰"，《説郛》弘治本、《説郛》萬曆本皆無，陳譜煙雲本作條文末尾小字注"《述异記》"，《香乘》作條文末尾小字注"同上"。

3　"南方"，《説郛》弘治本、《説郛》萬曆本皆作"南海"。《香乘》作"日南"。

4　"乃商人交易香處"，《説郛》弘治本作"以香交易也"。《説郛》萬曆本作"以火交易也"，"火"字訛。《香乘》作"商人交易諸香處"。

5　鋒按："薰爐"條，陳譜煙雲本卷四"事類"部有之。《香乘》卷二十六"香爐類"部有之。

6　"應劭《漢官儀》曰"，陳譜煙雲本、《香乘》皆作條文末尾小字注"《漢官儀》"。

7　"皆選端正"，陳譜煙雲本作"聞選端正"，"聞"字訛。

8　"燒薰"，《香乘》作"熏香"。

9　鋒按："懷香"條，《説郛》弘治本、《説郛》萬曆本皆有之。陳譜煙雲本卷四"事類"部有之。《香乘》卷二"香品"部有之，然混入"含雞舌香"條，與底本密切相關者如下："尚書郎含雞舌香，伏奏事，黃門郎對揖跪受。故稱尚書郎懷香握蘭。（《漢官儀》）"

10　"《漢官典職》曰"，百川咸淳本作"《漢官興職》曰"，"興"字形近而訛。《説郛》弘治本、《説郛》萬曆本皆作條文末尾小字注"《漢官典職》"，據改。陳譜煙雲本作條文末尾小字注"《漢官儀》"。《漢官典職》，全名《漢官典職儀式選用》，漢·蔡質撰。

11　"尚書郎"，百川咸淳本、格致本、百川明末本皆作"尚書即"，形近而訛。"尚書郎懷香握蘭"，《説郛》弘治本、《説郛》萬曆本皆作"漢尚書郎懷香椢蘭"，"椢"字形近而訛。

12　鋒按："香戶"條，《説郛》弘治本、《説郛》萬曆本皆有之。陳譜煙雲本卷四"事類"部有之。《香乘》卷九"香事分類上"部有之。

13　"《述异記》曰"，《説郛》弘治本、《説郛》萬曆本皆無，陳譜煙雲本、《香乘》皆作條文末尾小字注"《述异記》"。

14　"南海郡有採香戶"，《説郛》弘治本作"南海群有采香戶"，"群"字訛，"採"作"采"。

【香洲】[1]《述异記》曰[2]："朱崖郡洲中[3]，出諸异香，往往有不知名者[4]。"

【披香殿】[5]漢宮閣名[6]。長安有合歡殿、披香殿。

【採香徑】[7]《郡國志》[8]："吳王闔閭，起響屧廊、採香徑[9]。"

【嗒香】[10]《杜陽編》[11]："元載寵姬薛瑤英母趙娟[12]，幼以香嗒英，故肌肉悉香[13]。"

---

1 鋒按："香洲"條，《説郛》弘治本、《説郛》萬曆本條目皆作"香州"，條文訛脱甚多，前者作："在朱崖郡州中，出諸异香。"後者作："在采崖郡州中，出朱异香。""采""朱"字訛。陳譜煙雲本卷四"事類"部有之。《香乘》卷九"香事分類上"部有之。

2 "《述异記》曰"，陳譜煙雲本、《香乘》皆作條文末尾小字注"《述异記》"。

3 "朱崖郡洲中"，《香乘》作"香洲在朱崖郡洲中"。

4 "往往有不知名者"，《香乘》作"往往不知名焉"。

5 鋒按："披香殿"條，《説郛》弘治本、《説郛》萬曆本條文皆僅作"漢宮有披香殿"，陳譜煙雲本卷四"事類"部有之，條文末尾小字注"《郡國志》"。《香乘》條文末尾小字注"同上"，卷十"香事分類下"部有之。

6 "漢宮閣名"，陳譜煙雲本、《香乘》皆作"漢宮闕名"。

7 鋒按："採香徑"條，《説郛》萬曆本條目作"採香經"，形近而訛。陳譜煙雲本卷四"事類"部有之。《香乘》卷十"香事分類下"部有之。

8 "《郡國志》"，《説郛》弘治本、《説郛》萬曆本皆無，陳譜煙雲本、《香乘》皆作條文末尾小字注。

9 "起響屧廊、採香徑"，《説郛》萬曆本作"起響廊、採香經"，"屧"字脱，"經"字訛。

10 鋒按："嗒香"條，《説郛》弘治本、《説郛》萬曆本皆有之。陳譜煙雲本卷四"事類"部有之。《香乘》卷十一"香事別録"部有之，條目作"瑤香留嗒"，且條文大异："元載寵姬薛瑤英，攻詩書，善歌舞。仙姿玉質，肌香體輕，雖旋波搖光，飛燕綠珠不能過也。瑤英之母趙娟，亦本岐王之愛妾，後出爲薛氏之妻，生瑤英，而幼以香嗒之，故肌香也。元載處，以金絲之帳，卻塵之褥。（同上）"

11 "《杜陽編》"，《説郛》弘治本、《説郛》萬曆本皆作"《杜陽雜縮》"，"縮"字訛。陳譜煙雲本作條文末尾小字注。《香乘》作條文末尾小字注"同上"。

12 "元載寵姬薛瑤英母趙娟"，《説郛》弘治本、《説郛》萬曆本皆作"元載寵姬薛瑤英母"，無"趙娟"二字。陳譜煙雲本作"唐元載寵姬薛瑤英母趙娟"，多"唐"字。

13 "幼以香嗒英，故肌肉悉香"，《説郛》弘治本作"以香嗒瑤英，故肌肉皆香"，《説郛》萬曆本作"以香焰瑤英，故肥肉皆香"，"焰""肥"字訛。

【愛香】¹《襄陽記》²："劉季和性愛香，常如廁，還輒過香爐上³。主簿張坦曰：人名公作俗人⁴，不虛也。季和曰：荀令君至人家，坐席三日香。爲我如何⁵？坦曰：醜婦効顰，見者必走。公欲坦遁走邪？⁶季和大笑。"

【含香】⁷應劭《漢官》曰⁸："侍中刁存，年老口臭⁹。上出雞舌香¹⁰，含之¹¹。"

【竊香】¹²《晉書》¹³："韓壽，字德真¹⁴，爲賈充司空掾。充女窺見壽而悅焉¹⁵，因婢

1　鋒按："愛香"條，陳譜煙雲本卷四"事類"部有之。《香乘》卷十一"香事別録"部有之，條目作"劉季和愛香"。

2　"《襄陽記》"，陳譜煙雲本作條文末尾小字注，《香乘》作條文末尾小字注"同上"。

3　"還輒過香爐上"，《香乘》作"還輒過香爐上薰"，多"薰"字。

4　"人名公作俗人"，《香乘》作"人言名公作俗人"，多"言"字。

5　"爲我如何"，陳譜煙雲本作"爲我何如"，《香乘》脱。

6　"公欲坦遁走邪"，百川咸淳本、格致本、百川明末本、學津本、洪譜四庫本、陳譜煙雲本皆脱"坦"字。《香乘》作"公欲坦遁去邪"，"走"字作"去"，據補"坦"。

7　鋒按："含香"條，《説郛》萬曆本條目作"念香"，形近而訛。陳譜煙雲本卷四"事類"部有之，然條文大異，與底本密切相關者如下："漢桓帝時，侍中刁存年老口臭，上出雞舌香，使含之。"《香乘》卷二"香品"部有之，條目作"含雞舌香"，爲其後半部分。然條文大異，與底本密切相關者如下："桓帝時，侍中刁存年老口臭，上出雞舌香，與含之。"

8　"應劭《漢官》曰"，《説郛》弘治本、《説郛》萬曆本皆作"應劭"。陳譜煙雲本作條文末尾小字注"《漢官儀》"，《香乘》無。

9　"侍中刁存年老口臭"，《説郛》弘治本作"至侍中年老口嗅"，《説郛》萬曆本作"至侍中年老口臭"。

10　"上出雞舌香"，《説郛》弘治本、《説郛》萬曆本皆作"帝賜雞舌香"。

11　"含之"，《説郛》萬曆本作"念之"，形近而訛。

12　鋒按："竊香"條，《説郛》弘治本、《説郛》萬曆本訛脱甚多，前者作"《晉》：韓壽，字得真，爲賈充司空掾。充女窺見壽而悅焉，因侍者通殷勤。壽踰域而至。西域有貢奇香，一着人肌，經月不歇，帝以賜充，其女密盜以遺壽。充聞其香，意知女與壽通，遂祕之，因妻焉"。後者作"《晉》：韓壽，字德真，爲賈克司空掃。充女窺見壽而悅焉，因侍香通殷勤。奇域而至。西域有貢奇香，一着人肌，經月不歇，帝以賜中充，其女密盜如遺壽。充聞其香，意知女與壽通，遂祕之，因妻焉"。陳譜煙雲本卷四"事類"部有之。《香乘》卷八"香异"部有之，條目作"西域奇香"。

13　"《晉書》"，陳譜煙雲本作條文末尾小字注"《晉書本傳》"，《香乘》無。

14　"字德真"，《香乘》無。

15　"充女窺見壽而悅焉"，《香乘》作"充女窺其壽而悅焉"，"其"字訛。

通殷勤。[1] 壽踰垣而至。時西域有貢奇香[2]，一着人，經月不歇，帝以賜充，其女密盜以遺壽。後充與壽宴，聞其芬馥[3]，意知女與壽通，遂祕之，以女妻壽。[4]”

【香囊】[5] 謝玄常佩紫羅香囊[6]。謝安患之，而不欲傷其意，因戲賭，取焚之[7]，玄遂止[8]。又，古詩云：“香囊懸肘後[9]。”

【沉香床】[10]《异苑》：“沙門支法存有八尺沉香板床，刺史王淡息切求不與，遂殺而籍焉。後淡息疾，法存出為祟。”

【金爐】[11] 魏武《上雜物疏》曰[12]：“御物三十種[13]，有純金香爐一枚。”

1　“充女窺見壽而悅焉，因婢通殷勤”，陳譜煙雲本作“女竊見壽而悅之，因婢適殷勤”，“適”字形近而訛。

2　“時西域有貢奇香”，陳譜煙雲本作“時西域有貴奇香”，“貴”字形近而訛。

3　“聞其芬馥”，學津本作“謂其芬馥”。

4　“聞其芬馥……以女妻壽”，陳譜煙雲本作“同其芬馥，計武帝所賜，惟己及陳騫家，餘無此。疑壽與女通，乃取左右婢考，問即以狀言，充秘之，以女妻壽”。

5　鋒按：“香囊”條，《説郛》弘治本、《説郛》萬曆本、陳譜煙雲本卷四“事類”部、《香乘》皆有之。《香乘》條目作“紫羅香囊”。

6　“謝玄常佩紫羅香囊”，學津本作“謝元常佩紫羅香囊”，“元”字避清帝玄燁諱。《説郛》弘治本、《説郛》萬曆本皆作“謝玄嘗佩紫羅香囊”。陳譜煙雲本作“晉謝玄常佩紫羅香囊”，多“晉”字，“玄”字缺末筆。

7　“取焚之”，《説郛》萬曆本作“取裝之”，“裝”字訛。陳譜煙雲本作“而取焚之”，多“而”字。

8　“玄遂止”，學津本作“元遂止”，“元”字避清帝玄燁諱。《説郛》弘治本、《説郛》萬曆本皆脱，陳譜煙雲本“玄”字缺末筆。

9　“香囊懸肘後”，《説郛》弘治本作“香囊懸肘復”，“復”字訛。《説郛》萬曆本作“香囊懸時後”，“時”字形近而訛。

10　鋒按：“沉香床”條，《説郛》弘治本、《説郛》萬曆本皆無。百川咸淳本、格致本、百川明末本、學津本、洪譜四庫本條文僅作“《异苑》：沙門支法有八尺沉香床。”陳譜煙雲本卷四“事類”部有之，條文作“沙門支法有八尺沉香床。(《异苑》)”《香乘》卷一“香品”部有之，條目作“沉香板床”，條文據《太平御覽》《香乘》補。

11　鋒按：“金爐”條，《説郛》弘治本、《説郛》萬曆本皆無。陳譜煙雲本卷四“事類”部有之。《香乘》卷二十六“香爐類”部有之，條目作“金銀銅香爐”。

12　“《上雜物疏》曰”，陳譜煙雲本作條文末尾小字注“《雜物疏》”，《香乘》作條文末尾小字注“魏武《上雜物疏》”。

13　“御物三十種”，陳譜煙雲本作“上御物三十種”，多“上”字。

【博山香爐】[1]《東宮故事》曰[2]：“皇太子[3]初拜，有銅博山香爐。” 《西京雜記》：“丁緩又作‘九層博山香爐’。”[4]

【被中香爐】[5]《西京雜記》：“被中香爐，本出房風，其法後絕。長安巧工丁緩始更之[6]，機環運轉四周，而爐體常平，可置之於被褥，故以爲名。”

【沉香火山】[7]《杜陽編》[8]：“隋煬帝每除夜，殿前設火山數十，皆沉香木根。每一山[9]，焚沉香數車，暗即以甲煎沃之。香聞數十里。”

---

1 鋒按：“博山香爐”條，《説郛》弘治本條目作“山香爐”，“博”字脱，且條文訛脱甚多：“皇子初拜，有銅博山。乃東宮舊事也。後丁緩又作九層博山爐。”《説郛》萬曆本亦訛脱甚多：“皇乎初拜，有銅博山。乃東宮舊事也。後丁緩又作九層博山爐。”陳譜煙雲本卷四“事類”部有之。《香乘》卷二十六“香爐類”部有之，爲“博山香爐”之三：“皇太子服用，則有銅博山香爐一。（晉《東宮舊事》）”

2 “《東宮故事》曰”，陳譜煙雲本作條文末尾小字注“《東宮故事》”。

3 “皇太子”，洪譜四庫本作“黃太子”，音近而訛。

4 “《西京雜記》：丁緩又作九層博山香爐”，陳譜煙雲本作“丁緩作九層博山香爐，鏤以奇禽怪獸，皆自然能動。（《西京雜記》）”《香乘》卷二十六“香爐類”部有之，條目作“九層博山爐”，條文作“長安巧工丁緩，製九層博山香爐，鏤爲奇禽怪獸，窮諸靈異，皆自然運動。（《西京雜記》）”《西京雜記》作：“長安巧工，爲常滿燈，七龍五鳳，雜以芙蓉、蓮藕之奇。又作臥褥香爐，本出房風，其法後絕。至緩，始更爲之，設機環轉，運四周而爐體常平，可置之被褥中，故以爲名。又作九層博山香爐，鏤爲奇禽怪獸，窮諸靈異，皆自然運動。又作七輪扇，七輪大皆徑尺，遞相連續，一人運之，滿堂寒顫。”

5 鋒按：“被中香爐”條，《説郛》弘治本、《説郛》萬曆本條文皆僅作“長安巧工上丁緩始爲之，機環運轉四周，而爐體常平，可置之被褥間”。陳譜煙雲本卷四“事類”部、《香乘》卷二十六“香爐類”部皆有之，然條文各自均頗有異同。

6 “始更之”，學津本作“始更爲之”，多“爲”字。

7 鋒按：“沉香火山”條，《説郛》弘治本、《説郛》萬曆本皆訛脱甚多，前者條文作：“隋煬，除夜，殿前設大山數，皆十沉水木根。每一山，焚沉香數車，暗則以甲煎妖之。”後者條文作：“隋煬帝，每除夜，殿前設火山數十，皆沉水木根。每一山，焚沉香數車，暗則以甲煎沃之。”陳譜煙雲本卷四“事類”部有之，條文同，唯末尾註小字“（《續世説》）”。《香乘》卷一“香品”部亦有之，然條文大異。

8 “《杜陽編》”，陳譜煙雲本無。

9 “每一山”，百川明末本作“每山”，無“一”字。

【檀香亭】[1]《杜陽編》[2]：“宣州觀察使楊牧，造檀香亭子。初成，命賓樂之[3]。”

【沉香亭】[4]《李白後集序》[5]：“開元中[6]，禁中初重木芍藥[7]，即今牡丹也。得四本，紅、紫、淺紅、通白者。上因移植於興慶池東，沉香亭前。[8]“

【五色香煙】[9]《三洞珠囊》[10]：“許遠遊燒香，皆五色香煙出。”[11]

1　鋒按：“檀香亭”條，《說郛》弘治本、《說郛》萬曆本皆僅作“豈州觀察使楊牧造之”，“豈”字訛。《香乘》卷二“香品”部有之，然條目作“白檀香亭子”，且條文大異：“李絳子璋爲宣州觀察使。楊牧造白檀香亭子，初成，會親賓觀之。先是璋潛遣人度其廣袤，織成地毯，其日獻之。（《杜陽雜編》）”此條，陳譜煙雲本卷四“事類”部有之，條文同。《香乘》卷二“香品”部有“白檀香亭子”條，然條文大異。

2　“《杜陽編》”，陳譜煙雲本作條文末尾小字注。

3　“命賓樂之”，陳譜煙雲本作“命賓落之”，“落”字訛。

4　鋒按：“沉香亭”條，《香乘》卷十“香事分類下”部有之，然條文大異：“唐明皇與楊貴妃於沉香亭賞木芍藥，不用舊樂府，召李白爲新詞，白獻《清平調》三章。”

5　“《李白後集序》”，《說郛》弘治本、《說郛》萬曆本皆作“《李白後序》”，“集”字脫。陳譜煙雲本作條文末尾小字注“《李白集》”。

6　“開元中”，陳譜煙雲本作“開元”，無“中”字。

7　“木芍藥”，《說郛》萬曆本作“本芍藥”，形近而訛。

8　“上因移植於興慶池東，沉香亭前”，《說郛》弘治本作“上因移植於沉香亭前”，《說郛》萬曆本作“止因移植於沉香亭前”，“止”字訛。

9　鋒按：“五色香煙”條，《說郛》弘治本、《說郛》萬曆本皆無，《香乘》卷八“香異”部有之。

10　“《三洞珠囊》”，陳譜煙雲本作條文末尾小字注，《香乘》作條文末尾小字注“同上”。

11　許邁：唐·房玄齡等《晉書·許邁傳》：“許邁，字叔玄，一名映，丹陽句容人也。家世士族，而邁少恬靜，不慕仕進。未弱冠，嘗造郭璞。璞爲之筮，遇《泰》之《大蓄》，其上六爻發。璞謂曰：君元吉自天，宜學升遐之道……常服氣，一氣千餘息。永和二年，移入臨安西山，登巖茹芝，眇爾自得，有終焉之志。乃改名玄，字遠遊。”

【香珠】[1]《三洞珠囊》[2]："以雜香擣之[3]，丸如梧桐子大[4]，青繩穿[5]。此[6]三皇真元之香珠也。燒之，香徹天。"

【金香】[7]右司命君王易度[8]，游於東板，廣昌之城，長樂之鄉。天女灌以平露金香、八會之湯[9]、瓊鳳玄脯[10]。

【鵲尾香爐】[11]宋玉賢[12]，山陰人也。既稟女質，厥志彌高自專[13]。年及笄，應適。女兄許氏，密具法服登車。既至夫門，時及交禮，更著黃巾裙，手執鵲尾香爐，不親婦禮。賓主[14]駭愕。夫家力不能屈，乃放還。遂出家[15]，梁大同初，隱弱溪之間[16]。

【百刻香】[17]近世尚奇者，作香篆。其文準十二辰，分一百刻。凡然，一晝夜已[18]。

1 　鋒按："香珠"條，《説郛》弘治本、《説郛》萬曆本皆無。《香乘》卷二十"香屬"部有之，然條目作"香珠燒之香徹天"。

2 　"《三洞珠囊》"，陳譜煙雲本、《香乘》皆作條文末尾小字注。

3 　"以雜香擣之"，《香乘》前多"香珠"二字。

4 　"丸如梧桐子大"，陳譜煙雲本、《香乘》皆作"丸如桐子大"，脱"梧"字。

5 　"青繩穿"，陳譜煙雲本作"青繩穿之"，多"之"字。

6 　"此"，陳譜煙雲本作"此即"，多"即"字。

7 　鋒按："金香"條，《説郛》弘治本、《説郛》萬曆本皆無。陳譜煙雲本卷一"香異"部有之。《香乘》卷八"香异"部有之，然條目作"平露金香"，條文末尾作小字注《三洞珠囊》。

8 　"右司命君王易度"，陳譜煙雲本前多"《三洞珠囊》云"。

9 　"八會之湯"，陳譜煙雲本作"八會陽珍"。

10 　"瓊鳳玄脯"，學津本作"瓊鳳元脯"，"元"字避清帝玄燁諱。

11 　鋒按："鵲尾香爐"條，《説郛》弘治本、《説郛》萬曆本皆無。陳譜煙雲本卷四"爐"部有之。《香乘》卷二十六"香爐類"部有之，爲"鵲尾香爐"條之二。

12 　"宋玉賢"，陳譜煙雲本作"宋玉堅"，訛。《香乘》作"宋王賢"，亦訛。

13 　"自專"，學津本作"自占"，訛。"厥志彌高自專"，陳譜煙雲本作"厥志彌齊自專"，"齊"字訛。《香乘》作"厥志彌高"，無"自專"二字。

14 　"賓主"，《香乘》作"賓客"。

15 　"遂出家"，《香乘》作"出家"，"遂"字脱。

16 　"弱溪之間"，陳譜煙雲本作"弱溪之門"，"門"字訛。

17 　鋒按："百刻香"條，《説郛》弘治本、《説郛》萬曆本、陳譜煙雲本、《香乘》皆無。

18 　"凡然一晝夜已"，洪譜四庫本作"凡然一晝夜乃已"，多"乃"字。

【水浮香】¹然紙灰以印香篆，浮之水面，爇竟不沉。

【香獸】²以塗金爲狻猊³、麒麟、鳧鴨之狀，空中以然香，使煙自口出，以爲玩好。復有⁴雕木、埏土爲之者⁵。

【香篆】⁶鏤木以爲之，以範香塵爲篆文⁷，然於飲席或佛像⁸前，往往有至二三尺徑⁹者。

【焚香讀孝經】¹⁰《陳書》¹¹：“岑之敬，字思禮¹²，淳謹有孝行。五歲讀《孝經》，必焚香正坐。”

【防蠹】¹³徐陵《玉臺新詠序》曰¹⁴：“辟惡生香，聊防羽陵之蠹。”

1　鋒按：“水浮香”條，《説郛》弘治本、《説郛》萬曆本、陳譜煙雲本、《香乘》皆無。
2　鋒按：“香獸”條，《説郛》弘治本、《説郛》萬曆本皆無。陳譜煙雲本卷四“事類”部有之，條文末尾注小字“洪譜”。《香乘》卷十“香事分類下”部有之。又：“香獸”條，百川咸淳本、格致本、百川明末本、學津本、洪譜四庫本皆與上則“水浮香”條，混而爲一。
3　“以塗金爲狻猊”，《香乘》前多“香獸”二字。
4　“復有”，陳譜煙雲本無。
5　“埏土爲之者”，洪譜四庫本作“埏土以爲之者”，多“以”字。
6　鋒按：“香篆”條，《説郛》弘治本、《説郛》萬曆本皆無。陳譜煙雲本卷四“事類”部有之，條文末尾注小字“洪譜”。《香乘》卷十三“香緒餘”部有之，然條目作“香範”。
7　“鏤木以爲之，以範香塵爲篆文”，陳譜煙雲本作“鏤木爲篆紋，以之範香塵”。
8　“佛像”，陳譜煙雲本作“佛”，無“像”字。
9　“尺徑”，《香乘》作“尺”，無“徑”字。
10　鋒按：“焚香讀孝經”條，《説郛》弘治本、《説郛》萬曆本皆無。陳譜煙雲本卷四“事類”部有之，條文末尾小字注“《南史》”。《香乘》卷十一“香事別録”部有之。
11　“《陳書》”，陳譜煙雲本、《香乘》皆作條文末尾小字注“《南史》”。
12　“岑之敬，字思禮”，《香乘》作“岑文敬”，訛。
13　鋒按：“防蠹”條，《説郛》弘治本、《説郛》萬曆本皆無，陳譜煙雲本卷四“事類”部有之，《香乘》無。
14　“徐陵《玉臺新詠序》曰”，陳譜煙雲本作條文末尾小字注“《玉臺新詠序》”。

【香溪】[1]吳故宮有香溪[2]，乃西施浴處[3]，又呼爲脂粉溪[4]。

【床畔香童】[5]《天寶遺事》[6]："王元寶[7]好賓客，務於華侈，罥玩服用借於王公，而四方之士盡歸仰焉[8]。常於寢帳床前，刻矮童二人，捧七寶博山香爐[9]，自暝焚香徹曙。其驕貴如此。"

【四香閣】[10]《天寶遺事》云[11]："楊國忠嘗用沉香爲閣，檀香爲欄檻[12]，以麝香[13]、乳

1　鋒按："香溪"條，陳譜煙雲本卷四"事類"部有之，條文末尾注小字"洪譜"。《香乘》卷九"香事分類上"部有之，然條目作"香水"，且條文大异，與底本密切相關者如下："香水在并州，其水香潔，浴之去病。吳故宮亦有香水溪，俗云西施浴處，呼爲脂粉塘。"

2　"吳故宮有香溪"，百川咸淳本、格致本、百川明末本、學津本皆作"吳宮故有香溪"，"宮故"二字倒。《說郛》弘治本、《說郛》萬曆本皆作"吳故宮有香溪"，據改。陳譜煙雲本作"吳宮有香水溪"。

3　"乃西施浴處"，《說郛》弘治本、《說郛》萬曆本皆作"是浴西施處"，陳譜煙雲本作"俗云西施浴處"。

4　"脂粉溪"，陳譜煙雲本作"脂粉塘"，且後注小字"洪譜"。

5　鋒按："床畔香童"條，《說郛》弘治本、《說郛》萬曆本條目皆作"香童"，且條文大异："《天寶遺事》：元寶好賓客，常於寢帳床前，令女童二人，捧七寶博山爐，自暝徹曉。"《說郛》萬曆本混於"香溪"條末，條文亦大异："《天室遺事》：元寶好賓客，常於寢帳床前，金女童二人，捧七寶博山爐，自暝徹曉。"陳譜煙雲本卷四"事類"部有之，然條目作"香童"。《香乘》卷十一"香事別錄"部有之，條目亦作"香童"。

6　"《天寶遺事》"，陳譜煙雲本、《香乘》皆作條文末尾小字注。

7　"王元寶"，格致本、百川明末本皆作"王元賓"，"賓"字訛，陳譜煙雲本作"唐元寶"，《香乘》作"元寶"。

8　"盡歸仰焉"，陳譜煙雲本作"有仰歸焉"，"有"字訛。《香乘》作"盡仰歸焉"。

9　"常於寢帳床前，刻矮童二人，捧七寶博山香爐"，《香乘》作"常於寢帳前，雕矮童二人，捧七寶博山爐"。

10　鋒按："四香閣"條，《說郛》弘治本、《說郛》萬曆本皆無。陳譜煙雲本卷四"事類"部有之，然條目作"香閣"。

11　"《天寶遺事》云"，陳譜煙雲本、《香乘》皆作條文末尾小字注"《天寶遺事》"。

12　"楊國忠嘗用沉香爲閣，檀香爲欄檻"，《香乘》作"楊國忠用沉香爲閣，檀香爲欄"。

13　"麝香"，陳譜煙雲本作"射香"，形近而訛。

香篩土，和爲泥，飾閣壁[1]。每於春時，木芍藥盛開之際，聚賓於此閣上賞花焉[2]。禁中沉香之亭[3]，逮不侔此壯麗者也[4]。”

【香界】[5]《楞嚴經》云[6]：“因香所生，以香为界。”

【香嚴童子】[7]《楞嚴經》云[8]：“香嚴童子白佛言：‘我諸比丘，燒水沉香。香氣寂然，來入鼻中。非木非空，非煙非火。去無所著，來無所從。’由是意銷[9]，發明無漏，得阿羅漢。”

【被草負笈】[10]宋景公燒异香扵臺上，有野人被草負笈[11]，扣門而進，是爲子韋[12]，世司天部。

1　“飾閣壁”，陳譜煙雲本、《香乘》皆作“飾壁”，無“閣”字。

2　“木芍藥盛開之際，聚賓於此閣上賞花焉”，陳譜煙雲本作“芍藥盛開之時，聚賓此閣賞花”。《香乘》作“木芍藥盛開之際，聚賓友於此閣上賞花焉”，多“友”字。

3　“禁中沉香之亭”，陳譜煙雲本、《香乘》皆作“禁中沉香亭”，無“之”字。

4　“逮不侔此壯麗者也”，學津本、洪譜四庫本皆作“殆不侔此壯麗者也”，陳譜煙雲本作“逮不侔此壯麗也”，《香乘》作“遠不侔此壯麗也”。

5　鋒按：“香界”條，《說郛》弘治本、《說郛》萬曆本皆無。《香乘》卷九“香事分類上”部有之，然條文大异：“佛寺曰：香界亦曰香阜，因香所生，以香为界。（《楞嚴經》）”

6　“《楞嚴經》云”，陳譜煙雲本作條文末尾小字注“《楞嚴經》”。

7　鋒按：“香嚴童子”條，《說郛》弘治本、《說郛》萬曆本皆無。陳譜煙雲本卷四“事類”部有之。《香乘》卷六“佛藏諸香”部有之，然條文大异：“香嚴童子白佛言：我諸比丘，燒水沉香。香氣寂然，來入鼻中。我觀此氣，非空非木，非煙非火。去無所著，來無所從。由是意銷，發明無漏。如來印我，得香嚴號，塵氣倏滅，妙香密圓。我從香嚴，得阿羅漢。佛問圓通，如我所證，香嚴爲上。（《楞嚴經》）”

8　“《楞嚴經》云”，陳譜煙雲本作條文末尾小字注“《楞嚴經》”。

9　“由是意銷”，陳譜煙雲本作“由自意銷”。

10　鋒按：“被草負笈”條，輯自兩宋之際曾慥編《類説》北泉本卷四十九《香後譜》、陳譜煙雲本卷四“事類”部、《香乘》卷十一“香事別録”部。“笈”字，《類説》北泉本作“芨”，形近音近而訛。陳譜煙雲本條目作“被子負笈”，“笈”字據改，條文末尾注小字“洪譜”。《香乘》作“燒异香被草負笈而進”，條文末尾亦注小字“洪譜”。

11　“被草負笈”，“笈”字，《類説》北泉本作“芨”，形近音近而訛。陳譜煙雲本作“被子負笈”，“子”字訛，“笈”字據改。

12　“是爲子韋”，陳譜煙雲本作“是爲子帝”。

【栢梁臺】[1] 漢武[2] 作栢梁臺，以栢香聞數十里[3]。

【禁熏香】[4] 魏武帝[5] 令云："天下初定，吾便禁家內不得熏香。"

【宗超香】[6] 宗超嘗露壇行道。奩中香盡，自然滿溢[7]。爐中無火，煙自出。

【五方香床】[8] 隋煬帝觀文殿前[9]，兩廂爲堂，各十二間。扵十二間堂中[10]，每間十二寶廚，前設五方香床[11]，綴貼金玉珠翠。每駕至，則宮人擎香爐，在輦前行[12]。

【沉香堂】[13] 楊素宅內，造沉香堂。

1　鋒按："栢梁臺"條，輯自兩宋之際曾慥編《類說》卷四十九《香後譜》、陳譜煙雲本卷四"事類"部、《香乘》卷十"香事分類下"部。鋒按：《類說》北泉本本條目作"柏香"，陳譜煙雲本、《香乘》皆作"栢梁臺"，據改。又，陳譜入"事類"部，故洪譜應入"香事"部。

2　"漢武"，《香乘》作"漢武帝"。

3　"以栢香聞數十里"，陳譜煙雲本作"以栢香數十里"，"聞"字脫。《香乘》作"以柏香聞數里"，無"十"字。

4　"禁熏香"條，輯自兩宋之際曾慥編《類說》卷四十九《香後譜》、陳譜煙雲本卷四"事類"部、《香乘》卷七"宮掖諸香"部。鋒按：陳譜煙雲本、《香乘》條目皆作"熏香"，條文末尾皆注小字"《三國志》"。又，陳譜入"事類"部，故洪譜應入"香事"部。

5　"魏武帝"，陳譜煙雲本、《香乘》皆作"魏武"，無"帝"字。

6　鋒按："宗超香"條，輯自兩宋之際曾慥編《類說》卷四十九《香後譜》、陳譜煙雲本卷四"事類"部、《香乘》卷十一"香事別錄"部。陳譜煙雲本條文末尾注小字"洪譜"。《香乘》條目作"奩中香盡"，條文末尾注小字"洪芻香譜"。

7　"自然滿溢"，陳譜煙雲本、《香乘》皆作"自然溢滿香煙"。

8　鋒按："五方香床"條，《類說》卷四十九《香後譜》有之，據輯。陳譜煙雲本卷四"事類"部亦有之，條目作"香床"，據校，條文末尾小字注"《隋書》"。《香乘》卷七"宮掖諸香"部亦有之，條目作"五方香"，據校，條文末尾小字注"《錦繡萬花谷》"。

9　"隋煬帝觀文殿前"，陳譜煙雲本作"隋文煬帝於觀文殿前"，多"文""於"二字。

10　"扵十二間堂中"，陳譜煙雲本無。《香乘》作"於十二間堂"，無"中"字。

11　"前設五方香床"，陳譜煙雲本作"前五方香床"，"設"字脫。

12　"在輦前行"，陳譜煙雲本作"在輦前"，無"行"字。

13　鋒按："沉香堂"條，《類說》卷四十九《香後譜》有之，據輯。陳譜煙雲本卷四"事類"部亦有之，作"隋越國公楊素，大治第宅，有沉香堂。"《香乘》卷十"香事分類下·宮室香"部亦有之，作"楊素東都起宅，窮極奢巧，中起沉香堂。"

【失爐筮卦】[1]會稽盧氏失博山香爐[2]，吳泰筮之曰[3]："此物：質雖爲金，其象實山[4]。有樹非林，有孔非泉。闔閭晨興，見發青煙。[5]此香爐也。[6]"

【香中忌麝】[7]香中尤忌麝[8]。唐鄭注赴河中[9]，姬妾百餘盡騎[10]，香氣數里，逆扵人鼻，是歲自京兆[11]至河中，所過瓜盡[12]，一蒂不獲。

【屑沉泥壁】[13]唐宗楚客造新第[14]，沉香紅粉以泥壁[15]，開門則香氣蓬勃[16]。

1　鋒按："失爐筮卦"條，《類説》卷四十九《香後譜》有之，條目作"失博山香爐"，據輯。陳譜煙雲本卷四"事類"部亦有之，條目作"失爐筮卦"，據校改，條文末尾小字注"《集異記》"。《香乘》卷二十六"香爐類"部有之，條目作"筮香爐"，據校，條文末尾亦有小字注"《集異記》"。

2　"會稽盧氏失博山香爐"，《香乘》前多"吳郡吳泰能筮"六字。

3　"吳泰筮之曰"，《香乘》作"使泰筮之，泰曰"。

4　"其象寶山"，《類説》作"其寶象山"，"寶"字形近而訛。陳譜煙雲本作"其實衆山"，"衆"字形近而訛。《香乘》作"其象寶山"，據改。

5　"闔閭晨興，見發青煙。"《香乘》作"閭闔風至，時發青煙"。

6　"此香爐也"，陳譜煙雲本後多"語其處，即得"，《香乘》後多"語其至處，求即得之"。

7　鋒按："香中忌麝"條，《類説》卷四十九《香後譜》有之，據輯。陳譜煙雲本卷四"事類"部亦有之，據校，條文末尾小字注"洪譜"。《香乘》卷三"香品"部亦有之，條目作"瓜忌麝"，據校，條文末尾小字注"《酉陽雜俎》"。

8　"香中尤忌麝"，陳譜煙雲本無。《香乘》前多"瓜惡香"三字。

9　"唐鄭注赴河中"，《香乘》作"鄭注太和初，赴職河中"。

10　"姬妾百餘盡騎"，陳譜煙雲本作"姬妾百餘盡薰麝"，《香乘》作"姬妾百餘騎"，無"盡"字。

11　"京兆"，《香乘》作"京"，無"兆"字。

12　"所過瓜盡"，陳譜煙雲本作"所過之地瓜盡"，《香乘》作"所過路，瓜盡死"。

13　鋒按："屑沉泥壁"條，《類説》卷四十九《香後譜》有之，據輯。陳譜煙雲本卷四"事類"部亦有之，條目作"沉屑泥壁"，據校，條文末尾小字注"洪譜"。《香乘》卷一"香品"部亦有之，條目作"沉香泥壁"，據校，條文末尾小字注"《朝野僉載》"。

14　"唐宗楚客造新第"，《香乘》作"唐宗楚客造一宅新成，皆是文柏爲梁"。

15　"沉香紅粉以泥壁"，陳譜煙雲本作"用沉香紅粉以泥壁"，多"用"字。《香乘》作"沉香和紅粉以泥壁"，多"和"字。

16　"開門則香氣蓬勃"，陳譜煙雲本作"每開戶則香氣遂勃"，"遂"字訛。《香乘》後多"太平公主就其宅看，歎曰：觀其行坐處，我等皆虛生浪死"。

【沉香亭子材】[1]唐敬宗時[2]，波斯進沉香亭子材[3]。拾遺李漢諫曰[4]：“沉香爲亭[5]，何異瑤臺瓊室[6]？”

【香纓】[7]香纓以五綵爲之，婦參舅姑，先持香纓咨之。

【賜龍腦】[8]玄宗夜宴[9]，以琉璃器盛龍腦數斤[10]，賜群臣。馮謐曰[11]：“臣請効陳平爲宰。”自丞相以下皆跪受[12]，尚餘其半。乃捧拜曰[13]：“勅賜錄事馮謐。”玄宗[14]笑許之。

1　鋒按：“沉香亭子材”條，《類說》卷四十九《香後譜》有之，條目作“沉香亭子”，據輯。陳譜煙雲本卷四“事類”部亦有之，條目作“沉香亭”，據校，條文末尾小字注“本傳”。《香乘》卷一“香品”部亦有之，條目作“沉香亭子材”，據改，條文末尾小字注“《舊紀》”。

2　“唐敬宗時”，陳譜煙雲本作“敬宗時”，《香乘》作“長慶四年，敬宗初嗣位，九月丁未”。

3　“波斯進沉香亭子材”，陳譜煙雲本作“波斯國進沉香亭子材”，多“國”字。《香乘》作“波斯大商李蘇沙，進沉香亭子材”。

4　“曰”，《香乘》作“云”。

5　“沉香爲亭”，《香乘》作“沉香爲亭子”，多“子”字。

6　“何異瑤臺瓊室”，陳譜煙雲本作“何異瑤臺瑤室”，後“瑤”字訛。《香乘》作“不異瑤臺瓊室。上怒，優容之”。

7　鋒按：“香纓”條，陳譜煙雲本訛誤甚多，作：《詩》：覯然其褵。往云：褵，香纓也。女將嫁，母然褵而戒之。“覯”“然”“往”三字皆訛。《香乘》條文亦大异，作：《詩》：親結其端。注曰：香纓也。女將嫁，母結縭而戒之。“端”字訛。

8　鋒按：“賜龍腦”條，《類說》卷四十九《香後譜》有之，據輯。陳譜煙雲本卷四“事類”部亦有之，條目作“賜香”，據校。《香乘》卷三“香品”部亦有之，條目作“賜龍腦香”，據校。

9　“玄宗夜宴”，陳譜煙雲本作“元宗夜宴”，“元”字避清帝玄燁諱。《香乘》作“唐玄宗夜宴”，多“唐”字。

10　“以琉璃器盛龍腦數斤”，陳譜煙雲本作“以琉璃器盛龍腦香數斤”，多“香”字，《香乘》作“以琉璃器盛龍腦香”。

11　“馮謐曰”，陳譜煙雲本作“馮謐起進曰”。

12　“皆跪受”，《類說》作“皆跪授”，“授”字訛，陳譜煙雲本作“悉皆跽受”。

13　“乃捧拜曰”，陳譜煙雲本作“乃捧其拜曰”，“其”字衍。

14　“玄宗”，陳譜煙雲本作“元宗”，“元”字避清帝玄燁諱。

【三清臺】[1]閩國王昶[2]，起三清臺，三層，以黄金鑄像，日焚龍腦、薰陸諸香數斤。

【五色香囊】[3]蜀文濬[4]，生五歲，謂母曰：“有五色香囊，在吾牀下[5]。”徃取得之，乃濬前生五歲失足落井，今再生也。

【地上邪氣】[6]地上魔邪之氣，直上衝天四十里。人燒青木、薰陸、安息膠於寢室[7]，拒濁臭之氣[8]，却邪穢之霧，故天人玉女、太一帝皇隨香氣而来下[9]。

【三班吃香】[10]三班院所，領使臣八千餘人，蒞事于外。其罷而在院者[11]，常數百人。每歲乾元節，醵錢飯僧，進香合以祝聖壽[12]，謂之香錢。京師語云[13]：“三班吃香”。

1　鋒按：“三清臺”條，《類說》卷四十九《香後譜》有之，據輯。陳譜煙雲本卷四“事類”部亦有之，據校，條文末尾小字注“《五代史・十國世家》”。《香乘》卷十“香事分類下”部亦有之，條目作“三清臺焚香”，據校，條文末尾小字注“《五代史》”。

2　“閩國王昶”，陳譜煙雲本作“王審知孫昶，襲爲閩王”。《香乘》作“王審知之係昶，襲爲閩王”，“係”字訛。

3　鋒按：“五色香囊”條，《類說》卷四十九《香後譜》有之，據輯。陳譜煙雲本卷四“事類”部亦有之，條目作“香囊”，據校，條文末尾小字注“并本傳”。《香乘》卷十“香事分類下”部亦有之，據校，條文末尾小字注“本傳”。

4　“蜀文濬”，陳譜煙雲本、《香乘》皆作“後蜀文濬”。

5　“在吾牀下”，《類說》作“在杏林上”，皆形近而訛。據陳譜煙雲本、《香乘》改。

6　鋒按：“地上邪氣”條，《類說》卷四十九《香後譜》有之，據輯。陳譜煙雲本卷四“事類”部亦有之，據校，條目作“除邪”，條文末尾小字注“洪譜”。《香乘》卷十一“香事別録”部亦有之，條目作“燒香拒邪”，據校，條文末尾亦有小字注“洪譜”。

7　“人燒青木、薰陸、安息膠於寢室”，《香乘》作“人燒青木香、薰陸、安息膠香於寢所”。

8　“拒濁臭之氣”，《類說》、陳譜煙雲本皆作“披濁臭之氣”，“披”字訛。據《香乘》改。

9　“故天人玉女、太一帝皇隨香氣而来下”，《香乘》作“故天人玉女、太乙隨香氣而來”。

10　鋒按：“三班吃香”條，《類說》卷四十九《香後譜》有之，據輯。陳譜煙雲本卷四“事類”部亦有之，據校，條文末尾小字注“《歸田録》”。《香乘》卷十一“香事別録”部亦有之，條目作“香錢”，據校，條文末尾亦有小字注“《歸田録》”。

11　“其罷而在院者”，《類說》作“罷而在院者”，“其”字脱。據陳譜煙雲本、《香乘》補。

12　“進香合以祝聖壽”，《香乘》作“進香以祝聖壽”，無“合”字。

13　“云”，陳譜煙雲本、《香乘》皆作“曰”。

【員半千香】[1]

【吳孫王墓熏爐】[2]

【棧槎】[3]番邦[4]民忽於海旁得古槎，長丈餘，濶六七尺，木理甚堅，取爲溪橋。數年後，有僧過而[5]識之，謂衆曰："此非久計，願捨衣鉢資，易爲石橋，即求此槎[6]爲薪。"衆許之。得棧，數千両。

五、香之文

【天香傳】[7]

1　鋒按："員半千香"條，條文已佚，唯存條目。南宋·晁公武《郡齋讀書志》卷三下"類書類"著録洪譜，與百川本咸淳本迥異，云："《香譜》一卷：右皇朝洪芻駒父撰。集古今香法，有鄭康成漢宮香、《南史》小宗香、《真誥》嬰香、戚夫人迎駕香、唐員半千香。所記甚該博。然《通典》載歷代祀天用沉水香獨遺之，何哉？"據輯。員半千，初唐人，入《舊唐書·文苑傳》。存世文獻未見其人與香有關的記載。暫擬此條入洪譜"香事"部。

2　鋒按："吳孫王墓熏爐"條，條文已佚，唯存條目。南宋·范成大理宗紹定間所編《吳郡志》云："吳孫王墓在盤門外三里。政和間，村民發墓，磚皆作篆隸，爲'萬歲永藏'之文。得金玉瑰異之器甚多，有東西銀盃，初若燦花，良久化爲腐土。又得金搔頭十數枚、金握臂二，皆如新。并瓦熏爐一枚，與近世陸墓所燒略相似，而箱底有灰炭如故。父老相傳，云長沙王墓。按：長沙王即孫策。又恐是其母、若妻墓。郡守聞之，遽命掩塞。所得古物，盡歸朱勔家。洪芻《香譜》亦略載此事。"據補條目，擬入洪譜"香事"部。

3　鋒按："棧槎"條，百川咸淳本、格致本、百川明末本、學津本、洪譜四庫本、《説郛》諸本皆無。陳譜煙雲本卷四"事類"部有之，條文後注小字"洪譜"，據輯。《香乘》卷十二"香事別録下"部亦有之，條目作"香槎"。條文後亦注小字"洪譜"，據校。

4　"番邦"，《香乘》作"番禺"。

5　"過而"，《香乘》無此兩字。

6　"此槎"，《香乘》作"枯槎"。

7　鋒按：百川咸淳本唯"見丁晉公本集"六字，缺正文。陳譜煙雲本卷四"天香傳"條有之，條目後注小字"丁謂之"，據補。《香乘》卷二十八"香文彙"部亦有之，據校。洪譜學津本亦有之，據校。丁謂，字謂之，北宋真宗朝，累官至樞密使、同中書門下平章事、封晉國公。北宋·魏泰《東軒筆録》："丁晉公至朱崖，作詩曰：且作白衣菩薩觀，海邊孤絕寶陀山。作《青衿集》百餘篇，皆爲一字題，寄歸西洛。又作《天香傳》，敘海南諸香。"

121

香之爲用，從古上矣[1]！所以奉高明[2]，所以達蠲潔[3]。三代禋享[4]，首惟馨之薦，而沉水、薰陸無聞焉；百家傳記，萃衆芳之美，而蕭薌、鬱㟒不尊[5]焉。《礼》云："至敬不享味，貴氣臭也。"[6]是知，其用至重，採製粗畧，其名實繁，而品類叢脞矣。

觀乎上古帝皇[7]之書，釋道經典之說，則記録綿遠，贊頌嚴重，色目至衆，法度殊絶。

西方聖人曰："大小世界，上下内外，種種諸香。"[8]又曰："千萬種和香，若香、若丸、若末、若塗，以至華香[9]、果香、樹香[10]、諸天合和之香[11]。"[12]又曰："天上諸天之香，有佛土國名衆香[13]，其香比於十方人天之香，最爲第一。"[14]

---

1 "從古上矣"，《香乘》、學津本皆作"從上古矣"。

2 "所以奉高明"，《香乘》作"所以奉神明"，學津本作"可以奉神明"。高明：天、天帝。《尚書·洪範》："沉潛剛克，高明柔克。"孔傳："高明謂天。"

3 "所以達蠲潔"，《香乘》、學津本皆作"可以達蠲潔"。蠲潔：清潔。《墨子·尚同》："其事鬼神也，酒醴粢盛，不敢不蠲潔。"

4 "三代禋享"，學津本作"三代禋祀"。禋：焚燒祭品，令煙氣上達神明，以致精誠。《詩·周頌·維清》："維清緝熙，文王之典，肇禋。"《詩·大雅·生民》："上帝不寧，不康禋祀。"《周禮·春官·大宗伯》："以禋祀，祀昊天上帝。"鄭玄注："禋之言煙。周人尚臭。煙，氣之臭聞者。"

5 "尊"，陳譜煙雲本作"等"，訛據《香乘》改。

6 《禮記》卷二十五《郊特牲》："至敬不饗味，而貴氣臭也。諸侯爲賓，灌用郁㟒，灌用臭也。"

7 "皇"，《香乘》、學津本皆作"王"，訛。

8 後秦·鳩摩羅什譯《妙法蓮華經》卷六《隨喜功德品第十八》。

9 "以至華香"，《香乘》、學津本皆作"以香花香"，首"香"字訛，"華"作"花"。

10 "樹香"，《香乘》、學津本皆作"樹"，"香"字脱。

11 "諸天合和之香"，陳譜煙雲本作"天和合之香"。學津本作"諸天合和之香"，據改。《香乘》亦作"天合和之香"。

12 後秦·鳩摩羅什譯《妙法蓮華經》卷六《隨喜功德品第十八》。

13 "有佛土國名衆香"，陳譜煙雲本、《香乘》、學津本皆作"又佛土國名衆香"，"又"字訛，據後秦·鳩摩羅什譯《維摩詰所説經》改。

14 後秦·鳩摩羅什譯《維摩詰所説經》卷下《香積佛品第十》："時維摩詰，即入三昧，以神通力，示諸大衆，上方界分，過四十二恒河沙佛土，有國名衆香，佛號香積。今現在其國，香氣比於十方諸佛世界，人天之香，最爲第一。"

122

仙書[1]曰：[2]"上聖焚百寳香，天真皇人焚千和香[3]，黄帝以沉榆、蕡莢爲香。"[4]又曰："真仙所焚之香，皆聞百里，有積烟成雲，積雲成雨[5]。"然則，與人間所共貴者，沉水[6]、薰陸[7]也。故經云："沉水[8]堅株。"又曰："沉水香[9]，聖降之夕[10]，導從有捧爐香者[11]，烟高丈餘，其色正紅。"得非"天上諸天之香"耶？

《三皇寳齋·香珠法》[12]：其法，雜而末之，色色至細。然後叢聚，杵之三萬，緘

1　"仙書"，《香乘》、學津本皆作"《尚書》"，訛。

2　仙書，當指前秦·王嘉（生卒年不詳）《拾遺記》。

3　"天真皇人焚千和香"，陳譜煙雲本作"天真寳人焚千和香"，"寳"字訛。天真皇人：魏晉間佚名《太上靈寳五符序》（明《正統道藏》本），卷下："昔在黄帝軒轅，曾省天皇真一之經，而不解三一真氣之要。是以周流四方，求其釋解……東到青丘過風山，見紫府先生……南到五芝玄澗……西見中黄子，受九茄之方，過崆峒上，從廣成子受自然之經。北到鴻隄，上具茨，見大隗君，黄蓋童子，受神仙芝圖十二卷。還涉王屋之山，受金液九轉神丹經於玄女。乃復遊雲臺青城山，見甯先生。先生曰：吾得道始仙耳，非是三皇天真之官，實不解此真一之文。近皇人爲扶桑君所使，領峨眉山仙官，今猶未去矣。子可問之。帝乃到峨眉山，清齋三月，得與皇人相見。皇人者，不知何世人也。身長九尺，玄毛被體，皆長尺餘，髮則長數寸。其居乃在山北絶岩之下，中以蒼玉爲屋，黄金爲床，張華羅之幃，然千和之香，侍者皆是衆仙玉女……皇人問：子欲奚求？黄帝跽曰：願得長生。"晉·葛洪《抱朴子·內篇》卷十八《地真》："昔黄帝……到峨眉山，見天真皇人於玉堂，請問真一之道。皇人曰：子既君四海，欲復求長生，不亦貪乎？"鋒按：參香異部【千和香】條。

4　鋒按：參香異部【沉榆香】條。

5　"成雨"，洪譜學津本作"成雨成雨"，衍"成雨"二字。

6　"沉水"，《香乘》、洪譜學津本皆作"沉香"。

7　"薰陸"，洪譜學津本作"熏陸"。

8　"沉水"，《香乘》、洪譜學津本皆作"沉香"。

9　"沉水香"，洪譜學津本皆作"沉水堅香"。

10　"聖降之夕"，《香乘》作"堅降之夕"，"堅"字訛。洪譜學津本作"佛降之夕"，"佛"字訛。

11　"導從有捧爐香者"，《香乘》、洪譜學津本皆作"尊位而捧爐香者"。

12　鋒按：此《三皇寳齋》一書，似即南北朝佚名撰《太上三皇寳齋神仙上錄經》，屬洞神部方法類。此書今佚，明末道士白雲霽天啟六年（1626）撰《道藏目錄詳注》著錄《太上三皇寳齋神仙上錄經》與《養生論》三篇同卷，內有"神咒齋錄合上元香珠法""作香玄腴法""作雲水等法"。

以良罍[1]，載蒸載和，豆分而丸之，珠貫而暴之[2]。旦日[3]，此香焚之，上徹諸天，蓋以沉水[4]爲宗，薰陸[5]副之也。[6]是知，古聖欽崇之至厚，所以傄物寶妙[7]之無極。謂奕世寅奉[8]，香火[9]之薦，鮮有廢日[10]。然蕭茅之類，隨其所傄，不足觀也。

祥符初[11]，奉詔充"天書扶侍使"[12]，道場科醮無虛日，永晝達夕，寶香不絕。乘輿

---

1 "良罍"，《香乘》、洪譜學津本皆作"銀罍"。

2 "暴之"，《香乘》、洪譜學津本皆作"曝之"。

3 旦日：朝陽初生之時。《左傳·昭公五年》："日上其中，食日爲二，旦日爲三。"

4 "沉水"，《香乘》、洪譜學津本皆作"沉香"。

5 "薰陸"，洪譜學津本作"熏陸"。

6 鋒按：此段即北周宇文邕敕編《無上秘要》"燒香品"【合上元香珠法】內容之撮要："用沈香三斤、薰陸香二斤、青木香九両、雞舌香五両、玄參三両、雀頭香六両、占城香二両、白芷二両、真檀四両、艾香三両、安息膠四両、木蘭三両，凡十二種，別擣。絹篩之畢，內棗十両，更擣三萬杵，內器中，密蓋蒸香一日畢，更和擣之。丸如梧子，以青蠅穿之，日曝，令乾。此三皇真元香珠。燒此，皆香徹九天。右出《洞神經》。"（明正統道藏本）

7 "傄物寶妙"，《香乘》、洪譜學津本皆作"備物實妙"，"寶"作"實"。

8 "奕世"，陳譜煙雲本、《香乘》、洪譜學津本皆作"變世"。奕世：累世、代代。《國語·周語上》："奕世載德，不忝前人。"寅：《爾雅·釋詁》："寅，敬也。"

9 "香火"，陳譜煙雲本作"幽大"，訛。

10 "廢日"，《香乘》、洪譜學津本皆作"廢者"。

11 祥符：大中祥符之簡稱，北宋真宗第三個年號。

12 鋒按："天書扶侍使"，陳譜煙雲本、四庫本皆作"天書扶持使"，《香乘》、洪譜學津本皆作"天書狀持使"，皆形近而訛。兩宋之際·程俱《麟臺故事補遺》（清光緒十萬卷樓叢書本）："大中祥符元年十一月，天書扶持使丁謂請以天書降後祥瑞，編次、撰贊、繪畫於昭應宮。詔謂，與龍圖閣待制戚綸聯條，奏其贊令，中書、門下、樞密院、兩制尚書、丞郎、給諫、待制、館閣官分撰修纂。"《宋史》列傳第四十二《丁謂傳》："大中祥符初……乃以謂爲修玉清昭應宮使，復爲天書扶侍使，遷給事中，真拜三司使。祀汾陰，爲行在三司使。建會靈觀，謂復總領之。遷尚書禮部侍郎，進戶部，參知政事。建安軍鑄玉皇像，爲迎奉使。朝謁太清宮，爲奉祀經度制置使，判亳州。"據《麟臺故事補遺》《宋史》改。

肅謁，則五上爲禮。（真宗每至玉皇[1]、真聖[2]、聖祖位前[3]，皆五上香。）馥烈之异，非世所聞。大約以沉水、乳香[4]爲本，龍腦[5]和劑之。此法累槀之聖祖，中禁少知[6]者，況外司耶？八年掌國計，兩鎮旄鉞[7]，四領樞軸。俸給頒賚[8]，随日而隆。故苾芬[9]之羞[10]，特与昔异。襲慶奉祀日，賜供内乳香一百二十觔。（入内副都知[11]張継能[12]爲使）在宫觀，密賜

1　玉皇：北宋·高承《事物紀原》卷二《崇奉褒冊部第十》"玉皇號"條："《宋朝會要》曰：大中祥符七年正月，真宗詣玉清昭應宫，率天下臣庶奏告，上玉皇聖號。《真宗實錄》曰：大中祥符七年九月，上對侍臣曰：自元符之降，朕欲与天下臣庶同上玉皇聖號。至天禧元年正月辛丑朔，帝詣太初殿，恭上玉皇大天帝聖號曰'太上開天持符御曆含真體道玉皇大天帝'。"

2　真聖：南朝梁·周子良、陶弘景《周氏冥通記》卷二："凡庸下賤，少樂正法。幸藉緣會，得在山宅。何期真聖，曲垂啟降？自顧腐穢，無地自安。"

3　鋒按："聖祖"，陳譜煙雲本、四庫本，皆脱"聖"字，據《香乘》、洪譜學津本補。聖祖，傳説中的趙宋皇氏先祖趙玄朗。《宋史》卷一百零四《志》第五十七《禮》："帝於大中祥符五年十月，語輔臣曰：朕夢先降神人，傳玉皇之命云：先令汝祖趙某，授汝天書，令再見汝，如唐朝恭奉玄元皇帝……五鼓一籌，先聞异香，頃之，黄光滿殿，蔽燈燭，睹靈仙儀衛天尊至……天尊止令揖，命朕前，曰：吾，人皇九人中一人也，是趙之始祖。再降，乃軒轅皇帝……後唐時，奉玉帝命，七月一日下降，總治下方，主趙氏之族，今已百年……命參知政事丁謂、翰林學士李宗諤、龍圖閣待制陳彭年，与禮官修崇奉儀注。閏十月，制九天司命保生天尊號，曰'聖祖上靈高道九天司命保生天尊大帝'。"

4　"沉水、乳香"，陳譜煙雲本作"沉水、乳"，《香乘》、洪譜學津本作"沉香、乳香"。

5　"龍腦"，陳譜煙雲本作"龍香"，"香"字訛。

6　"少知"，陳譜煙雲本作"可知"，"可"字訛。《香乘》、洪譜學津本皆作"少知"，據改。

7　"兩鎮旄鉞"，《香乘》、洪譜學津本皆作"而鎮旄鉞"，"而"字形近而訛。

8　"奉旨頒賚"，陳譜煙雲本作"奉旨頒賞"，"賞"字形近而訛。

9　苾芬：《詩·小雅·楚茨》："我孔熯矣，式禮莫愆。工祝致告，徂賚孝孫。苾芬孝祀，神嗜飲食。"

10　羞，同饈。《類編》："饈，進獻也。"

11　"入内副都知"，《香乘》、洪譜學津本皆作"入留副都知"，"留"字訛。

12　張継能，《宋史》列傳二百二十五《宦者一》："張繼能，字守拙……大中祥符二年，入内都知李神祐等坐事悉罷，擢繼能入内内侍省副都知……三年，兼群牧都監。祀汾陰，留掌大内兼舊城内巡檢鈐轄，俄領會州刺史。謁太清宫，爲天書扶侍都監。"

新香，動以百数。（沉、乳、降真等香[1]）由是，私門之内，沉、乳足用。有唐雜記言[2]，明皇時异人云："醮席中，每焚[3]乳香，靈祇皆去。"人至扵今惑之[4]。真宗[5]時，新稟聖訓[6]："沉、乳二香，所以奉高天上聖，百靈不敢當也。"無他言。

上聖即政之六月[7]，授詔罷相，分務西洛[8]，尋遷海南。憂患之中，一無塵慮，越惟永晝晴天，長霄垂象，爐香之趣，益增其勤。素聞海南出香至多，始命市之於閭里間，十無一有假[9]。版官裴鸚者[10]，唐宰相晉公中令之裔孫也[11]。土地所宜[12]，悉究本末，

---

1 "沉、乳、降真等香"，陳譜煙雲本作"沉、乳、降等真香"，"真""等"二字倒。《香乘》作"沉、乳、降真黄香"，"黄"字形近而訛。洪譜學津本作"沉、乳、降真黄速"，"黄速"二字訛。

2 "有唐雜記言"，陳譜煙雲本作"有唐雜記"，脫"言"字，據《香乘》、洪譜學津本補。

3 "焚"，《香乘》、洪譜學津本皆作"爇"。

4 "惑之"，《香乘》作"感之"，"感"字形近而訛。

5 "真宗"，《香乘》作"夏宗"，"夏"字形近而訛。

6 "新稟聖訓"，洪譜學津本作"新稟聖訓云"，多"云"字。

7 "即政"，洪譜學津本作"接政"。真宗乾興元年二月，真宗駕崩，仁宗即位。

8 "西洛"，《香乘》、洪譜學津本皆作"西雒"。

9 "有假"，洪譜學津本作"假有"，倒。

10 "版官"，《香乘》、洪譜學津本皆作"板官"，"板"字形近而訛。版官：趙彥衛《雲麓漫鈔》卷四："選人之制始於唐，自中葉以來，藩鎮自辟召，謂之版授，時號假版官，言未授王命假攝之耳。"裴鸚，史書無載。

11 唐宰相晉公中令：裴度，歷任唐憲宗、穆宗、敬宗、文宗四朝宰相，文宗開成四年，拜中書令。

12 "土地所宜"，洪譜學津本作"土地宜"，"所"字脫。

且曰："瓊管[1]之地，黎母山奠之[2]。四部境域[3]，皆枕山麓。香多出此山[4]，甲於天下[5]。然取之有時，售之有主，蓋黎人皆力耕治業，不以采香專利。閩越海賈，惟以餘杭舡即市香[6]。每歲冬季，黎峒[7]俟此舡至[8]，方入山尋采。州人從而賈販，盡歸舡商[9]，故非時不有也。"

香之類有四：曰沉，曰棧，曰黃熟，曰生結[10]。其爲狀也十有二，沉香得其八焉。曰"烏文格"，土人以木之格，其沉香如烏文木之色而澤，更取其堅格[11]，是美至也。曰"黃蠟"，其表如蠟，少刮削之[12]，鼊紫相半，烏文格之次也。曰"牛目"與

1　"瓊管"，《香乘》、洪譜學津本皆作"瓊菅"，"菅"字形近而訛。

2　黎母山：周去非《嶺外代答》卷一《黎母山》："海南四州軍中有黎母山。其山之水，分流四郡。熟黎所居，半險半易。生黎之處，則已阻深。然皆環黎母山居耳。若黎母山巔數百里，常在雲霧之上，雖黎人亦不可至也。秋晴清澄，或見尖翠浮空，下積鴻蒙。其上之人，壽考逸樂，不接人世。人俗窮其高，往往迷不知津。而虎豹守險，無路可攀，但見水泉甘美耳。此豈蜀之菊花潭、老人村之類耶？"趙汝适《諸蕃志》卷下《海南》："黎，海南四郡島上蠻也。島有黎母山。因祥光夜見，旁照四鄰，按《晉書》分野，屬婺女分，謂黎牛、婺女星降現，故名黎婺。音訛爲黎母。"

3　"四部境域"，陳譜煙雲本作"四部境城"，"城"字形近而訛。

4　"香多出此山"，陳譜煙雲本作"香多出此"，無"山"字。

5　"甲於天下"，陳譜煙雲本作"香甲於天下"，"香"字衍。

6　"即市香"，《香乘》作"即香市"，"香""市"二字倒。洪譜學津本作"爲香市"，"即"作"爲"，"香""市"二字亦倒。

7　峒（dòng），唐宋帝國的地方羈縻自治行政區，別於中央王朝直接統治之州郡。南宋·李燾《續資治通鑑長編》："黎峒，唐故瓊管之地。"南宋·范成大《桂海虞衡志》："今郡縣之外，羈縻州峒，雖故皆蠻。"

8　"俟此舡至"，陳譜煙雲本作"俟此舡"，無"至"字。《香乘》、洪譜學津本皆作"待此船至"，"俟"作"待"，據補"至"字。

9　"州人從而賈販，盡歸舡商"，《香乘》作"州入役而賈販，盡歸船商"，"入""役"字皆訛。洪譜學津本作"州人役而賈販，盡歸船商"，"役"字訛。

10　鋒按："曰沉，曰棧，曰黃熟，曰生結"，陳譜煙雲本、四庫本、《香乘》、洪譜學津本皆作"曰沉，曰棧，曰生結，曰黃熟"。然依下文敘述之邏輯，"黃熟"當在前，"生結"當在後。

11　"其沉香如烏文木之色而澤，更取其堅格"，洪譜學津本作"其沉香如烏文木之色澤，而更取其堅格"，"而""澤"二字相倒。"堅格"，陳譜煙雲本作"圣格"，"圣"字形近而訛。《香乘》、洪譜學津本皆作"堅格"，據改。

12　"少刮削之"，陳譜煙雲本作"可刮削之"，"可"字訛，據《香乘》、洪譜學津本改。

“角”及“蹄”[1]，曰“雉頭”洎“髀”若“骨”[2]，此沉香之狀。土人則曰：牛眼[3]、牛角、牛蹄[4]、雞頭、雞腿、雞骨。曰“崑崙梅格”，棧香也。似梅樹也[5]，黃黑相半而稍堅，土人以此比棧香也。曰“蟲鏤”。凡曰虫鏤，其香尤佳，蓋香兼黃熟[6]，虫蛀蛇攻[7]，腐朽盡去，菁英獨存者也[8]。曰“傘竹格”，黃熟香也。如竹，色白黃[9]而帶黑，有似棧也。曰“茅葉”，如茅葉至輕[10]，有入水而沉者，得沉香之餘氣也，然之至佳，土人以其非堅實[11]，抑之爲黃熟也。曰“鷓鴣斑”[12]，色駁雜[13]，如鷓鴣羽也[14]。生結香也[15]，棧香未成沉者有之，黃熟未成棧者有之。

　　凡四名十二狀，皆出一本。樹體如白楊，葉如冬青而小，膚表也，標末也[16]，質輕而散，理疏以粗，曰黃熟。黃熟之中，黑色堅勁者，曰棧香。棧香之名，相傳甚

1　“曰牛目與角及蹄”，《香乘》、洪譜學津本皆作“牛目與角及蹄”，脫“曰”字。

2　“曰雉頭洎髀若骨”，洪譜學津本作“雉頭洎髀若骨”，脫“曰”字。洎、若，與、及。唐・柳宗元《非國語・問戰》：“劇之問洎嚴公之對，皆庶乎知戰之本矣。”《史記・魏其武安侯列傳》：“願取吳王若將軍頭，以報父仇。”

3　“牛眼”，《香乘》、洪譜學津本皆作“牛目”。

4　“牛蹄”，《香乘》脫。

5　“似梅樹也”，陳譜煙雲本、《香乘》皆作“此梅樹也”，“此”字音近而訛。洪譜學津本作“似梅樹”，據改。

6　“香兼黃熟”，陳譜煙雲本作“兼之黃熟”。《香乘》、洪譜學津本皆作“香兼黃熟”，據改。

7　“虫蛀蛇攻”，陳譜煙雲本、《香乘》皆作“蟲蛀及攻”，“及”字訛。洪譜學津本作“蟲蛀蛇攻”，據改。

8　“菁英獨存者也”，《香乘》作“菁英獨存香也”，“香”字形近而訛。

9　“色白黃”，《香乘》、洪譜學津本皆作“色黃白”。

10　“如茅葉至輕”，《香乘》作“有似茅葉至輕”，洪譜學津本作“似茅葉至輕”。

11　“堅實”，陳譜煙雲本作“圣實”，“圣”字形近而訛。

12　鋒按：黃庭堅《山谷詩集注》卷三《有惠江南帳中香者戲答六言》（二首其二）：“螺甲割崑崙耳，香材屑鷓鴣斑。欲雨鳴鳩日永，下帷睡鴨春閑。”

13　“色駁雜”，《香乘》作“色馼雜”，“馼”字形近而訛。

14　南宋・范成大《桂海虞衡志・志香》：“鷓鴣斑香，亦得之於海南沉水，蓬萊及絕好箋香中，槎牙輕鬆，色褐黑而有白斑點點，如鷓鴣臆上毛，氣尤清婉似蓮花。”

15　“生結香也”，《香乘》、洪譜學津本皆作“生結香者”，“也”作“者”。

16　“膚標也末”四字，《香乘》、洪譜學津本皆作“膚表也，標末也”，凡六字。

遠，即未知其旨[1]。惟沉水爲狀也，肉骨穎脱[2]，芒角銳利[3]，無大小，無厚薄，掌握之有金玉之重，切磋之有犀角之勁[4]，縱分斷瑣碎，而氣脈滋益[5]，用之與臬塊者等。

鶚云：香不欲絕大[6]，圍尺以上，慮有水病。若斤以上者[7]，中含両孔以下[8]，浮水即不沉矣。又曰：或有附於枯枿[9]，隐於曲枝，蟄藏深根，或抱其木本[10]，或挺然結實，混然成形。嵌若穴石[11]，屹如歸雲[12]，如矯首龍，如峨冠鳳，如麟植趾[13]，如鴻鍛翮[14]，如曲肱，如駢指。但文理密緻[15]，光彩明瑩[16]，斤斧之跡，一無所及。置罨以驗，如石投水，此香寶也[17]，千百一而已矣。夫如是，自非一氣粹和之凝結，百神祥异之含育，則何以羣木之中，獨稟靈氣，首出庶物，得奉高天[18]也？

1　"即未知其旨"，洪譜學津本作"以未知其旨"，"即"作"以"。

2　"肉骨穎脱"，《香乘》、洪譜學津本皆作"骨肉穎脱"。

3　"芒角銳利"，洪譜學津本作"角刺銳利"。

4　"犀角之勁"，洪譜學津本作"犀角之堅"。

5　"氣脈滋益"，洪譜學津本作"氣脈滋溢"，"溢"字音同且形近而訛。

6　"香不欲絕大"，《香乘》、洪譜學津本皆作"香不欲大"，脱"絕"字。

7　"若斤以上者"，陳譜煙雲本作"若斤已上者"，"已"字音近而訛。《香乘》、洪譜學津本皆作"若斤以上者"，據改。

8　"中含両孔以下"，陳譜煙雲本作"中含両孔□"，尾字蟲蛀，無法辨識。《香乘》、洪譜學津本皆作"中含両孔以下"，"以下"二字據補。

9　"附於枯枿"，陳譜煙雲本作"附與枯枿"，"與"字音近而訛。《香乘》、洪譜學津本皆作"附於柏枿"，"於"字據改，然"柏"字形近而訛。枿（niè），《爾雅·釋詁》："枿，餘也。"，清·郝懿行《爾雅義疏》："枿者，《説文》作櫱或作蘖，云：伐木餘也。"

10　"抱其木本"，《香乘》、洪譜學津本皆作"抱其木本"，"其"字形近而訛。

11　"嵌若穴石"，《香乘》、洪譜學津本皆作"嵌如穴谷"，"若"作"如"，"石"作"谷"。

12　"屹如歸雲"，陳譜煙雲本作"也如歸雲"，"也"字形近而訛。《香乘》、洪譜學津本皆作"屹若歸雲"，據改。

13　"如麟植趾"，陳譜煙雲本作"如麟樵趾"，"樵"字形近而訛。《香乘》、洪譜學津本皆作"如麟植趾"，據改。

14　"如鴻鍛翮"，《香乘》、洪譜學津本皆作"如鴻餿翮"，"餿"字訛。

15　"文理密緻"，《香乘》、洪譜學津本皆作"文彩緻密"，"彩"字訛。

16　"光彩明瑩"，《香乘》、洪譜學津本皆作"光彩射人"。

17　"此香寶也"，《香乘》、洪譜學津本皆作"此寶香也"。

18　"得奉高天"，陳譜煙雲本作"得奉天高"，"天""高"二字倒，據《香乘》、洪譜學津本改。

129

占城所產，棧、沉至多，彼方貿遷[1]，或入番禺[2]，或入大食。貴重棧、沉香[3]，與黃金同價。鄉耆云：比歲有大食蕃舶[4]，爲颶風[5]所逆，寓此屬邑。首領富有自大[6]，肆筵設席[7]，極其誇詫。州人私相顧曰：以貲較勝，誠不敵矣。然視其爐煙，蓊鬱不舉，乾而輕[8]，瘠而焦，非妙也。遂以海北岠者，即席而焚之。高香杳杳[9]，若引束緪[10]，濃腴渨渨[11]，如練凝漆[12]，芳馨之氣，持久[13]益佳。大舶之徒，由是披靡。

生結者，取不俟其成，非自然者也。生結沉香，品與棧香等。生結棧香，品與黃熟等。生結黃熟，品之下也，色澤浮虛，而肌質散緩，燃之辛烈少和氣[14]，久則潰敗[15]，速用之即不佳[16]。沉、棧成香，則永無朽腐矣。

雷、化、高、竇[17]，亦中國出香之地，比海南[18]者，優劣不侔甚矣。既所稟不同，

---

1 "彼方貿遷"，《香乘》、洪譜學津本皆作"披方貿選"，"披""選"二字形近而訛。

2 "番禺"，《香乘》作"方禺"，"方"字訛。

3 "棧、沉香"三字，《香乘》、洪譜學津本皆無。

4 "蕃舶"，《香乘》、洪譜學津本皆作"番舶"。

5 "颶風"，《香乘》、洪譜學津本皆作"颶"。

6 "首領富有自大"，《香乘》作"首領以富有"，多"以"字。洪譜學津本作"酋領以其富有"，"酋"字訛，多"以其"二字。

7 "肆筵設席"，洪譜學津本作"大肆筵席"。

8 "乾而輕"，陳譜煙雲本作"朝而輕"，"朝"字形近而訛，據《香乘》、洪譜學津本改。

9 "高香杳杳"，《香乘》作"其煙杳杳"，洪譜學津本作"其香杳杳"。

10 "若引束緪"，《香乘》、洪譜學津本皆作"若引東溟"，"東""溟"二字形近而訛。緪（gēng），同緪，《說文》："緪，大索也。"

11 渨渨（jí），《說文》："沸湧貌。"

12 "凝漆"，《香乘》、洪譜學津本皆作"凝淹"，"淹"字形近而訛。

13 "持久"，《香乘》、洪譜學津本皆作"特久"，"特"字形近而訛。

14 "少和氣"，陳譜煙雲本作"可和氣"，"可"字訛，據《香乘》、洪譜學津本改。

15 "潰敗"，陳譜煙雲本作"清敗"，"清"字形近而訛，據《香乘》、洪譜學津本改。

16 "不佳"，陳譜煙雲本作"佳不同"，"佳不"二字倒，"同"字衍。《香乘》作"佳不"，"佳不"二字亦倒。據洪譜學津本改。

17 雷州，宋初廣南西路雷州，約當今廣東省湛江市下轄之雷州市。化州、高州，宋初廣南西路化州、高州，約當今廣東省茂名市下轄之化州市、高州市。竇州，宋初廣南西路竇州，約當今廣東省茂名市下轄之信宜市。

18 "海南"，洪譜學津本作"南海"。

而售者[1]多，故取者速也。是黃熟不待其成棧，棧不待其成沉，蓋取利者，戕賊之深也[2]。非如瓊管間[3]，深峒黎人[4]，非時不妄剪伐，故樹無夭折之患，得[5]必皆異香。

曰"熟香"，曰"脫落香"，皆是自然成香。餘杭市香之家，有萬斤黃熟者，得真棧百斤，則爲稀矣。百斤真棧，得上等沉香數十斤，亦爲難矣。

薰陸、乳香之[6]長大而明瑩者，出大食國。彼國香樹[7]，連山絡野[8]，如桃膠、松脂，委于石地[9]，聚而斂之，若京坻[10]香山。多石而少雨[11]，載詢蕃舶[12]，則云："昨過乳香山，彼人云：此山不雨已三十年矣[13]。"香中帶石末者，非濫偽也，地無土也。然則，此樹若生塗泥[14]，則香不得爲香矣[15]。天地植物，其有旨乎[16]？

1　"售者"，《香乘》、洪譜學津本皆作"焦者"，"焦"字形近而訛。

2　"戕賊之深也"，《香乘》、洪譜學津本皆作"戕賊之也"，無"深"字。

3　"非如瓊管間"，《香乘》、洪譜學津本皆作"非如瓊菅皆"，"菅"字形近而訛，"皆"字音近而訛。

4　"深峒黎人"，陳譜煙雲本作"深同黎人"，"同"字形近而訛。據《香乘》、洪譜學津本改。

5　"得"，洪譜學津本作"所得"，多"所"字。

6　"之"，《香乘》、洪譜學津本皆無。

7　"彼國香樹"，陳譜煙雲本作"波國香樹"，"波"字形近而訛，據《香乘》、洪譜學津本改。

8　"連山絡野"，《香乘》作"連山野路"，"路"字形近而訛，"野""路"二字倒。

9　"委于石地"，洪譜學津本作"委於地"，無"石"字。

10　"京坻"，《香乘》作"京柢"，"柢"字形近而訛。京坻（dǐ），山丘。《詩·小雅·甫田》："曾孫之稼，如茨如梁。曾孫之庾，如坻如京。乃求千斯倉，乃求萬斯箱。黍稷稻粱，農夫之慶。報以介福，萬壽無疆。"

11　"多石而少雨"，《香乘》作"多石而沙雨"，"沙"字形近而訛。洪譜學津本作"少石而多雨"，"石""雨"二字倒。

12　"蕃舶"，《香乘》、洪譜學津本皆作"番舶"。

13　"此山不雨已三十年矣"，《香乘》、洪譜學津本皆作"此山下雨已三十年矣"，"下"字形近而訛。

14　"此樹若生塗泥"，《香乘》作"此樹若生於塗泥"，多"於"字。洪譜學津本作"此樹若生於塗沉"，多"於"字，"沉"字形近而訛。

15　"則香不得爲香矣"，《香乘》作"則無香不得爲香矣"，"無"字衍。洪譜學津本作"則無香遂不得爲香矣"，"無"字衍，多"遂"字。

16　"其有旨乎"，《香乘》、洪譜學津本皆作"其有自乎"。

贊曰：百昌之首，脩物之先。于以相禋，于以告虔。孰歆至薦？孰享芳烟[1]？上聖之聖，高天之天。

【古詩詠香爐】[2]四座且莫諠，願聽歌一言。請説銅香爐[3]，崔嵬[4]象南山。上枝似松栢，下根據銅盤。雕文各異類，離婁[5]自相連。誰能爲此器？公輸與魯般。朱火然其中，青煙颺其間。順風入君懷[6]，四座莫不歡。香風難久居，空令蕙草殘。

【齊劉繪詠博山香爐詩】[7]參差鬱佳麗，合沓紛可憐。蔽虧千種樹[8]，出沒萬重山。上鏤秦王子，駕鶴乘紫煙。下刻盤龍勢，矯首半銜連[9]。旁爲伊水麗[10]，芝蓋出嵒間。

---

1 "芳烟"，《香乘》作"芳焰"，"焰"字音近而訛。

2 鋒按：《玉臺新詠》卷一有之，其題作"古詩"者凡八首，皆無作者，此其五。《初學記》卷二十五"器物部·香爐第八"有之，應即洪譜此條所本，題作"古詩詠香爐詩"，多一"詩"字。陳譜煙雲本卷四"詩"部有之，條目作"香爐（古樂府）"。《香乘》卷二十七"香詩彙"部有之，然條目作"香爐"。

3 "香爐"，《玉臺新詠》《初學記》皆作"爐器"。

4 "崔嵬"，陳譜煙雲本作"崔巍"。

5 離婁，《孟子·離婁上》："離婁之明，公輸子之巧，不以規矩，不能成方圓。"焦循《孟子正義》："離婁，古之明目者，黃帝時人也。黃帝亡其玄珠，使離朱索之。離朱，即離婁也，能視於百步之外，見秋毫之末。"此處借作"分明"意。

6 "順風入君懷"，《玉臺新詠》作"從風入君懷"，陳譜煙雲本作"順入君懷裡"。

7 鋒按：《初學記》卷二十五"器物部·香爐第八"有之，應即洪譜此條所本，題作"南齊劉繪詠博山香爐詩"，多"南"字。陳譜煙雲本卷四"詩"部有之，條目作"博山香爐（齊劉繪）"。《香乘》卷二十七"香詩彙"部有之，條目作"博山香爐（南齊劉繪）"。劉繪字士章，見《南史·劉繪傳》。

8 "蔽虧千種樹"，陳譜煙雲本作"蔽空千種樹"，"虧"作"空"。

9 "銜連"，《初學記》作"銜蓮"，"連"作"蓮"。

10 "旁爲伊水麗"，百川咸淳本、陳譜煙雲本皆作"傍爲伊水麗"，"傍"字形近且音近而訛。《初學記》《香乘》皆作"旁爲伊水麗"，據改。

後有漢游女[1]，拾羽[2]弄餘妍。榮色何雜糅[3]，緝繡更相鮮。麕麚[4]或騰倚[5]，林薄杳芊眠[6]。掩華如不發[7]，含熏未肯然。風生玉階[8]樹，露湛曲池蓮。寒虫飛夜室，秋雲沒曉天[9]。

【梁昭明太子銅博山香爐賦】[10]稟至精之純質，產靈嶽之幽深。探般倕[11]之妙旨，運公輸之巧心。有蕙帶而崱隱，亦霓裳而升仙。寫嵩山[12]之巃嵸[13]，象鄧林之阽眠[14]。於

1　“後有漢游女”，百川咸淳本、《初學記》皆作“復有漢游女”，據上文“旁爲伊水麗”，此處以作“後有”始對應，“復”字形近而訛，據陳譜煙雲本、《香乘》改。

2　“拾羽”，陳譜煙雲本、《香乘》皆作“拾翠”。三國魏·曹植《洛神賦》：“或采明珠，或拾翠羽。”

3　“雜糅”，陳譜煙雲本作“雜揉”，“揉”字形近而訛。

4　麕麚（jūn jiā），獐子和雄鹿。《楚辭·招隱士》：“白鹿麕麚兮，或騰或倚。”南宋·洪興祖《楚辭補注》：“麕，麞也。”麞，即獐。

5　“或騰倚”，陳譜煙雲本作“何騰倚”。

6　“芊眠”，陳譜煙雲本作“阽眠”，《香乘》作“芊薈”。《楚辭·九懷·通路》：“遠望兮仟眠。”王逸《楚辭章句》：“遥視楚國，闇未明也。一作芊暝。”

7　“掩華如不發”，《初學記》作“掩華終不發”，“如”作“終”。陳譜煙雲本作“掩花如不發”。

8　“玉階”，百川咸淳本作“四階”，“四”字形近而訛，《初學記》、《詩品》、陳譜煙雲本、《香乘》皆作“玉階”，據改。

9　“秋雲沒曉天”，百川咸淳本作“秋虗沒曉天”，“虗”字形近而訛，《初學記》作“秋雲沒曉天”，據改。陳譜煙雲本作“秋雲沒燒天”，“燒”字形近而訛。《香乘》作“秋雲漫曉天”，“沒”作“漫”。

10　鋒按：“梁昭明太子銅博山香爐賦”條，《初學記》卷二十五“器物部·香爐第八”有之，條目同，然條文大異：“方夏鼎之壞異，類山經之訛詭。制一器而備衆質，諒茲物之爲侈。於時，青女司寒，紅光翳景。吐圓舒於東岳，匿丹曦於西嶺。翠帷已低，蘭膏未屏。爇松柏之火，焚蘭麝之芳。熒熒內曜，芬芬外揚。似慶雲之呈色，如景星之舒光。齊姬合歡而流盼，燕女巧笑而蛾揚。劉公聞之見錫，粵女惹之留香。信名嘉而器美，永服玩於華堂。”陳譜煙雲本卷四“賦”部無此條，然陳譜四庫本卷四“賦”部有之，條目作“銅博山香爐賦”，後有小字注“梁昭明太子”。《香乘》卷二十八“香文彙”部有之，條目作“銅博山香爐賦”，後有小字注“昭明太子”，條文與《初學記》同。

11　“般倕”，陳譜四庫本作“衆倕”，“衆”字訛。倕（chuí），《經典釋文》：“工倕，堯時巧者也。”

12　“嵩山”，陳譜四庫本作“崧山”，“嵩”“崧”二字通。

13　“巃嵸”，百川咸淳本作“籠嵸”，“籠”字形近且音同而訛，據陳譜四庫本改。司馬相如《上林賦》：“於是乎崇山矗矗，巃嵸崔巍。”

14　“阽眠”，陳譜四庫本作“芊眠”。

133

時，青煙司寒，夕光[1]翳景。翠帷已低，蘭膏未屏。炎蒸內耀，苾芬外揚。似慶雲之呈色[2]，若景星之舒光。信名嘉而用美，永爲玩於華堂。

【漢劉向薰爐銘】[3]嘉此正器[4]，嶄嵓若山。上貫太華，承以銅盤。中有蘭綺[5]，朱火青煙。

【梁孝元帝香爐銘】[6]蘇合氤氳[7]，飛煙若雲[8]。時濃更薄[9]，乍聚還分。火微難盡[10]，風長易聞。孰云道力，慈悲所薰？

---

1 "夕光"，陳譜四庫本作"晨光"。

2 "似慶雲之呈色"，百川咸淳本作"以慶雲之呈色"，依下文"若景星之舒光"，"似"字是，則"以"字形近而訛，陳譜四庫本正作"似"。

3 鋒按："漢劉向薰爐銘"條，《初學記》卷二十五"器物部·煙第十五"有之，條目作"劉向薰爐銘"，條文作"中有蘭麝，朱火青煙。蔚術四塞，上連青雲。"陳譜煙雲本卷四"銘"部有之，條目作"博山爐銘"，後有小字注"劉向"。《香乘》卷二十八"香文彙"部有之，條目與陳譜煙雲本同。

4 "嘉此正器"，百川咸淳本作"嘉此正氣"，"氣"字音同而訛，據陳譜煙雲本改。《香乘》作"嘉此王氣"，"王"字形近而訛，"氣"字音同而訛。

5 "蘭綺"，《初學記》作"蘭麝"，陳譜煙雲本作"蘭錡"，"錡"字形近且音近而訛。

6 鋒按："梁孝元帝香爐銘"條，《類説》北泉本有之，然條目作"薰爐銘"，據校，條文起始作"漢劉向薰爐銘云"，訛。唐·歐陽詢《藝文類聚》卷七十"服飾部下·香爐"有之，正作"梁孝元帝"。陳譜煙雲本卷四"銘"部亦有之，條目作"香爐銘"，後有小字注"梁元帝"。《香乘》卷二十八"香文彙"部亦有之，條目與陳譜煙雲本同。

7 "氤氳"，《香乘》作"氛氳"，"氛"字形近而訛。

8 "飛煙若雲"，《類説》北泉本作"非煙若雲"，"非"字音近而訛。

9 "時濃更薄"，《類説》北泉本作"時穠更薄"，"穠"字形近且音近而訛。

10 "火微難盡"，《香乘》作"火微難燼"，"燼"字形近且音近而訛。

【古詩 】[1]

博山爐中百和香，鬱金蘇合與[2] 都梁。[3]

紅羅複斗帳，四角垂香囊。[4]

開奩集香蘇。[5]

金爐絕沈燎。[6]

金泥蘇合香。[7]

薰爐雜棗香。[8]

1　鋒按："古詩"條，陳譜煙雲本卷四"詩"部有之，條目作"詩句"。《香乘》卷二十八"香詩彙"部有之，條目亦作"詩句"。

2　"與"，《玉臺新詠》、陳譜煙雲本、《香乘》皆作"及"。

3　鋒按："博山爐中百和香"聯，見於《玉臺新詠》卷九所收南朝蕭梁·吳均《行路難》（二首其一）。陳譜煙雲本該聯後，有小字注"吳均"。《香乘》該聯後，有小字注"吳筠"，"筠"字形近而訛。吳均，見《梁書·文學傳·吳均》："吳均字叔庠，吳興故鄣人也。家世寒賤，至均好學有俊才，沈約嘗見均文，頗相稱賞。天監初，柳惲爲吳興，召補主簿，日引與賦詩。均文體清拔有古氣，好事者或效之，謂爲吳均體。"

4　鋒按："紅羅複斗帳"聯，見於《玉臺新詠》卷一所收佚名《古詩爲焦仲卿妻作》。陳譜煙雲本、《香乘》本聯後，皆有小字注"古詩"。

5　鋒按："開奩集香蘇"句，見於《玉臺新詠》卷四所收南朝劉宋·鮑照《夢還詩》。陳譜煙雲本卷四"事類"部"香奩"條，所引"古詩"即此句。《香乘》卷十"香事分類下"部之"香器具"之"香奩"條，所引"古詩"亦此句。

6　鋒按："金爐絕沈燎"句，見於《玉臺新詠》卷五所收南朝劉宋、蕭齊間·惠休《怨別》。惠休，生卒年不詳。南朝蕭梁·沈約《宋書·徐湛傳》："時有沙門釋惠休，善屬文，辭采綺豔，湛之與之甚厚。世祖命使還俗。本姓湯，位至揚州從事史。"

7　鋒按："金泥蘇合香"句，見於《玉臺新詠》卷六所收南朝蕭梁·吳均《秦王卷衣》。

8　鋒按："薰爐雜棗香"句，似未見於何種總集、選集、別集。陳譜煙雲本作"薰爐雞棗香"，"雞"字形近而訛，該句後有小字注"古"，則此句或爲漢末佚詩。《香乘》作"薰爐雞舌香"，"雞""舌"二字皆形近而訛。明·王餘佑《五公山人集》卷七"雜著"部"棗香"條云："古詩云：'薰爐雜棗香'，棗固香之一種也。齋中趺坐，對爐拈棗焚之，亦自清勝，何必牛肉換沉檀耶？雖云'棗膏昏懜'，乃范蔚宗譏刺朝士之語，我非羊玄保，復何病焉？"

135

青牛丹轂七香車。[1]

復擣百和裛衣香。[2]

洪芻《香後譜跋》[3]

予[4]頃見沈立之《香譜》，惜其不完，思廣而正之[5]，因作《後譜》，拆爲五部[6]。

---

1 鋒按：《玉臺新詠》卷九所收南朝蕭梁·蕭綱《烏棲曲》（四首其三）云："青牛丹轂七香車"，應即洪譜此句所本。陳譜煙雲本卷四"事類"部有"七香車"條，云："梁簡文帝詩云：丹轂七香車。"洪譜百川咸淳本作"丹轂七車香"，脫"青""牛"二字，據《玉臺新詠》補，且"七""車"二字倒，據《玉臺新詠》、陳譜煙雲本改。

2 鋒按：南朝蕭梁·王筠《王筠集》卷下"樂府"所收《行路難》云："復擣百和裛衣香"，即洪譜此句所本。洪譜百川咸淳本、陳譜煙雲本、《香乘》皆作"百和裛衣香"，皆脫"復""擣"二字，據《王筠集》補。《梁書·王筠傳》："王筠字元禮，一字德柔，琅邪臨沂人。祖僧虔，齊司空簡穆公。父楫，太中大夫……尚書令沈約，當世辭宗，每見筠文，咨嗟吟咏，以爲不逮也……昭明太子愛文學士，常與筠及劉孝綽、陸倕、到洽、殷芸等遊宴玄圃。"

3 鋒按：該跋不見於洪譜百川本，輯佚來源：其一，五十卷鈔本《類説》北泉本、有嘉本、世學本、澹生本之卷四十九所收《香後譜》卷尾。其二，六十卷刻本《類説》天啓本之卷五十九所收《香後譜》卷尾。

4 鋒按："予頃見沈立之《香譜》"，《類説》北泉本、有嘉本、世學本、澹生本皆作"余頃見沈立之《香譜》"，"予"作"余"。然《類説》天啓本作"予頃見沈立之《香譜》"，而洪芻《香後譜序》"予之譜香，亦是意也"之句亦作"予"，與洪《跋》遙相呼應，據改。

5 "廣而正之"，《類説》有嘉本作"廣而立之"，"立"字形近而訛。

6 "拆爲五部"，《類説》北泉本、天啓本皆作"拆爲五部"，《類説》有嘉本、澹生本皆作"折爲五部"，"折"字形近而訛。《類説》世學本作"析爲五部"，"拆"作"析"。

《香後譜》附録

周紫芝《書洪駒父〈香譜〉後》[1]

歷陽沈諫議家，昔號藏書最多者。今世所傳《香譜》，蓋諫議公所自集也，以謂盡得諸家所載香事矣。以今洪駒父所集觀之，十分未得其一二也。余在富川，作妙香寮，永興郭元壽賦長篇。其後，貴池丞劉君穎與余，凡五賡其韻，往返十篇。所用香事頗多，猶有一二事，駒父譜中不録者。乃知世間書豈一耳目所能盡知？自昔作類書者，不知其幾家，何嘗有窮？頃年在武林，見丹陽陳彥育作類書。自言：今三十年矣，如荔枝一門，猶有一百二十餘事。嗚呼！博聞洽識之士，固足以取重一時，然迷入黑海，蕩而不反者，亦可爲書淫傳癖之戒云！

《四庫全書總目·香譜提要》[2]

《香譜》二卷，内府藏本。

舊本不著撰人名氏。左圭《百川學海》題爲宋洪芻撰。芻字駒父，南昌人。紹聖元年進士，靖康中官至諫議大夫，謫沙門島以卒。所作《香譜》，《宋史·藝文志》著録。周紫芝《太倉稊米集》有《題洪駒父〈香譜〉後》曰："歷陽沈諫議家，昔號藏書最多者。今世所傳《香譜》，蓋諫議公所自集也。以爲盡得諸家所載香事矣。以今洪駒父所集觀之，十分未得其一二也。余在富川，作妙香寮，永興郭元壽賦長篇。其後，貴池丞劉君穎與余，凡五賡其韻，往返十篇。所用香事頗多，猶有一二事，駒父譜中不録者，云云。"則當時推重芻譜在沈立譜之上。然晁公武《讀書志》稱："芻譜集古今香法，有鄭康成漢宮香、《南史》小宗香、《真誥》嬰

---

1 周紫芝（1082—？），南宋文學家。《太倉稊米集》（文淵閣四庫全書本），卷六十七"書後"。
2 清·永瑢、紀昀，《四庫全書總目》，卷一百一十五"子部·譜録類"。

香、戚夫人迫駕香、唐員半千香，所記甚該博。然《通典》載歷代祀天用水沉香，獨遺之云云。"此本有"水沉香"一條，而所稱"鄭康成"諸條乃俱不載，卷數比《通考》所載芻譜亦多一卷，似非芻作。沈立譜久無傳本，《書録解題》有侯氏《萱堂香譜》二卷，不知何代人，或即此書耶？其書凡分四類，曰香之品、香之异、香之事、香之法，亦頗賅備，足以資考證也。

附録

《北宋香譜兩種》輯校所用底本三種

《洪譜》（百川學海本，南宋刊，中國國家圖書館藏）

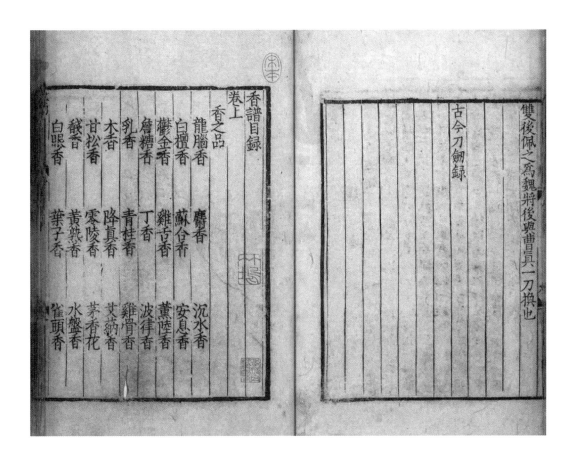

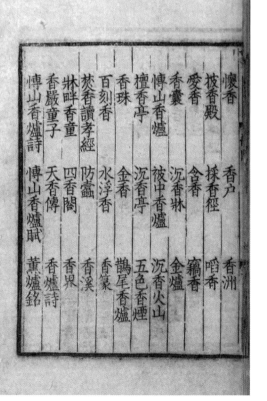

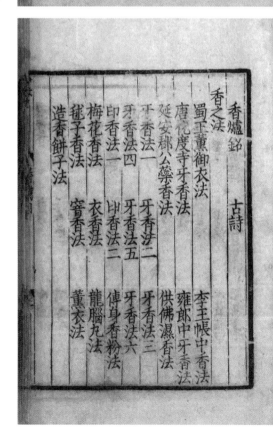

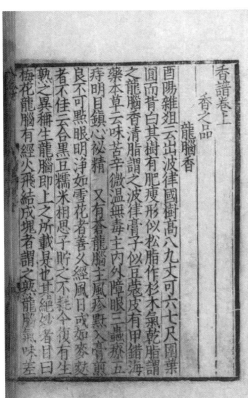

香譜卷上

香之品

龍腦香

酉陽雜俎云出波律國樹高八九丈可六七尺圍葉
圓而背白其樹有肥瘦形似松脂作杉木氣乾脂謂
之龍腦香清脂謂之波律膏子似豆蔻皮有甲錯海
藥本草云味苦辛微溫無毒主內外障眼三蟲五
痔明目鎮心祕精 又有蒼龍腦主風疹㸃之如膏頭
者不佳二合黑豆糯米相思子貯之不耗今復有生
熟之異㸃生龍腦即上之所載是也其絕妙者曰
梅花龍腦有經火飛結成塊者謂之與龍腦氣味差

薄焉蓋易入他物故也

麝香

唐本草云生中臺川谷及雍州益州皆有之陶隱居
云形似麞常食柏葉又噉蛇或於五月得香往往有
蛇皮骨主辟邪殺鬼精中惡風毒㾈偒大都亦有精
香分粒作三四子刮取血膜雜以餘物大都亦至寒
䴢破皮毛共在裏中者為勝或有夏食蛇蟲多至寒
香蒲入春患急痛自以脚剔出人有得之者此香絕
勝帶麝非但香辟惡今或傳有水麝臍其香尤美
惡夢㞷交尸疰見鬼氣辟一子着人辟

沉水香

唐本草注云出天竺單于二國與青桂雞骨棧香同

是一樹葉似橘經冬不彫夏生花白而圓細秋結實
如檳榔色紫似甚而味辛療風水毒腫去惡氣樹皮
青色木似櫸柳重實里色沉水者謂之蟬沉又其不
沉水者謂之生結 又拾遺有生黃而
解紛云其樹如椿常以水試乃知餘見下卷天香傳
中

白檀香

陳藏器曰云本草拾遺曰樹如檀出海南主心腹痛霍
亂中惡鬼氣殺蟲又唐本草云味鹹微寒主惡風毒
出嶺南崑崙盤之國主消風腫又有㿌白其檀人磨
之以塗風腫雖不生於中華而人閒徧有之

蘇合香

〔續前〕

神農本草云生益中臺川谷陶隱居云俗傳是師子糞
外國說不爾今皆從西域來真者難別紫赤色如紫
檀堅實極芬香重如石燒之灰白者佳主辟邪惡
瘡去三蟲

安息香

本草云出西戎以栢脂黃黑色為塊新者亦柔軟
辛苦無毒主心腹惡氣鬼疰
出波斯國其樹呼為辟邪樹長三丈許皮色黃黑葉
有四角經冬不彫二月有花黃色心微碧不結實刻
皮出膠如飴名安息香

鬱金香

魏略云生大秦國二三月花如紅藍四五月採之其
香十二葉為百草之英
　　　　　　　　　　　　本草拾遺曰味苦無毒主
蟲毒鬼疰瘟鶪等身除心腹間惡氣鬼疰入諸香用
說文曰鬱金草煮以釀鬯以降神也

雞舌香

唐本草云云是崑崙及交愛以南樹有雌雄皮葉並似
栗其花如梅結實似棗核者雌樹也不入香用無子
者雄樹也採花釀以成香微溫主心痛惡瘡療風毒
去惡氣
　　　　　　　　　　　　海藥本草

薰陸香

廣志云生南海又僻方注曰即羅香也
云味平溫無毒主清人神其香樹一名馬尾香是樹
皮鱗甲採之復生又唐本草注云出天竺國及邯鄲
似楓松脂黃白色天竺者多白邯鄲者夾綠色香不
甚利微溫主伏尸惡氣療風水腫毒惡瘡

詹糖香

本草云出晉安岑州又交廣以南樹似橘煎枝葉為
實

丁香

山海經曰生東海又崑崙國二三月花開七月方結
實開寶本草注云生廣州高丈餘凌冬不凋葉
似櫟而花圓細色黃子如丁長三四分紫色中有麤
大長寸許者俗呼為母丁香擊之則順理而折味辛
主風毒諸腫能發諸香及止乾霍亂嘔吐驗

波律香

本草拾遺曰出波律國與龍腦同樹之清脂也除惡
宗殺蟲莊見龍腦香即波律膏也

乳香

廣志云即南海波斯國松樹脂有紫赤櫻桃者名乳
香蓋薰陸之類也仙方多用辟邪其性溫療諸
風口噤婦人血風能發酒治風冷止大腸洩僻療諸
瘡癤令內消令以通明者為勝目白的乳其次曰揀
香又次曰棧香然多夾雜成大塊如礨青之狀又其
細者謂之香緝

青桂香

本草拾遺曰即沉香同樹細枝緊實未爛者

雞骨香

本草拾遺記曰亦蕀香中形似雞骨者

本草

木香

本草云一名蜜香從外國舶上來葉似薯蕷而根大
花紫色功効極多味辛溫而無毒主辟溫瘴氣劣氣
不足有消毒殺蟲毒今以如雞骨堅實黏黃者為
上復有馬兜苓根謂之青木香非此之謂也或云有
二種亦恐非耳一謂之雲土南根

降真香

南州記曰生南海諸山又云生大秦國　海藥本草
曰味溫平無毒主天行時氣宅舍怪異並燒之有驗
仙傳云燒之感引鶴降醮星辰燒此香甚為第一　小

兒帶之能辟邪氣其香如蘇方木然之初不甚香得
諸香和之則特美

艾納香

廣志云出西國似細艾又云松樹皮綠衣亦名艾納
可以合諸香燒之能聚其煙青白不散　本草拾遺

甘松香

日味溫無毒主惡氣殺蟲毒主腹冷泄痢
身令香叢生葉細　廣志云七松香生涼州

零陵香

本草拾遺一名薰草又名蕙草生零陵山谷葉如羅
勒山海經曰薰草似麻葉方莖赤華如麻蕪可以止癘
南越志云一名燕草又名薰草似麻葉方莖赤氣如靡蕪可以止癘

即零陵香味苦無毒主惡氣注心腹痛下氣令體香
和諸香或作湯丸用得酒良

茅香花

唐本草云生劍南諸州其莖葉黑褐色花白非白茅
也味苦溫無毒主中惡溫胃止嘔吐葉苗可煮湯浴
辟邪氣令人香

蕀香

本草拾遺曰亦沉香同樹以其肌理有黑脈者謂之
也
黃熟香亦蕀香之類也但輕虛枯朽不堪者謂之

水盤香

類黃熟而殊大多雕刻為香山佛像並出舶上

白眼香

亦黃熟之別名也其色差白不入藥即和香或用之

葉子香

即蕀香之薄者其香尤勝於蕀香又謂之龍鱗香

崔頭香

本草云即香附子也所在有之葉莖都似三稜根若
附子周匝多毛交州者最勝大如棗核近道者如杏
仁許荊襄人謂之莎草根大下氣除胸腹中熱合和
香用之尤佳

芸香

會頡解詁曰芸蒿似邪蒿可食魚卷典略云芸香辟
紙魚蠹故藏書臺稱芸臺

川本草云味辛平無毒主利水道殺蟲毒辟不祥一
名水香生大吳池澤葉似蘭尖長有岐花紅白色而
香煑水浴以治風

芳香

本草云即白芷也一名蒚又名蘺又曰苻蘺
又名澤芬生下濕地河東川谷尤佳近道亦有道家
以此香浴去尸蟲

蘪香

本草云即杜衡也葉似葵形如馬蹄俗呼為馬蹄香

蕙香

藥中少用惟道家服令人身香

廣志云蕙草綠葉紫花魏武帝以為香燒之

白膠香

唐本草注云白樹高大木理細葉葉三角商洛間多有
五月斫為坎十一月收脂　開實本草云味辛苦無
毒主癮疹風痒浮腫即楓香脂

都梁香

荆州記曰都梁縣有山山上有水其中生蘭草因名
都梁香形如藿香　古詩曰博山鑪中百和香鬱金
蘇合及都梁廣志云都梁出淮南亦名煎澤草也

甲香

蘇本草云螺類生雲南者大如掌青黃色長四五寸
取靨燒灰用之南人亦煑其肉噉今合香多用謂能

發香復來香煙須酒蜜煑製方可用法見下

白茅香

本草拾遺記曰味甘平無毒主惡氣令人身香煑汁
服之主腹內冷氣痛生安南如茅根道家用煑湯沐浴
可為書軸辟白魚不蛀書

兆婁香

內典云一名化木香似老椿　海藥本草曰味辛溫
無毒主惡瘡心氣斷一切惡氣葉落水中魚暴死木

異物志云出海邊國如都梁香　本草曰性微溫
霍亂心痛主風水毒腫惡氣止吐逆亦合香用蒸藟
似水蘇

蒳車香

本草拾遺曰味辛溫主蟲氣去臭及蟲魚蛀物生彭
城高數尺白花　爾雅曰藑車芝興洼曰香草也

耕香

廣志曰生劮國　魏略曰出大秦國　本草拾遺曰
味溫甘無毒去惡氣溫中除冷

木蜜香

南方草木狀曰木蜜香葉如細葉
溫無毒主臭氣調中生烏滸國　本草拾遺曰味辛

內典云樹似沉香　本草拾遺曰味甘溫無毒主辟惡去
異物志云甘葉如椿　交州記

辟邪蒿生南海諸山中（樹五六年便有香也）

迷迭香

廣志云出西域魏文帝有賦亦嘗用

味辛溫無毒主惡氣令人衣香燒之去邪　本草拾遺曰

香之異

都夷香

茶蕪香

洞冥記香如棗核食一顆歷月不飢或投水中俄頃

大玉蟲也

骨則肌肉皆生又出獨異志

辟寒香

辟衆香瑞麟香金鳳香皆異國所獻杜陽編云

漢武帝唐皇后公主乘七寶輦四面綴五色玉香囊

月支香

瑞應圖大漢二年月支國貢神香武帝取看之狀若

燕郊凡三枚大似棗帝不燒付外庫後長安中大疫

宮人得疾衆使者請燒一枚以辟疫氣帝然之宮中

病者差長安百里內聞其香積九月不歇

振靈香

十洲記聚窟州有大樹如楓而葉香聞數百里名曰

返魂樹根於玉釜中煮汁如飴名曰驚精香又曰振

靈香又曰返生香又曰馬精香又名却死香一種五

名靈物也香聞數百里死屍在地聞即活

千畝香

述異記曰南郡有千畝香往往出其中

十里香

述異記曰千年松香聞於十里

藕絲香

酉陽雜俎曰出波斯國拂林呼為頂藪梨忚長一丈

餘圍一尺許皮色青薄而極光淨葉似阿魏每三葉

生於條端無花結實西域人常八月伐之至冬更抽

新條極滋茂若不剪除返枯死七月斷其枝有黃汁

其狀如蜜微有香氣入藥療百病

龜甲香

述異記曰即桂香之善者

兜末香

本草拾遺曰燒去惡氣除病疫

王母降上燒是香兜渠國所獻如大豆塗宮門香聞

百里關中大疫死者相枕燒此香疫則止　漢武帝故事曰西

死者皆起此則靈香非中國所致　內傳云

沉光香

洞冥記塗魂國貢門中燒之有光而堅實難碎太醫

以鐵杵舂如粉而燒之

沉榆香

封禪記蕃帝列珪玉於蘭蒲席上然沉榆香舂雜寶
為眉以沉榆和之若泥以分尊卑華戎之位
拾遺記靈帝初平三年西域獻焚燒湯辟癘宮人以沐
頭
拾遺記曰此香疊疊狀如雲毋其冬氣辟癘魏文帝時
題腹國獻

石葉香
拾遺記一名紅藍香又名金香又名屬香草香出裔
杜陽編穆宗嘗於藏真島前焚之以崇禮敬

鳳腦香

紫术香
述異記一名紅藍香又名金香又名屬香草香出裔

梧桂林二郡界

威香
孫氏瑞應圖曰瑞草曰一名威難王者禮備則生於
殿前又云王者愛人命則生

百濯香
拾遺記孫亮為龍姬四人合四氣香皆殊方異國所獻
凡經踐躡安息之嗅香氣在衣彌年不歇因香名百
濯復目其室曰思香媚寢

龍文香

千步香
杜陽編武帝時所獻志其國名

述異記南海出千步香佩之香聞於千步草也今海

隅有千步草是其種也葉似杜若而紅碧相雜貢籍
曰南郡貢香千步香

薰肌香
洞冥記用薰人人肌骨至老不病

蘅蕪香
拾遺記漢武帝夢李夫人授蘅蕪之香帝夢中驚起
香氣猶著衣枕歷月不歇

九和香

三洞珠囊曰天人玉女攜天香按蘂王爐中爇九和
之香

九真雄麝香

西京雜記趙昭儀上姊飛燕三十五物有青木香沉

水香九真雄麝香

屬賓國香
盧氏雜說楊牧嘗召崔安石食鹽盤前置香一爐煙出
如樓臺之狀別聞一香非似爐煙之楊顏左
右取白角柈子盛一漆越子呈崔曰此屬賓國香所
聞即此香也

拘物頭花香
唐太宗實錄同昌公主薨主哀痛常令賜紫尼及女道冠

昇霄靈香
杜陽編同昌公主薨擊歸天紫金之磬以導靈昇

祇精香

牛頭旃檀香
華嚴經云從離垢出若以塗身火不能燒

羯布羅香
西域記云其樹松身異葉花果亦別初採既濕尚未
有香木乾之後循理而折之其中有香木乾之後色
如冰雪亦龍腦香

薝蔔花香

摩羅跋香
摩羅跋香多伽羅香象香馬香男香女香拘䩞陀羅
樹香勇陀羅花香殊沙華香旃檀香沉水香多

法華經云須曼那華香闍提華香末利花香羅華
香青赤白蓮華香華樹香果樹香旃檀香沉水香多

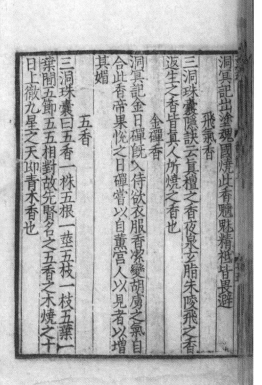

洞冥記出塗魂國燒此香魑魅精祇皆畏避

飛氣香
三洞珠囊隱訣云真檀之香夜泉玄脂朱陵飛
返生之香皆其人所燒之香也

金碑香
洞冥記金日碑既入侍欲衣服香紫變胡虜之氣自
合此香帝果悅之曰碑嘗以自薰宮人以見者以增
其媚

五香
三洞珠囊曰五香一株五根一莖五枝一葉一
藥聞五節五五相對故先賢名之五香之木燒之十
日上徹九星之天即青木香也

千和香
三洞珠囊曰峨嵋山孫真人然千和之香

兜婁婆香
楞嚴經壇前別安一小爐以此香煎取香水沐浴其
炭然令猛熾

多伽羅香
釋氏會要曰多伽羅香此云根香多摩羅跋香此云
藿香旋檀香即白檀也能治熱亦檀能治
風腫

大象藏香
釋氏會要曰因龍鬪而生若燒其一九與大光明細
雲覆上味如甘露十晝夜降其甘雨

香之事
述香

香之美者曰馞（音鐵）馞火氣香
說文曰芳也从黍从甘隸省作香春秋傳曰黍稷
馨香先香之屬曰香之遠聞曰馨

香之氣曰馦（音鐮）火氣香
曰馤（音澹）
曰馧（音愛）方滅
曰馪（音繽）
曰馛（音跋）步末
曰䭇（音稠）四滿
曰馥（音復）
曰馠（音含）
曰䭀（音火含）
曰馤（音軮反）烏旱
曰馣（音奄反）
曰馝（音弼）
曰䬔（音顉反）蒲紺
曰馠（音尰）
曰馥（音妃）
曰馞（音旁）
曰馛（音尊反）
曰馜（音禰反）
曰馩（音分反）
曰馣（音奴且）
曰馥（音含反）
曰馧（音氳）
曰馠（音他胡）
曰馤（音荷）
曰馣（音荷反）

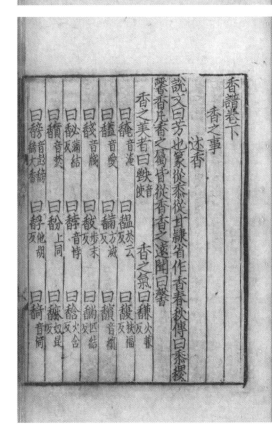

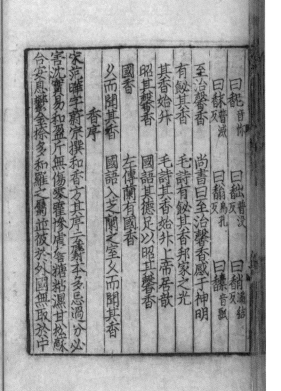

曰龍音怜 曰齘音泣 曰韜茗結
曰酥普減
曰韜反 曰鳥孔 曰襪音瓢
尚書曰至治馨香感于神明
至治馨香
毛詩其香始升上帝居歆
有祕其香
其香始升
國語其德足以昭其馨香
昭其發馨香
左傳蘭有國香
國香
國語入芝蘭之室久而聞其香
义而聞其香
香序
宋濂暉字齋宗撰和香方其序云董本多忌過分必
宮沈實易和盈斤無傷家寵懷虐管糖粘濕甘松蘇
合安息薰金捺多和羅之屬並被於外國無取於中

土又秉膏香懷甲綫淺俗非淮無助於馨烈乃當彌
增於无疾也此亭所言粃以比類朝士麤本多忌比
原獠之秉膏昏懷比羊玄保甲綫淺俗比徐湛之甘
松蘇合比惠休道人沈實易和蓋白比也
香尉
述異記漢雍仲子進南海香物拜涪陽尉人謂之香
尉
香市
述異記曰南方有香市乃商人交易香處
薰爐
應劭漢官儀曰尚書郎入直臺中給女侍史二人皆
選端正指使從直女侍史執香爐燒薰以從入臺中

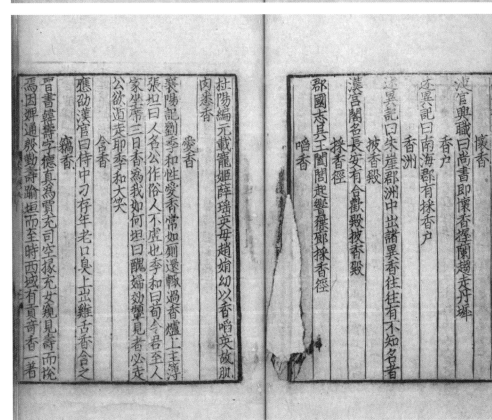

給使護衣
渡官興藏曰尚書即懷香握蘭趨走丹墀
懷香
香户
述異記曰南海郡有採香户
香洲
述異記曰朱崖郡洲中出諸異香往往有不知名者
漢宮閣名長安有合歡殿被香殿
採香徑
郡國志其王閶間起靈櫵郡採香徑
嚙香

拉陽編元載寵姬薛瑤英母趙娟幻以香噙英故肌
肉悉香
愛香
襄陽記劉季和性愛香常如厠還過香爐上主簿
張坦曰人各有好我如何坦曰殷君至人
家坐席三日香公為我如何坦曰醜婦效嚬見者必走
公欲遠走即季和大笑
含香
應劭漢官曰侍中刁存年老口臭上出雞舌香含之
竊香
可曰書轝壽字德真為賈充司空掾充女魏見壽而悅
焉因婢通殷勤壽踰垣而至時西域有貢奇香一著

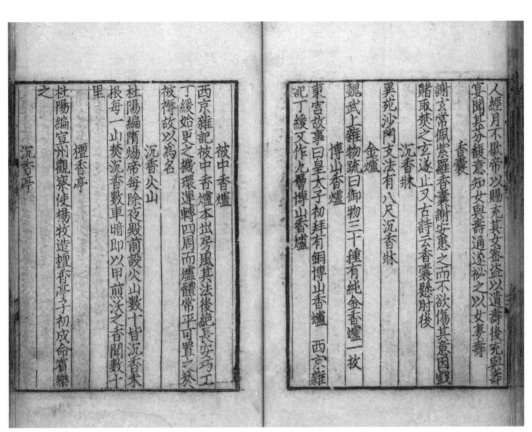

人經月不歇帝以賜充其女竊以遺壽後充與壽
宴聞其芬馥意知女與壽通遂祕之以女妻壽

　　香囊
謝玄常佩紫羅香囊謝安患之而不欲傷其意因戲
賭取焚之玄遂止又古詩云香囊懸肘後

　　沉香牀
異苑沙門支法有八尺沉香牀

　　金爐
東宮故事曰皇太子初拜有銅博山香爐　西京雜
記丁緩又作九罍博山香爐

　　博山香爐
魏武上雜物疏曰御物三十種有純金香爐一枚

　　被中香爐
西京雜記被中香爐本出房風其法後絕長安巧工
丁緩始更之機環運轉四周而爐體常平可置之被
褥故以為名

　　沉香火山
杜陽編隋煬帝每除夜殿前設火山數十皆沉香木
根每一山焚沉香數車暗即以甲煎沃之香聞數十
里

　　檀香亭
杜陽編宣州觀察使楊牧造檀香亭子初成命賓樂
之

　　沉香亭
李白後集序開元中禁中初重木芍藥即今牡丹也
得四本紅紫淺紅通白者上因移植於興慶池東沉
香亭前

　　五色香煙
三洞珠囊許遠遊燒香皆五色香煙出

　　香珠
三洞珠囊以雜香擣之丸如梧桐子大青繩穿此三
皇真元之香也燒之香徹天

　　金香
右司命君王易度游于東揝寶昌之城長桑之鄉天
女漚以平露金香八會之湯瓊鳳玄脯

　　鵲尾香爐
宋玉賢山陰人也既景女資職志彌高自專年及笄
應適女兄許氏密具法服發車既至天門眄及交禮
更著黃巾裙手執鵲尾香爐不覩婦禮賓至駭愕夫
家力不能屈乃放還遂出家梁大同初隱弱溪之間

　　百刻香
近世尚奇者作香篆其文準十二辰分一百刻凡然
一晝夜已

　　水浮香
然紙灰以印香篆浮之水面篆竟不沉香獸以塗金
為後猊麒麟兔鴨之狀空中以然香使煙自口出以
為玩好後有雕木埏土為之者

　　香篆

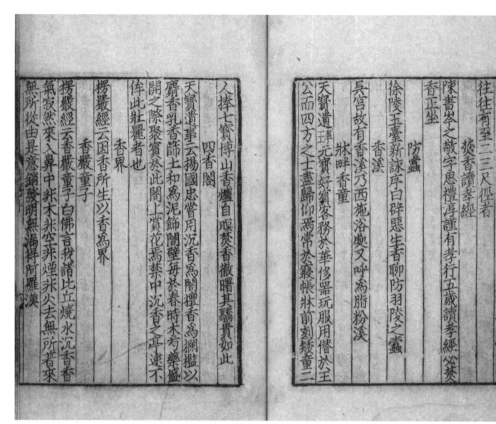

鑲木以爲之以範香壅爲家文然於飯席或佛像前
往往有至二三尺徑者

焚香讀孝經

陳書岑之敬字思禮淳謹有孝行五歲讀孝經必焚
香正坐

防蟲
徐陵玉臺新詠序曰辟惡生香聊爲羽陵之蠹

香溪
吳宮故有香溪乃西施浴處又呼爲脂粉溪

林畔香童

香童
天寶遺事元寶好賓客務於華侈罷玩服用借於王
公而四方之士盡歸仰焉常於寢帳林前刻矮童二

人捧七寶博山香爐自暇焚香徹曙其驕貴如此

四香閣
天寶遺事云楊國忠嘗用沉香爲閣檀香爲欄檻以
麝香乳香篩土和爲泥飾閣壁每於春時木芍藥盛
開之際聚賓賞然此閣上賞花爲禁中沉香之亭遠不
侔此壯麗者也

香界
楞嚴經云因香所生以香爲界

香嚴童子
楞嚴經香嚴童子白佛言我諸比丘燒水沉香香
氣寂然來入鼻中非木非空非煙非火去無所著來
無所從由是意銷發明無漏得阿羅漢

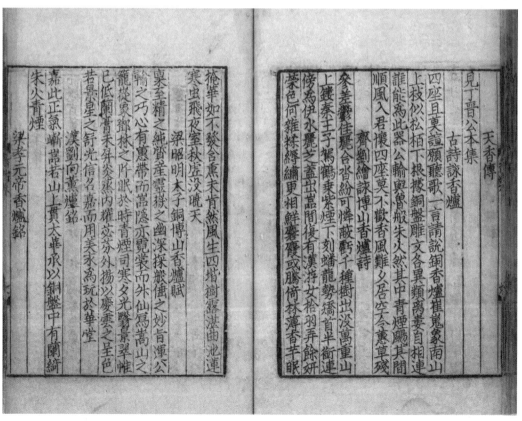

天香傳
見丁晉公本集

古詩詠香爐
四座且莫諠願聽歌一言請說銅香爐崔嵬象南山
上枝似松柏下根據銅盤雕文各異類離婁自相連
誰能爲此器公輸與魯般朱火然其中青煙颺其間
順風入君懷四座莫不歡香風難久居空令蕙草殘

齊劉繪詠博山香爐詩
參差鬱佳麗合沓紛可憐蔽虧千種樹出沒萬重山
上罶秦王子駕鶴乘紫煙下刻蟠龍勢矯首半銜蓮
傍爲伊水麗芝蓋出蒿間復有漢遊女拾羽弄餘妍
蔡色何雜糅縟繡更相鮮麏麏或騰倚林薄杳芊眠

摛華如不發含薰未肯然風生四堦樹露湛曲池蓮
寒虫飛夜室秋露沒曉天

梁昭明太子銅博山香爐賦
裏至精之純質産靈嶽之幽深採般倕之妙旨運公
輸之巧心有蕙帶而長隱亦覧裳而外仙爲萬山之
龍從蔥岑之岳嶺若景星之舒光嶺嘉而用美永爲玩於華堂
已低闌旨昔未舛炎德內耀蔥芬外揚以曒霏之至色

朱火青煙

漢劉向薰爐銘
嘉此正氣斷嵜若山上貫太華氷以銅盤中有蘭綺

梁孝元帝香爐銘

右頁（上）

蘇合眞龍盞飛煙若雲時濃更薄午羹選分火微難盡
風長易聞靄六道力慈悲所薰

右詩

博山爐中百和香鬱金蘇合與都梁
紅羅複斗帳四角垂香囊
開奩集香蘇　　金爐絶沈煉
金泥蘇合香　　薰爐雜裏香
丹軷七車香　　百和裛衣香
香之法

蜀王薰御衣法

丁香　　馢香　　沈香
檀香　　麝香已上各一兩　甲香如三瓶製法

左頁（上）

右件香擣爲末用白沙蜜輕煉過不得熱用合和
令勻入用之

江南李主帳中香法

右件用沉香一兩細剉加以鵝梨十枚研取汁於
銀器內盛却蒸三次梨汁乾即用之

唐化度寺牙香法

沈香一兩　　白檀香五兩　　蘇合香一兩
甲香一兩　　龍腦半兩　　麝香半兩

右件香細剉擣爲末用馬尾篩羅煉蜜溲和得所
用之

雍文徹郎中牙香法

沈香　　檀香　　甲香

右頁（下）

馢香膩一　　黄熟香一兩　　龍麝香膩半

延安郡公藥香法

玄參半斤淨洗去麤皮入鐵器中以水煮令微濕出
甘松四兩擇去草土
麝香成末者候別藥末成方入研
白檀香細研三次麤香剉
的乳香細研

右並新好者許羅爲末煉蜜和勻九如雞頭大每
藥末一兩用熟蜜一兩末九前再入杵日百餘下
封埋地中一月取出用

右件擣羅爲末煉蜜拌和勻入新瓷器中貯之密
油單密封貯瓷器中旋取燒之

供佛濕香法

檀香二兩　　零陵香　　馢香

左頁（下）

蘽香　　白芷　　丁香皮
甜參各一兩　　甘松　　乳香各半兩
消石一分

右件依常法治碎剉焙乾擣爲細末別用白芷
香八兩碎擘去泥焙乾用火燒恢火焰欲絶急以
盆蓋手巾圍盆口勿令通氣放冷取香灰擣爲
末與前香一顆逐旋入經煉好蜜相和重入樂日
擣令軟硬得所貯不津器中旋取燒之

牙香法

甘松
青桂香
降真香
乳香
沈香　　白檀香
麝香已上
龍腦

又牙香法

末煉蜜拌令勻

右別將龍腦麝香於淨器中研細入令勻用之

散先用蘇合油一茶脚許更入煉過蜜二斤攪和
令勻以瓷合貯之埋地中一月取出用之

右件除硝石龍腦乳麝同研細外將諸香擣羅為

硝石　麝香　龍腦　乳香半兩　各半兩

甲香三兩黃泥漿裹一日後用酒煮一日

沉香　各五兩

甘松　瘗香

檀香　零陵香

黃熟香　錢香

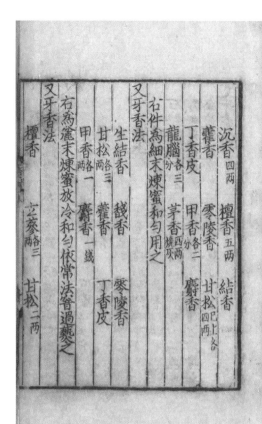

又牙香法

沉香　四兩　檀香　五兩　結香

瘗香　零陵香

生結香　錢香

甘松　各三　瘗香　零陵香

丁香皮　甲香各二　甘松巳上各四兩

甲香　兩兩　麝香　丁香皮

龍腦　各一　芧香　麝香一錢

右件為細末煉蜜和勻用之

又牙香法

右為麁末煉蜜放冷和勻依常法管過熱之

檀香　芷參各三　甘松二兩

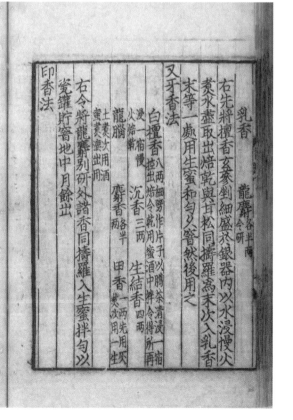

印香法

乳香　龍麝香各半兩

右令將龍腦麝香別研外諸香同擣羅入生蜜拌勻以
瓷罐貯管地中月餘出

又牙香法

白檀香八兩細剉作片子以臘茶清浸一宿
漫一宿慢火焙乾

沉香三兩　生結香四兩

龍腦　麝香　各半

甲香一兩先用生蜜

土麥蜜澆出用

右先將檀香玄蔘剉細腦盛於銀器内以水浸慢火
煮水盡取出焙乾與甘松同擣羅為末次入乳香
末等一處用生蜜和勻久管然後用之

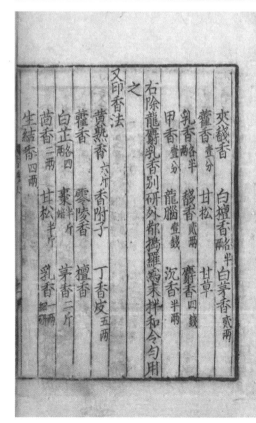

又印香法

右除龍麝乳香別研外都擣羅為末拌和令勻用
之

夾棧香　白檀香一兩半　白茅香貳兩

瘗香　壹分　甘松

乳香　各半　錢香　甘草

甲香　壹分　瘗香　麝香四錢

龍腦　壹錢　沉香半兩

黃熟香六斤　芎香附子

零陵香

白芷二兩　檀香

萬香三兩　棗柏　丁香皮五兩

甘松半斤　芧香二兩

生結香四兩　乳香細一兩

右搗羅為末如常法用之

傳身香粉法

英粉令研　青木香　麻黄撥
附子炮　甘松　藿香
零陵香靴尖各分

右件除英粉外同搗羅為細末用夾絹袋盛浴了
傳之

梅花香法

甘松
零陵香各一兩　檀香
宣香略半　丁香放少　龍腦別研

右為細末煉蜜令合和之乾濕得中用

衣香法

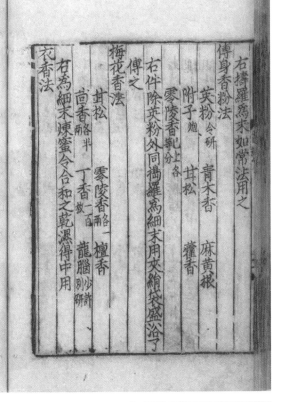

零陵香

零陵香壹斤　甘松
丁香皮半兩　辛夷半兩　檀香酢猪
齒香壹分

右搗羅為末入龍麝少許用之

管酒龍腦丸法

龍麝贼味　丁香　木香
官桂　胡椒　紅豆
縮砂　白正蛇上各　馬哮少許

右除龍麝令研外同搗羅為細末蜜為丸和如櫻
挑大一丸酒置一丸於其中却封緊令密三五日
開飲之其味特香美

毬子香法

艾蒳壹兩松搥上是也

酸棗汁入水少許研取
丁香　香附子　白正五味名　草豆蔻法炒
龍腦令研　檀香半兩

右除龍腦令研外都搗羅以棗膏與蜜合和得
中入白杵令不粘杵即止丸如梧桐子大每燒一
丸欲盡其煙直上如一毬子移時不散

窨香法

凡和合香須入磁器貯其燥濕得宜也每合香和
訖約多少用不津器貯之封之以蠟紙於靜室
屋中入地三五寸窨之月餘日取出逐旋開取
然之則其香尤韻靵也

薰香法

凡薰衣以沸湯一大甌置薰籠下以所薰衣覆
之令潤氣通徹貴香入衣難散也然後於爐
中燒香餅子一枚以灰蓋或用薄銀楪子尤妙
置香在上薰之常令煙得所薰乾疊衣隔宿
之數日不散

造香餅子法

軟灰三斤蜀葵葉或花一斤半貴其同搗令勻
細如末更入薄糊少許每如彈子大捏作
餅子曬乾貯甆缻內逐旋燒用如無葵則以炭
中半入紅花滓同搗用如無葵則以炭亦可

《新纂香譜》(清前期佚名鈔，中國科學院文獻情報研究中心藏)

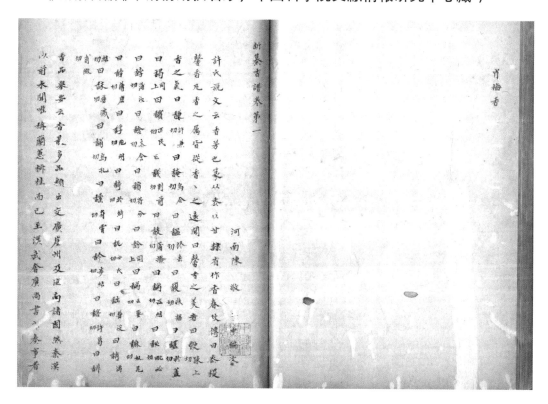

新纂香譜卷第一

河南陳敬
中編次

許氏說文云香芳也象从黍以甘隸有作香春秋傳曰黍稷馨香之氣曰馨切焦曰騷切去曰黬切焦曰韄切鳥合曰韞切音分曰韍切上曰韜切五蓋曰韜切芳沒曰韝奴見

馨香凡香之屬皆從香、之遠聞曰馨香之美者曰馣切於蓋曰馢切魯番曰馝正切必曰馜切五曰馥房六切

香之氣曰馤切焉許民曰馤切太合曰馝切音切奴合曰翺託切切女又曰翺切芳沒曰翺

日韜上曰韜切民曰韝切正曰韝香曰韝切鳥曰韝切鳥

日韝潤切曰韜切焉潤曰韝切韜曰韜切斗曰韜切其有曰韝

日韞德曰韞切施日韝曰韞切隻又曰韝韜

日韜切韜曰韝切殘滅曰韜切韜滿曰韜曰韝切斗曰韜切諸

切蒨徹曰韞實曰韝切步結曰韜切韜詩曰韞切鸜

切蒨微

香品舉要云香果多品類出交廣崖州及迤南諸國俱秦漢以前未聞唯梅蘭蕙桂而已至漢武香廣而昌之泰始有

《類説》〔明嘉靖三十二年（1553），北泉伯玉翁鈔，臺灣省圖書館藏〕

第四十九卷

畫品 謝赫

畫斷 朱景玄

文房四譜 蘇易簡

硯譜

香譜 沈立

香後譜

酒譜

第五十卷

拾遺總類

晁氏曰類説五十卷皇朝曾慥編其序云閑居銀峰
因集百家之説纂集成書可以資治體助名教

供笑談廣見聞

陳氏曰類説所編傳記小説古今凡二百六十餘種

題類説目錄後

類説五十卷宋人曾慥纂慥字端伯孫至淑子魯公
之裔孫也嘗守贛州帥荊渚官至太府卿其纂
此書引用古今傳記小説家博采旁搜棱无取
韻表而出之凡二百六十餘種較之紺珠集立
言命意不少差別蓋踵而成之者然引用則侔
之笑紺珠集十三卷者朱僎射藏一昕纂也至

香譜　　　　刑部侍郎沈立撰

龍腦香　龍腦香出婆律國樹形似松脂作杉木
氣乾脂曰龍腦香清脂曰婆律膏子絕妙者曰梅
花龍腦奉香草作婆律

香皮紙　嶺表栈香樹身似巨柳葉似橘皮堪作
紙名香皮紙灰白色

降真香　仙傳曰降真香燒之引鶴降

龍鱗香　葉真香即栈香之薄者又曰龍鱗香

燕尾香　蘭葉尖長有花紅白色俗呼為燕尾香

煮水浴療風

馬蹄香　馬蹄香杜蘅也葉似葵形如馬蹄道家
服令人身香

龍涎香　龍涎香出大石國國人候島林上有異
禽翔集下有群魚游泳則有伏龍吐涎浮水上册
人武探得之則為巨富共涎如膠

異國香

神香　漢武帝時月支國貢神香燒之宮中病疫
者皆瘥長安百里內聞其香積旬日不歇　出十洲記

辟寒香辟邪香金鳳香皆異國所獻

九和香　三洞珠囊曰天人玉女持羅天香按玉
爐燒九和之香

如厠過香爐上　襄陽劉季和性愛香常如厠輒
過香爐上主簿張坦曰人名公任俗人不虛也季
和曰苟令君至人家坐後三日香為我如何坦曰
醜婦劲頭見者必走公敢我道走邪

香篆　近世作香篆共文準十二辰分百刻尼然
一晝夜乃巳

辟寒香　漢武時外國貢辟寒香室中焚之雖大寒

藥香　藥香用玄參半斤銀器中煎乾再炒令微
煙出甘松四兩白檀貳錢剉麝香乳香各二錢研
入煉蜜丸如雞頭大然之

入窨　凡香頂入窨貴燥濕得宜之地合和訖乾
器收蠟紙封埋屋地下半月餘

薰衣法　凡薰衣以湯一小桶放薰籠下以衣覆
之令潤則香入衣也

麝香　山海經曰翠山之陰多麝本草經曰麝香
味辛辟惡氣殺鬼精生中臺山

鬱金香　周禮春官上鬱人掌祼古亂反器凡登
禮賓客之祼事和鬱鬯以實彝而陳之築鬱金煑
之以和鬯酒也說文曰鬱芳草百草之華遠方所貢
芳物鬱人合而釀之以降神也

蘇合香　續漢書曰蘇合香出大秦國合諸香煎其汁謂之
蘇合廣志曰蘇合香出大秦國或云蘇合國國人
採之笮其汁以為香膏乃賣其滓與賈客或云合
諸香草煎為蘇合非自然一種物也

鷄舌香　吳時外國傳曰五馬州出鷄舌香續搜
神記曰劉廣豫章人年少未婚至田舍見一女云
我是何氏軍女年十四而夭為西王母所養使與
下土人交廣與之纏綿於席下得手巾裹鷄舌香
其母取巾燒之乃是火浣布南州異物志曰鷄舌
香出杜薄州南方草物志同舍香口俞益期牋曰外
國老胡說衆香共是一木木華為鷄舌香

崔頭香　江表傳曰魏文帝遣使於吳求崔頭香

薰陸香　魏略曰大秦國出薰陸南方草物狀曰
薰陸香出大秦國云在海邊自有大樹生於沙中
盛夏時樹膠流涉沙上夷人採取賣與人南州異
物志同其異者唯云狀如桃膠典術又同唯云如
陶松脂法長飲食之令通神靈俞益期牋曰衆香
共是一木木華為薰陸

流黃香　吳時外國傳云流黃香出都昆國在扶
南南三十餘里南州異物志同廣志曰流黃香出
南海邊國

青木香　廣志曰青木出交州徐東南方記曰青

157

木香　出天竺國不知形狀南州異物志曰青木香
出天竺是草根狀如甘草俞益期牋曰衆香共是
一木木節為青木

梅檀
竺法真登羅山跪曰梅檀出外國元嘉
末僧伐藤於山見一大樹圓蔭數畝三丈餘圍辛
芳酷烈其間枯條數尺援而刃之白旃檀也俞益
期牋曰衆香共是一木木根為梅檀

兜納香
甘松香　廣志曰甘松出涼州諸山
魏略曰出大秦國廣志曰兜納出西方

艾納香　廣志曰艾納香出黔國樂府歌曰行胡
從何來列國持何來氍㲪氈五木香迷迭海
及都梁

藿香　廣志曰藿香出日南諸國吳時外國傳曰
都昆在扶南出藿香南州異物志藿香出典遜海
邊國也屬扶南香形如都梁可以著衣服中俞益
期牋曰衆香共是一木木葉為藿香

楓香　南方記曰楓香樹子如鴨卵爆乾可燒魏
武令曰房室不潔聽得燒楓膠及蕙草

栈香　廣志曰栈香出日南諸國

木蜜香　異物志曰木蜜香名曰香樹生千歲根
本甚大先代僵之四五歲乃往斫看歲月久樹根惡
者腐敗唯中節堅貞芬香獨在耳廣志曰木蜜出
交州及西方本經曰木香一名蜜香味辛溫

耕香　南方草物狀曰耕香莖生為渚

都梁香　廣志曰都梁出淮南

沉香　異苑曰沙門支法存在廣州有八尺氍㲪
又有沉香八尺板牀太元中王漢為州大兒劭求

二物不得乃敗而藉焉南州異物志曰木香出日
南欲取當先斫壞樹著地積久外日朽爛其心至
堅耆置水中則沉名曰沉香其次在心白之間不甚
堅精置之水中不沉不浮與水平者名曰栈香其
最小麤白者名曰㸌香顧徵廣州記曰新興縣悉
是沉香如同心草士人所斫之經年朽爛盡則為
沉香俞益期牋曰衆香共是一木木心為沉香

甲香　廣志曰甲香出南方范瞱和香方曰甲煎
煎栈香是也

迷迭香

魏略曰大秦出迷迭廣志曰迷迭出西海中

苓陵香　南越志曰苓陵香土人謂為鷰草芸香大戴禮夏小正月採芸為廟萊禮記月令曰仲冬之月芸始生鄭玄曰芸香草也說文曰芸草似苜蓿淮南說芸可以死而復生

蘭香　周易繫辭曰同心之言其臭如蘭〔王逸曰蘭芳也〕易通卦驗曰冬至廣莫風至蘭始生說文曰蘭香草也本草經曰蘭草一名水香〔服益氣

白檀香　三藏法師傳云南印度國濱海有秣剌耶山中有白檀香樹樹類白楊其質冷蛇多附之至冬方蟄乃以別檀也又有龍腦香樹松身異葉花果亦殊濕時無香採乾之後折之中有香類雲母色如冰雪

槐香　出蒙楚之間故稽含述槐香賦序

輕身不老

兜末香　漢武故事曰西王母當降上燒兜末香兜末香者兜渠國所獻如大豆塗門香聞百里關中嘗大疫死者相籍燒此香死者止

反生香　真人關尹傳曰老子曰真人遊時各各坐蓮華之上華徑十丈有反生靈香送風聞三十里

香後譜

書稱至治馨香　明德惟馨反是則曰腥聞在上傳以芝蘭之室鮑魚之肆為善惡之辯離騷以蘭蕙杜蘅為君子糞壤蕭艾為小人君子澡雪其躬熏以道義有無窮之聞予之譜香亦是意也

被草貢芰　宋景公燒異香於臺上有野人被草貢芰扣門而進曰是為子帝世司天部

栢香　漢武作栢梁臺以栢香聞數十里

日礴自合香　金日礴入侍欲永服香潔變胡虜氣

自合一香　武帝果悅之

禁熏香　魏武令云天下初定吾便禁家內不得熏香

宗趙香　宗趙骨露壇行道龕中香盡自然滿溢爐中無火煙自出

五方香林　隋煬帝觀文殿前兩廂為堂各十二間於十二間堂中每開十二寶廚前設五方香林綴貼金玉珠翠每駕至則宮人擎香爐在輦前行

沉香堂　揚素宅內造沉香堂

失博山香爐　會稽盧氏失博山香爐吳泰筮之曰此物質雖為金其寶象山有樹非林有乳非泉閬闓晨興見發青煙此香爐也

香中忌麝　香中先忌麝鄭注赴河中姬妾百餘盡騎香氣數里送於人鼻是歲自京兆至河中所過瓜盡一蒂不獲

屑沉汜壁　唐宗楚客造新第沉香紅粉汜壁

開門則香氣蓬勃　唐敬宗時波斯進沉香亭子材拾遺

沉香亭子

李漢諫曰沉香為亭何異瑤臺瓊室之

香纓　香纓以五䌽為之婦參舅姑先持香纓

五色香囊　蜀文譜生五歲謂母曰有五色香囊

三清臺　閩國王昶起三清臺三層以黃金鑄像日焚龍腦薰陸諸香數斤

賜龍腦　玄宗夜宴以琉璃器盛龍腦數斤賜群臣馮謐曰臣請劾陳平為宰自盜龍腦餘其半乃捧拜曰勅賜錄事馮謐玄宗笑許之

在杏林上往取得之乃瘴前生五歲失及落井今再生也

地上邪氣　地上魔邪之氣直上衝天四十里人燒青木薰陸安息膠於寢室披濁臭之氣卻邪穢之霧故天人玉女太一帝皇隨香氣而來下

三班噀香　三班院所領使臣八千餘人滋事于外罷而在院者常數百人每歲乾元節釀錢飯僧進香合以祝聖壽謂之香錢京師語云三班噀香

威香　威香一名威㪰王者禮備則生於殿前又

曰玉者愛人命則生　出孫氏瑞應圖

千步香　南海貢千步香佩之香聞千步今海隅有千步草是其種也

水麝　天寶中廣人獲水麝臍香皆水也每取以針刺之香氣倍於肉麝

文石　卞山在湖州山下有無價香有老母拾得一枚石光彩可翫偶墜火中異香聞於遠近收而寶之每投火中異香如初

薔薇水　周顯德五年昆明國獻薔薇水十五辡云得自西域以酒衣敝而香不滅

返魂香　司天主簿徐肇遇蘇氏子德哥者自言善合返魂香手持香爐懷中取一貼如白檀香末撒於爐中煙氣裊裊上甚於龍膊德哥吟曰東海徐肇欲見先靈願此香煙用為引道尋其父母曾高德哥曰但死經八十年已上則不可返矣

驚精香　聚窟洲有返魂樹伐其根心玉釜中煮汁名驚精香死屍聞氣即活一見述異記出十洲記

薫爐銘　漢劉向薫爐銘云蘇合氤氳非煙若雲時穠更薄乍聚還分火微難盡風長易聞飥云道力慈悲所薫

麝療蛇毒　本草云麝形似獐常食柏葉又喜啖地五月得香往往有地皮骨故麝療蛇毒

沉箋香　談苑云一樹出香三等曰沉曰箋曰黃熟倦游雜錄云沉香木嶺南諸州充多大者合抱山民或以為屋棟梁為飯甑有香者百無一二蓋木得水方結多在折披枯幹中或為箋或為黃熟自枯死者謂之水槃香高肇等州產生結香蓋山民見香木曲榦斜枝必以刀斫成坎經年得雨水浸漬遂結香復鋸取之刮去白木其香結為班點亦名鷓鴣班沉之良者在瓊崖等州俗謂為角沉乃生木中取者宜用薫裛黃沉乃枯木中得者宜入藥黃臟況者難得按南史云置水中則沉故名沉香次浮者箋香也

乳香　筆談云乳香本名薫陸以其滴下如乳頭者謂之乳頭香鎔榭在地者謂之楊香次曰棟香

其下曰餅香多炙雜成大塊如湩青之狀

雞舌香　日華子云雞舌香治口氣而以三省郎官含香奏事

五香　雜修養方云正月一日取五木煮湯浴令人至老鬢髮黑徐鍇注云道家以青木香為五香亦名五木

都梁香　都梁香形如藿香古詩云博山爐中百和香欝金蘇合及都梁

和香　賈天錫作意和香清麗閒遠自然有富貴

清真香　丁晉公清真香歌云四兩玄參二兩松麝香半分蜜和同丸如彈子金爐煨爇還似花心噴曉風　余頃見沈五之香譜惜其不完思廣而正之因作後譜折為五部

氣覺諸人家香殊寒氣也

意可香　意可香初名宜愛或云此江南宮中香有美人字曰宜愛製此香故名曰宜愛山谷曰香珠不凡而名乃有脂粉氣易名曰意可

笑蘭香　吳僧鑒宜作笑蘭香予曰豈非韓魏公所謂濃梅山谷所謂藏春者耶其法以沉為君鵝舌為臣北苑之麈柜嘗十二葉之英鈆華之粉栢麝之臍為佐以百花之液為使一烓如彈子許油然欝然若爇九畹之蘭而拖百畝之蕙也

茶錄　宋蔡襄君謨撰

雲腳乳面　凡茶少湯多則雲腳散湯少茶多則乳面聚

候湯　茶經一曰茶二曰檟三曰蔎四曰茗五曰荈郭僕云早取為茶晚取為荈又候湯有三沸如魚目微有聲為一沸四邊如湧泉連珠為二沸騰波鼓浪為三沸湯老矣

茗戰　建人謂鬭茶為茗戰

火前火後　蜀郡州蒙頂上有火前茶謂禁火以

後 記

　　《北宋香譜兩種》之性質屬古書輯佚，亦綜合運用了版本、目錄、校勘及箋證之法。藉此，北宋中後期相繼成書的沈立《香譜》、洪芻《香後譜》，兩部東亞漢文化圈裡最古老的香譜，基本面目可得澄清。綜合討論宋以降香文化的文獻基礎，或已具備。

　　十數年前，因緣和合，筆者涉足以黃庭堅爲代表的東亞宋型文化研究領域。當時選定的切角與目的，是通過一部名爲《帳中香》的山谷詩日本古注，重新理解黃庭堅及其時代。筆者發現，元祐元年黃氏創造性地以"香方"爲主題，藉唱和或題寫組詩，傳達其發明的"焚香參禪"心法。香方之一帖，即"帳中香方"。此方恰於洪譜"香法部"排位靠前。宋文化好尚者多知黃、洪之舅甥關係，然多未悟及二人與香、禪之間那條隱於不言的草蛇灰線。

　　此一發現，令筆者將注意力從詩學、佛學，一時渡向香學。隨閱讀深入而醒悟，洪譜撰著動因宜從黃氏着眼，而洪芻死於黨爭漩渦，洪譜散逸於兩宋之際，皆源於黨人身份的政治牽連。如此，何以洪譜晚至宋末，始藉《百川學海》編刻契機重見天日？何以百川本洪譜體例大亂，卷帙缺損，且錯漏百出？又何以洪譜一書，早早遺落了其《香後譜》的本來面目？諸多疑難，循前揭因果，迎刃而解。

　　有"後譜"自當有"前譜"。沈、洪二譜之遞承，隨之了然。然沈譜雖早，洪譜的香事功能、用香觀念，變化卻正南北斗，地覆天翻。由於黃庭堅的深度介入，禪修實踐與詩歌創作，前所未有地與香事相融。緣此，洪譜對塑造後世千年東亞香學格局的影響力，無出其右。

　　初發心，欲廓清洪譜迷霧，是 2014—2015 年間。彼時，筆者於臺灣"中研院"文哲所爲博士後，同時在臺大藝研所課室，度過充實輝光的一段歲月。石守謙、陳葆真兩位前輩培育的，是藝術史的閱世之眼。2015 年 9 月初次口頭報告，是史語所"共相與殊相：十八世紀前東亞文化意象的匯聚、流傳與變异"會議。2016 年入職香港教育大學之後，相繼得臺北圖書館特藏組孫秀玲女史、中國科學院文獻情報中心研究館員羅琳先生、副研究館員莫曉霞女史惠助，盡覽善本秘笈：明嘉靖北泉精鈔本《類説》所收沈、洪兩譜殘卷（本書封面素材即取自北泉本洪譜首葉），清前期佚名精鈔本《新纂香譜》。又得香港研資局支持，以“傑出青年學者計劃”（日本禪僧萬里集九的黃庭堅詩注《帳中香》研究）之名義，將研究推向縱深。

　　出版機緣，亦屬巧遇。2019 年 6 月，筆者參加香港中文大學中文系“滄海觀瀾：第四屆古典文學體式與研究方法”會議，報告的“從香藥、齋醮到參禪、詩料：黃庭堅、洪芻與北宋香事新變”，引起與會的北京中國科學院自然科學史所研究員孫顯斌先生的關注。孫教授兼任“中國科技典籍選刊”主編。承蒙青睞，筆者欣然應邀，遂加盟“選刊”。

　　是書諸本之排比校勘：百川咸淳本、格致本、學津本，類説北泉本，洪譜四庫本，《説郛》弘治本、萬曆本，陳譜煙雲本，周譜明末本……凡此難以縷述。水磨工夫之雕刻纖毫，離不開三位得力佐理之襄助：其主者，香港教育大學文學及文化學系專任研究助理謝李潔小姐；其輔者，人文學院中國文學文化研究中心博士候選人王珺瑤小姐、田家炳基金會師徒計劃參與者溫玥涵小姐。2022—2023 年冬春間，諸人圍坐楠竹圓桌，或持《類説》，或持《新纂》，或持《香乘》。所謂“妙選賓僚佐校讐”，天祿石渠，朝夕相視。

　　是書之成，得益於諸位時賢之加持：香港大學香港人文社會研究所院士馮錦榮教授，名重國際科學史學林之大雅哲人；中國藝術研究院中國文化研究所秦燕春教授，兼善香史研究與香品研發，今日内地香學領域之翹楚——二人皆慨允賜序。中國社會科學院文學所博士後徐志超先生題簽之“北宋香譜兩種”，小字雋永靈秀，令人摩挲在手而心生光華。責編山東科學技術出版社副編審楊磊先生，則深諳古籍校勘甘苦之斲輪手也。

　　就香學而言，筆者一介素人。藉考訂香書進入該領域，鴻飛雪泥，偶留指爪。箇中疏虞，固所未免，然兔走烏飛，任之而已。質言之，《北宋香譜兩種》實黃庭堅研究旁行橫逸之別卷。是爲記。

　　癸卯槐月，香港教育大學寓所拿雲精舍。

商海鋒

香港教育大學文學及文化學系長聘副教授